VICTOR DIAMANDIS

# Daylight

ROMANZO

MAGAZZINI
SALANI

Prima edizione: maggio 2024
Seconda ristampa: settembre 2024

ISBN: 979-12-5957-339-1

Per essere informato sulle novità
del Gruppo editoriale Mauri Spagnol visita:
www.illibraio.it



www.magazzinisalani.it

*A chi ha dovuto nascondere il proprio cuore per proteggersi.*
*A chi è dovuto scappare perché restare faceva troppo male.*

*Perderti.*

*Mi piego in due, urlo strozzato dal silenzio, con il volto solcato dalle lacrime.*

*Vorrei chiamarti. Sentire la tua voce sgraziata, così stonata come quella volta in cui ti sei messa a cantare tra le vie della città. Solo il vento e la tua voce, il freddo e io a guardarti,*

*nient'altro.*

*Davvero non sei più qui? Davvero non sentirò più il tuo dolce respiro sulla pelle? E le tue piccole risate, ora chi le raccoglierà? Ogni giorno, vivo nell'attesa del momento in cui le tenebre mi accoglieranno nel loro abbraccio per poterle riascoltare nei miei sogni. Dura appena un istante, ma è come un volo diretto per il paradiso.*

*Byron*

*Le fotografie che abbiamo insieme sono soltanto un inganno. Sfogliandole, mi illudo che tu sia ancora qui, in qualche modo cristallizzata per sempre insieme a me, eppure del tutto inafferrabile nel mio oggi.*

*Ho iniziato a perderti quando ancora non credevo di averti.*

*Ho iniziato ad averti quando ancora non credevo esistessi.*

*Lo scherzo di un destino che ci ha fatti incontrare e poi ci ha separati.*

*A nulla servono le mie parole, ormai: tu non tornerai.*

*Ma mi manchi.*

*E questo non cambierà.*

*Mai.*

*Byron*

# Prologo

Controllo l'orario sul vecchio orologio appeso alla parete, proprio sopra allo scaffale dei cibi in scatola. Le lancette rosse segnano le sedici e cinquantasei minuti e la signora Hellroy, seduta su un basso sgabello di legno scricchiolante, com'è sua abitudine sonnecchia davanti alla cassa.

'Ci siamo quasi'.

Finisco di riassortire i pacchi di farina in fretta, mentre la luce del sole calante che entra dalla vetrina mi colpisce gli occhi. È una bella giornata di metà ottobre, ma la consapevolezza che l'inverno sia ormai dietro l'angolo mi provoca un brivido a metà tra il piacere e l'orrore: da un lato, non vedo l'ora di sistemarmi davanti al mio vecchio caminetto in mattoni con un bel libro, ma dall'altro la prospettiva di trascorrere i prossimi mesi sotto lo zero – evviva il clima della Scozia – non è affatto allettante.

Sedici e cinquantanove.

Mi tolgo il grembiule bianco e lo ripongo con cura in uno dei cassetti dello scaffale straripante di articoli di merceria e ferramenta. Aspetto che la lancetta si posi sulle diciassette in punto, poi mi schiarisco la voce con l'intenzione di svegliare la signora Hellroy che, però, si limita a spostarsi sullo sgabello, mettendosi più comoda.

«Buonasera» esclamo con voce più decisa e, finalmente, la donna spalanca gli occhi. Con uno scattante gesto delle dita nodose riporta i grossi occhiali che gli erano scivolati sul naso aquilino al loro posto.

«Oh» dice, la voce impastata dal sonno. «Sono già le cinque?»

Annuisco, sforzandomi di nascondere un sorriso divertito, perché la signora Hellroy lo disapproverebbe. Più invecchia, meno ama gli scherzi, i tipi impertinenti, il baccano, chi entra nel suo negozio con le scarpe sporche di fango, le persone che non considerano l'*haggis* la pietanza più prelibata del pianeta (e, considerato che si tratta di un piatto a base di interiora di pecora e di cipolle stufate, sono davvero tante quelle persone)... In aggiunta a un'altra decina di cose. Per qualche motivo sconosciuto, forse perché non sono molto loquace, io invece le vado a genio, al punto che lavoro per lei tutti i giorni, domeniche escluse, da quando ho sedici anni. Conosco a menadito ogni granello di polvere dell'unico negozio di Wyemouth e so cosa comprerà ogni singolo cliente ancora prima che saluti la proprietaria, mentre lei, determinata a svolgere la funzione di un primitivo ma efficientissimo antitaccheggio, lo squadra con disapprovazione dalla sua postazione alla cassa.

«Ci vediamo lunedì» le dico. Lei grugnisce qualcosa nel vecchio dialetto che io non ho mai imparato e mi accompagna alla porta. Appena sono fuori, ruota il cartello su 'CHIUSO'.

Mi stringo nel giubbetto di jeans, infilo le cuffie nelle orecchie e inizio a camminare.

Tremiladuecentosessantasei sono i passi che separano l'Hellroy Market dal portone scrostato di casa mia. Sono anche l'unico momento che ho per pensare a me stessa.

Chiudo gli occhi, procedendo a memoria sull'asfalto macchiato da chiazze di umidità, decisa a farmi venire un'idea, un'idea qualsiasi, per riempire la pagina bianca che mi aspetta a destinazione.

Quando apro il cancellino e getto un'occhiata al giardino desolato, tiro un sospiro di sollievo nel vedere che *lui* non è ancora tornato. Parcheggiata nel vialetto c'è solo la vecchia Mini 1300 blu di mia madre, un adorabile catorcio al suo ventottesimo anno di servizio.

Entro in casa e mi affretto a preparare la cena. Scaldo un po' di carne, la sistemo in un piatto e ci aggiungo della verdura. Apparecchio il tavolo davanti al camino sporco di fuliggine e aspetto.

Il cellulare segna le diciotto e trenta.

Aspetto ancora. Il cibo diventa freddo e lo stomaco inizia a brontolare. Copro l'altro piatto, prendo il mio e me lo porto in camera.

Mangio davanti al pc acceso. La pagina è ancora vuota, digito qualcosa, ma cancello subito. La fisso con un misto di delusione e irritazione, poi vado su Netflix e decido di concedermi una puntata di *Gilmore Girls* finché nell'angolo in basso a destra non compare la notifica di una nuova mail. Ci clicco sopra per aprirla, ma in quell'esatto momento una porta che sbatte mi fa sobbalzare.

Deglutisco, di colpo tesa.

«Alison!» ringhia la sua voce.

Torno in cucina e lo trovo sulla soglia della porta di casa, intento a togliersi il giaccone. Noto subito gli occhi stralunati.

«Dov'è la cena?»

«Lì, papà».

Si guarda intorno, vede il piatto coperto che ho lasciato da parte per lui.

«Tu non mangi?» chiede, avvicinandosi con passo pesante.

«Ho già mangiato».

Il suo pugno si abbatte sul piano del tavolo e mi fa strizzare gli occhi per la paura, ma dura solo un momento. «Quante volte ti devo dire che mi devi aspettare? Sei sorda, Alison, e non me ne sono mai accorto?»

«Non ti aspetto se sei in ritardo perché ti sei fermato in tutti i pub sulla strada dalla fabbrica» ribatto, riconoscendo subito la puzza di fumo e di alcol che impregna i suoi vestiti.

I suoi occhi si allargano. Le rughe sul volto si fanno più profonde, quasi quanto le sue occhiaie.

«Quella stronzetta di tua figlia ti fa ancora dannare, eh?»

Torno a guardare la porta perché è da lì che proviene la voce catarrosa di Frank Kenney. Tiene una bottiglia di birra nella mano annerita dallo sporco e il suo volto è deformato da un ghigno sdentato.

«Pensavo di essere stata chiara: non lo voglio più qui dentro» sibilo a mio padre. Lui mi guarda come fa sempre: come se non contassi nulla. Si avvicina al frigo e si stappa una birra. Vedo il tappo rotolare dentro al lavello della cucina.

«Questa è casa mia» ribatte mio padre.

«Ci vivo anche io».

«Ragazzina» si intromette Frank, chiudendosi il portone alle spalle, «fai la brava e portami qualcosa da mangiare».

«Non cucinerò per te, non esiste» rispondo dura.

«Fai quello che ti dice» si inserisce di nuovo mio padre che, intanto, accende la tv su una partita di calcio.

Frank mi scocca un'occhiata vittoriosa e si siede davanti a me. Non lo degno della mia attenzione. Prendo un avanzo di insalata di patate e gliela piazzo davanti senza troppi complimenti.

«Sai, dovresti sorridere un po' di più» commenta, viscido. «Saresti più carina».

Chiudo gli occhi, cercando di far scivolare via le sue osservazioni, ma non mi riesce bene.

«Non voglio essere più carina» ribatto. «Tu, invece, dovresti sorridere un po' di meno». Frank cambia espressione e si passa la lingua sui pochi denti che gli restano. Mentre sciacquo i piatti unti sento mio padre già intento a russare.

«Tieni» dice Frank, allungandomi la ciotola vuota. Mi avvicino per prenderla, desiderando soltanto di togliermi dalla traiettoria del suo sguardo predatore. La sfioro con le dita, ma lui la ritrae e coglie l'attimo per afferrarmi per il polso.

«Levami subito queste luride mani di dosso» gli intimo, ma lui non mi dà retta. Mi strattona invece verso di sé e io finisco dritta sul maglione macchiato che copre la sua pancia flaccida.

«Se tuo padre non ti ha insegnato a portare rispetto per gli adulti, te lo insegnerò io» sibila con il fiato che gli puzza di alcol e mi provoca un moto di nausea.

Guardo il ghigno perverso che gli deforma il volto giallo e caccio un urlo.

«Cosa cazzo sta succedendo?» latra mio padre, ubriaco fradicio, girando appena la testa.

«Aiuto!» grido, perché Frank non mi ha ancora lasciata andare.

Sogghigna, sicuro di sé e folle.

Mio padre si alza goffamente e si avvicina, Frank lascia la presa e io arretro di vari passi.

«Cosa fai, Alison?»

«Ci ha provato con me, la sgualdrina» sorride Frank.

«Cosa? Non è assolutamente vero!» mi difendo. Fisso mio padre. «Non è vero, papà, è lui che...»

«Mi fai schifo» mi interrompe lui con voce sprezzante. Mi volta le spalle e torna al divano. «Mi fai schifo, Alison» ripete. E qualcosa, l'unico pezzo di me ancora integro che avevo difeso con le unghie e con i denti negli ultimi anni fatti di dolore, grida e disperazione, si frantuma in una pioggia di schegge al suono di quelle parole.

Supero Frank di corsa, torno in camera mia e chiudo la porta a chiave.

Inspiro ed espiro, provando a calmarmi, a ragionare, ma so che non c'è niente da fare.

È finita.

Non posso stare in questa casa un minuto di più.

Non posso stare con *lui* un minuto di più.

Inizio a piangere mentre il cuore mi si contrae nel petto.

'Ci ho provato, mamma. Ho provato a stargli vicino...'

Ma non ha funzionato. E, a questo punto, rimanere qui significherebbe mettere a repentaglio la mia stessa vita.

Mi avvicino al computer, lo schermo ancora acceso sulla

mail che avevo letto in fretta, forse senza neanche capire sul serio il significato delle parole nere che sembravano brillare. Mi chino e mi concentro, con le lacrime che imperlano le mie ciglia e mi offuscano la vista.

Gentile signorina Moss,
abbiamo valutato attentamente la sua candidatura e saremo felici di inserirla nello staff dell'Holmes' Coffee&Books.
La preghiamo di presentarsi in loco il prima possibile per discutere i termini del contratto.
Saluti,
Lea Milton
Store Manager Holmes' Coffee&Books
8th Park Street
Londra

'Non è possibile'.

La rileggo, faticando a credere ai miei stessi occhi.

Sono passati tre mesi da quando ho iniziato a mandare il curriculum in tutti i negozi, ristoranti e caffetterie di Londra.

Tre mesi da quando ho spezzato il cuore al ragazzo più dolce del mondo.

Tre mesi da quando ho cominciato a cullare l'idea di una vita diversa, che valesse la pena di essere vissuta, che non fosse solo un lento avanzare di giornate tutte uguali, di delusioni tutte uguali.

E ora...

Non mi do il tempo di pensare, di cambiare idea. Prendo un borsone dall'armadio e lo riempio alla rinfusa di vestiti, chiudo il computer e lo butto in mezzo a quella marea confusa. Guardo la mia cameretta dipinta di lilla, la stanza in cui sono cresciuta: l'avevamo colorata tutti insieme, mamma, papà e io, quando ancora eravamo una famiglia. Quando ancora ci volevamo bene. Quando ancora lei c'era e lui non era solo l'involucro vuoto che sprofonda nel divano, che mi urla contro, che beve. Ho provato a stargli vicino. Ho provato a chiedere aiuto. Ma lui, l'aiuto, lo cerca dalla bottiglia o da persone come Frank Kenney.

Prendo Pines, il mio peluche rattoppato, e afferro la fotografia che tengo vicina al letto, quella scattata durante il viaggio che papà aveva regalato alla mamma per il suo ultimo compleanno: un weekend a Londra sotto Natale, la cena a Covent Garden, la pista di pattinaggio del Natural History Museum. La infilo nella borsa insieme alla copia sdrucita di *Cime tempestose*.

Abbraccio con lo sguardo i miei libri stipati per colore sulle mensole. Lasciarli qui mi fa male e vorrei esistesse un altro modo. Loro sono stati i miei compagni in questi anni difficili, gli amici su cui ho potuto contare, il rifugio in cui ho capito di potermi riparare mentre tutto cadeva a pezzi. Tra le loro pagine ho esplorato mondi, conosciuto l'avventura e vissuto vite alternative. Mi hanno accudita e confortata, sono stati l'unica famiglia che ho avuto.

'Grazie' penso, guardandoli un'ultima volta perché loro appartengono al passato.

Ora, è tempo di fare posto ai libri del futuro.

Sposto un paio di volumi di Agatha Christie, la copia che era stata di mia madre della *Campana di vetro* di Sylvia Plath, un albo di Beatrix Potter, e recupero la scatolina che nascondono. Il coperchio è decorato con le conchiglie bianche che avevo raccolto sulla battigia di una spiaggia gelata quando avevo sei anni. La sollevo con cautela, prestando attenzione a non rovinarla. Dentro, c'è una chiave legata a un cordoncino multicolore. Me la infilo nella tasca del giubbetto con la salivazione azzerata. Scrivo due parole su un Post-it e lo lascio sopra al mio letto.

Esco dalla stanza. Il volume della tv è al massimo. Tiro dritto, cercando di non farmi vedere, cercando di non pensare a cosa sto facendo.

'Non lo stai abbandonando, non lo stai abbandonando, non

lo stai abbandonando' mi ripeto nella testa, eppure le mie parole hanno davvero il sapore di una menzogna.

Come farà lui senza di me? A stento si ricorda di mangiare.

'Vivi, Alison'.

Sì. Devo vivere. In fondo, l'ho promesso. Stringo forte la bretella di tessuto ruvido del borsone e mi do la spinta necessaria per percorrere la sala. Getto un'ultima occhiata a mio padre, di nuovo appisolato. Una birra è caduta a terra e si è rovesciata. Frank è seduto nella poltrona, le mani sporche intrecciate sul grembo sporgente, gli occhi incrostati chiusi. Prendo le chiavi della Mini, esco e mi chiudo la porta alle spalle.

Fuori, il buio inizia a calare. Il giardino abbandonato all'incuria è rischiarato dalla luce che proviene dall'interno della casa.

Espiro e una nuvoletta di fumo si materializza davanti a me.

'Non se n'è neanche accorto'.

Il mio cuore si incrina ancora un po' e gli occhi si inumidiscono di nuovo.

'Addio, papà'.

Getto il borsone sul sedile posteriore e mi siedo al posto di guida.

Accendo i fanali, inserisco l'indirizzo su Maps e metto in moto.

Le vie di Wyemouth sono come al solito: deserte. I pochi ragazzi della mia età che hanno avuto la sfortuna di nascere in un villaggio di poco più di mille anime nelle profondità della Scozia di solito si riuniscono a casa di qualcuno o si incontrano nel nuovo pub che ha aperto nella piccola piazza centrale, poco distante dall'Hellroy Market. Seguo le indicazioni del navigatore e ci passo davanti. Noto le lanterne accese che decorano l'entrata e due o tre persone appostate lì fuori, intente a fumare o a prendere un po' d'aria.

Mentre le osservo, la Mini inizia ad arrancare.

'No, no, no, non puoi farmi questo, *ti prego*'.

E, invece, la macchina si ferma pochi metri dopo il pub. Giro le chiavi, ma niente, non ne vuole sapere di ripartire.

Scendo.

«Dannazione!» esclamo con gli occhi rivolti al cielo.

'Forse è un segno del destino. Dovrei tornare indietro. È stato solo un colpo di testa'.

«Alison?» domanda una voce tremendamente familiare.

'Non può essere lui, non può...'

Mi volto con lentezza, sentendo l'ansia crescere.

«Ciao, Lucas!» dico, fingendo un entusiasmo che non ho mai avuto in vita mia e che, infatti, risulta falso persino alle mie orecchie.

«Tutto bene?» domanda lui, inclinando la testa un po' di lato, studiando prima me e poi la Mini in sciopero.

'Se essere molestata da un alcolizzato, venire chiamata "schifosa" dal proprio padre, fuggire di casa come una ladra e fermarsi con l'auto guasta proprio di fronte al proprio ex può essere definito "bene", sì, certo: va tutto alla grandissima'.

Lo fisso, lottando contro l'impulso della mia memoria muscolare di correre da lui e di rifugiarmi tra le sue braccia, per raccontargli tutto quello che è successo e per dirgli che cosa ho intenzione di fare.

Ma non posso, non più.

«Ho solo... un problema con l'auto» ammetto, invece.

Lui mugugna qualcosa e si avvicina alla Mini con sguardo esperto perché, fortuna delle fortune, Lucas non solo è il mio ex, ma anche il figlio dell'unico meccanico della zona.

«Credo che sia il solito problema con il morsetto della batteria. Dovresti proprio cambiarla...»

E, come se non l'avessi piantato in asso solo nove settimane fa scarse, Lucas si tira su le maniche della felpa e inizia a trafficare sotto al cofano.

«Non devi, non dovresti» mormoro, ma lui non mi risponde.

Come me, nemmeno lui è un chiacchierone e un tempo il suo silenzio tranquillo era esattamente ciò di cui avevo bisogno dopo un feroce litigio con mio padre. Un velo di imbarazzo cala tra di noi mentre Lucas prosegue a lavorare. Dalla tasca della felpa – indossa ancora quella che usa in officina, la riconosco – prende uno straccio e lo usa per stringere qualcosa. Guardo le sue mani, poi le panchine di mattoncini che delimitano la piazzetta, le prime decorazioni di Halloween e il campanile del cimitero che si vede in lontananza. In pratica, guardo ovunque, ma non lui. Sento qualche vecchia canzone folk provenire dal pub, so che Lucas dovrebbe essere là dentro con i suoi amici e non qui fuori con la stronza che l'ha lasciato perché si è spaventata quando lui ha iniziato a fare sul serio.

Dopo un paio di minuti lunghi quanto l'eternità, apre lo sportello e gira le chiavi.

La Mini si accende senza proteste.

«Ecco» dice.

Osservo le labbra con cui mi ha baciata per più di due anni, quelle che una volta avevano il sapore di casa. Noto che si sta facendo crescere la barba e so già che gli starà bene.

«Grazie» balbetto, ancora a testa bassa.

«Non c'è di che» ribatte secco. Indietreggia di qualche passo poi, però, sembra ripensarci. «Stai andando a Londra?» domanda a bruciapelo. Con Lucas è sempre stato così, in fondo: lui diretto, deciso, consapevole del suo posto nel mondo, io un fardello di problemi, preoccupazioni e ostacoli invalicabili.

Deve avere visto la mia destinazione sul cellulare abbandonato sul sedile. Dentro di me una vocina, forse quella della ragione, inizia a scalpitare: 'No, è stato tutto un grosso e sciocco errore, sto tornando a casa. Ti prego perdonami e rimettiamoci insieme'.

«Sì, cioè...» mi obbligo a rispondere, ma non trovo le parole giuste e lui emette un verso sprezzante.

«Un bel cambiamento per una che non voleva trasferirsi con il suo fidanzato neanche in fondo alla strada per poter continuare a badare al proprio padre».

Incasso il colpo, perché cos'altro posso fare? Ha del tutto ragione.

«Sono cambiate alcune cose, Lucas, e...» mi blocco. Lui continua a fissarmi e, in quegli occhi in cui avevo trovato l'affetto, ora vedo soltanto una cocente delusione che mi trapassa come uno spillo gelato. «Mi dispiace» mormoro.

«Dispiace a me, Alison. Mi dispiace aver creduto per tutto questo tempo che tu fossi quella giusta».

«Non volevo ferirti, non avrei mai voluto farlo. Ma siamo ancora due ragazzini e io...»

«E tu sei solo una codarda» si avvicina al mio orecchio, il suo respiro caldo si abbatte sul mio collo. «Accetta un consiglio: la prossima volta, evita di giocare con i sentimenti delle persone. Mi hai spezzato il cuore». Si stacca, mi rivolge un'ultima occhiata densa delle emozioni e dei ricordi che avevamo collezionato in questi anni e che io ho deciso di cancellare. «Addio, Alison» mi saluta, tornando sui suoi passi.

Resto a osservare la sua schiena allontanarsi da me.

Il naso mi pizzica, sento le ginocchia tremare. Se devo scoppiare a piangere per la mia vita complicata non sarà qui. Asciugo gli occhi con le maniche del maglione e torno in macchina.

La voce del navigatore mi indica un percorso che non ho più intenzione di seguire. La ignoro e alla prima occasione faccio inversione, rimettendomi sulla strada che mi riporterà a casa, da mio padre.

'Che idea stupida' penso e mentre premo sull'acceleratore prego che mio padre non si sia accorto della mia assenza, prego di potermi infilare sotto le coperte e coccolare ancora qualche ora nello sciocco sogno di cambiare la mia vita.

Guardo fuori, distratta e distrutta, e non mi accorgo della buca che si apre nell'asfalto. La Mini la prende in pieno e, nell'impatto, la vecchia radio che non funziona da quasi sette anni si accende. Di colpo, l'abitacolo si riempie delle parole della canzone *London Boy* e del rumore dei battiti del mio cuore. La voce di Taylor Swift invade i miei pensieri e, al ritornello, una scarica di energia elettrica, pura e semplice, mi attraversa cervello, polmoni, stomaco... tutto.

Parola dopo parola, mi unisco piano al canto di Taylor e mi dico che è ora di chiuderla con i ripensamenti. Devo trovare il coraggio. Devo imboccare quella che potrebbe essere l'unica via di fuga che il destino mi ha concesso.

Svolto sulla carreggiata deserta e riprendo il percorso del navigatore.

# Capitolo 1

*London Boy*
Taylor Swift

Guido nella notte su strade che non ho mai percorso prima, alternando momenti di sconforto a frangenti di eccitazione. Il paesaggio sfila ai miei lati, avvolto da un'oscurità impenetrabile.

Il riscaldamento funziona a singhiozzi e la Mini non riesce a superare gli ottantacinque chilometri orari: le sei ore che mi separano da Londra saranno molto più lunghe del previsto. Tengo la radio a basso volume e rifletto sull'idea non molto brillante che ho avuto di viaggiare per tutta la notte. Dopo tre ore, infatti, ho bisogno di una pausa. Mi fermo nel parcheggio di un locale sulla strada ed entro. Il posto sembra uscito dal secolo scorso: le dinette sono disposte sotto a grandi finestre coperte da tende geometriche e tutto è di un appassito color ciliegio. Al banco, c'è una donna sulla cinquantina. Ha i capelli tirati all'indietro e indossa una brutta divisa beige che contrasta con la sua carnagione rosea.

«Un caffè, per favore» ordino. Lei lo prepara con gesti lenti, buttando un'occhiata al televisore appeso poco distante che trasmette un vecchio documentario su Lady Diana. Mentre aspetto, controllo il cellulare.

Nessun messaggio di mio padre. Accolgo la notizia con un misto di sollievo e preoccupazione.

«Ecco, dolcezza» dice la barista. Guardo la tazza fumante e

me la porto alla bocca. Inspiro il profumo della caffeina e mi sgranchisco le gambe camminando nel locale. Su un tavolino azzurro stinto, sistemato vicino alla cassa, ci sono alcuni volantini ben allineati. Tenendo la tazza con entrambe le mani mi avvicino e, distrattamente, inizio a sfogliarli. Dietro a quelli che pubblicizzano le lezioni di yoga nella palestra della diocesi poco distante, ci sono dei fogli informativi per turisti. Ne prendo uno e inizio a leggerlo, ma quasi mi strozzo con il caffè.

'Non può essere'.

«Mi scusi, Top Withens è davvero così vicino?» domando alla signora, indicando l'opuscolo.

Lei scrolla le spalle. «Un'oretta scarsa, verso Manchester. Tu dove stai andando?»

«A Londra».

«Be', allungheresti di un bel pezzo».

Abbasso lo sguardo sul foglietto. La grafica è del secolo scorso: sulla carta plastificata risplende uno sfondo effetto pergamena sovrastato dal *Profile Portrait*, uno dei due ritratti esistenti di Emily Brontë (anche se per qualche studioso in realtà la ragazza raffigurata sarebbe sua sorella Anne) e la descrizione del rudere più fotografato di tutto il Regno Unito: Top Withens, meglio noto in tutto il mondo come il luogo che ha ispirato *Wuthering Heights*.

«Ma se sei una fan» riprende dopo un po' la barista mentre sistema delle tazzine, «non farti scappare l'occasione: in questo periodo c'è meno gente del solito».

«Una fan? *Cime tempestose* è il romanzo della mia vita».

Lei mi rivolge un sorriso accondiscendente: chissà quante persone sono passate di qua sbandierando il loro amore per Catherine e Heathcliff, ma per me è diverso.

Solo che non ci posso certo andare *ora*: è mezzanotte passata e non sono neanche a metà strada. Una deviazione fino a Top Whitens sarebbe una follia all'interno di un'altra follia. La Mini, tra l'altro, consuma più gasolio che strada e io ho i soldi contati.

«Posso prenderne uno?» domando mentre pago il caffè, indicando l'opuscolo.

«Certo» sorride la donna.

Tornata in auto, ripongo il volantino nel cassetto del cruscotto e riparto.

'Un giorno ci andrò'.

I fari dell'auto colpiscono il grande cartello verde su cui è scritto 'LONDRA – CENTRO CITTÀ'. Scalo la marcia, rallento, assaporo il momento.

'Sono *davvero* qui'.

L'eccitazione mi fa stringere il volante finché le nocche non sbiancano.

Le luci della città mi abbagliano. Dovrei essere stanchissima, ma nelle mie vene scorre veloce l'adrenalina. Invece di seguire l'indicazione del navigatore prendo per il centro. Sono quasi le tre e mezza e non c'è traffico, eppure si respira un'aria di vitalità. Incrocio qualche autobus predisposto al servizio notturno, piccoli capannelli di ragazzi forse usciti da qualche club, e quando intravedo il Tamigi, al di là dei parapetti antichi, una strana gioia esplode dentro il mio petto. È qualcosa che non ho mai provato prima, che mi travolge e mi fa venire voglia di ballare sul tetto dell'auto. Sogno di trasferirmi a Londra da *sempre*, ma nell'ultimo anno con mio padre sempre più preda delle spire velenose dell'alcolismo, il pensiero di andarmene dalle lande desolate della Scozia, dove non c'era nulla per me, si era fatto sempre più pressante. Gironzolo, studiando le vetrine dei negozi chiusi, ma comunque illuminati, leggo le insegne dei ristoranti pregustandomi il momento in cui mi accomoderò a uno dei loro tavoli, mi faccio conquistare dalle facciate imponenti degli edifici. Mi godo la bellezza di Londra finché il cielo inizia a rischiarsi di un arancione rosato.

Al chiarore dell'alba le strade, lentamente, iniziano a riempirsi di nuovi volti: non più la gente della notte, ma chi lavora pur essendo domenica, chi porta a passeggio il cane, sportivi che escono a correre. Inserisco di nuovo l'indirizzo su Maps e lascio che mi guidi lontano dal centro. Mi addentro in un reticolo di viuzze che, pur essendo decisamente meno prestigiose, restano gradevoli e ben curate. Non ci metto molto a raggiungere la mia destinazione finale.

Riconosco la strada dritta, stretta tra due fila di case basse. Le finestre dai telai bianchi risaltano sui mattoncini rossi, in parte anneriti dal tempo e bisognosi di un restauro. Le auto sono ben allineate all'interno delle strisce e i marciapiedi sono costeggiati da alberi snelli, le cui chiome stanno cambiando colore.

Il civico è il numero 12. Osservo la porta rosa pastello che sembra spuntata fuori da un ricordo della mia infanzia e il cuore traballa un po'. La prima e unica volta in cui sono stata qui, c'era mia madre con me.

Deglutisco, ho la gola secca.

Scendo dall'auto nel momento in cui sento che una saracinesca viene alzata. Il rumore mi fa sobbalzare e mi guardo alle spalle circospetta.

Un uomo vestito di bianco mi fa un cenno del capo, si è accorto della mia reazione e forse vuole scusarsi. Do un'occhiata all'insegna e decido di rimandare ancora un po' il momento. Mi avvicino a lui.

«Buongiorno, avete già qualcosa di pronto?»

Lui annuisce e mi fa segno di entrare. Il forno è angusto ed essenziale. Protetti dal vetro, fanno bella mostra panini e biscotti. Prendo un paio di fette di plum-cake e le mangio all'esterno, nonostante mi si stiano gelando le gambe, con gli occhi fissi sulla porta rosa. I lampioni si spengono e realizzo che la mia prima giornata a Londra è ufficialmente iniziata: basta esitare.

Respiro e attraverso la strada.

Tasto nelle tasche del giubbetto e prendo la chiave.

Con mano tremante, la ruoto nella toppa. La serratura scatta senza problemi e io entro a casa mia.

# Capitolo 2

*There She Goes*
The La's

Lascio cadere il borsone sul parquet anni Settanta. La porta si richiude alle mie spalle con un tonfo e io resto completamente al buio. Uso la torcia del cellulare per arrivare alla finestra e aprirla. La luce del sole del primo mattino è fredda e si posa sui pochi mobili rimasti illuminando la polvere che vola per tutto l'appartamento. Studio la casa che era stata dei miei nonni e mi muovo con circospezione, mentre la sensazione di ritrovarmi in un posto sconosciuto e al contempo noto si fa strada dentro di me. Guardo lo specchio a figura intera sistemato all'ingresso, vicino a una credenza bassa su cui riposano alcuni portafoto dalle cornici ossidate. I miei occhi indugiano sui volti di persone che ormai non ci sono più. Riconosco un primo piano di mia madre e una morsa inizia a stringermi lo stomaco. Lo afferro e lo studio da vicino, è una fotografia che non credo di avere mai visto. Lo scatto la ritrae mentre sorride all'obiettivo: i capelli vaporosi biondo cenere come i miei, la giacca sopra a un dolcevita chiaro. È bella e ha l'aria felice. Con il polpastrello accarezzo le linee di quel viso che non vedrò mai più e che mi manca come l'aria, ogni giorno della mia vita.

'Sono a casa tua, mamma'.

Muovo qualche passo, liberando i mobili dai drappi bianchi che li hanno coperti negli ultimi tre anni, dopo la morte del nonno. Accarezzo la superficie ruvida del tavolo rotondo, immaginandomi le cene di una famiglia che non ho mai avuto la possibilità di conoscere. Ho visto i nonni meno di una decina di volte nell'arco della mia vita e sono sempre venuti loro a Wyemouth. Solo durante quel viaggio a Londra fatto con mio padre, una mattina mia madre mi aveva vestita di tutto punto e mi aveva trascinata in questa casa. Io non volevo: non mi piacevano quei due signori che mi regalavano sempre giochi educativi e che mi stringevano così forte e così a lungo che sembrava quasi non mi volessero lasciare andare.

E forse era davvero così.

Perché loro forse sapevano che la figlia aveva commesso un errore madornale a seguire in Scozia quel giovane bello e affascinante che l'aveva ammaliata.

Apro un'altra finestra, osservo le tende ingrigite, studio l'angolo cottura dai pensili di legno, la lavatrice color crema così vecchia che sembra uscita da un film. Noto che su una mensola sono allineati dei barattoli di latta e, aprendoli, mi accorgo che sono ancora pieni di zucchero e di sale... perché la vita non aspetta mai. Non aspetta che tu finisca, i sogni o lo zucchero non cambia poi molto, ti posa una mano sulla spalla e ti chiede di seguirla. Richiudo il barattolo e, con la coda dell'occhio, scorgo il corridoio stretto e buio. Le camere da letto sono due: la porta di quella più vicina alla zona giorno è schiusa. La apro e mi ritrovo nella stanza dei miei nonni. Restano solo un letto spoglio, un armadio orrendo e un lampadario di cristallo con una sola lampadina funzionante. Porto il borsone che contiene tutto ciò che sono riuscita a portare con me qui e lo lascio sul materasso che cigola. Torno poi in corridoio, poso la mano sulla maniglia dell'altra porta ma non trovo la forza di abbassarla. Lì dietro c'è la stanza di mia madre da ragazza... O forse no, forse i nonni l'hanno riconvertita in sgabuzzino, in laboratorio di artigianato, in qualsiasi altra cosa che non facesse loro pensare a quella figlia brillante che se ne era andata di casa per non tornare più.

'Non sono pronta a scoprirlo'.

Inspiro e lascio la presa. Ripercorro i miei passi e nonostante non dorma da oltre ventiquattro ore non sono ancora stanca. Cerco negli sportelli del bagno malva, completo di vasca – ho sempre desiderato avere una vasca – il necessario per pulire e lo trovo.

'Diamoci da fare'.

Infilo un paio di guanti di gomma ancora incellofanati e, armata di spugna e spray, do inizio a una necessaria sessione di pulizie: a Wyemouth, dovevo lottare contro il disordine e la noncuranza di mio padre, qui, in questa casa che mi appartiene di diritto, voglio che tutto sia perfetto.

Quando ho finito sono esausta ed è quasi l'ora di cena. Mi sdraio su uno dei due divani arancioni. Non c'è tv, non c'è Internet, non c'è un suono. Controllo per la prima volta in tutta la giornata il cellulare: nessun messaggio.

Provo l'istinto di telefonare a mio padre, di accertarmi che stia bene, per quanto lui possa stare bene. Cerco tra le ultime chiamate, ma un secondo prima di premere sul suo contatto mi blocco. Sono sparita lasciando solo uno scarno biglietto e lui non ha nemmeno provato a cercarmi. Il peso di questa consapevolezza si abbatte sulle mie spalle con la forza di un macigno. Dov'era finito l'uomo che mi portava in spalla a prendere le mele caramellate durante la fiera del villaggio? Dov'era finito l'uomo che cantava vecchie canzoni folk mentre potava i cespugli in giardino?

'Mi fai schifo, Alison': sono state queste le ultime parole che mi aveva rivolto.

Ricaccio le lacrime da dove sono venute e invece di premere su 'Chiama', pigio 'Blocca'.

Questa è la mia nuova vita e lui non ne farà parte.

Sono ferma al semaforo con una cioccolata bianca di Starbucks in mano. Il sapore è talmente dolce da essere stucchevole e mi sono pentita già da vari minuti della scelta, rimpiangendo il mio solito caffè. Eppure, niente può intaccare il mio umore: è lunedì mattina e invece di essere all'Hellroy Market di Wyemouth, io, Alison Moss, sono nel centro di una delle città più belle del mondo. I taxi neri sfrecciano nelle corsie preferenziali, uomini e donne in completo parlano al telefono, ragazzi poco più piccoli di me con gli zaini si infilano in un fast food per pranzare. Tutto è nuovo, magico, colorato, vitale.

Entro a Hyde Park e mi siedo su una panchina, gettando un'occhiata ai bambini con il papà o la mamma intenti a dare da mangiare agli scoiattoli. Osservo le fronde rosse degli alberi e inspiro l'aria della città. Attraverso tutto il parco e prendo la metropolitana che mi riporta nel mio quartiere perché ho un appuntamento e non posso fare tardi. Lungo la strada, mi fermo in un supermercato enorme e modernissimo a fare la spesa, ripensando alle parole della signora Hellroy di questa mattina. L'ho chiamata per dirle che mi licenziavo. La voce mi tremava perché, anche se con me era più o meno gentile, lei mi spaventava a morte con le sue frasi al vetriolo e gli aspri rimproveri che l'avevo sentita rivolgere al malcapitato di turno. Invece, mi ha stupita.

«Ti licenzi? In che senso?»

«In realtà... me ne sono proprio andata».

«Oh. Era ora. Questo posto non faceva per te».

E poi aveva riattaccato. Così, senza chiedermi nulla, senza aggiungere alcunché. E l'ansia era svaporata di colpo, come aria in un palloncino aperto. Con le sue parole burbere in qualche modo mi stava dando la sua benedizione e, in mancanza di quella di mio padre, mi andava più che bene.

Rientro in casa e vengo travolta dal profumo dei detersivi e disinfettati che ho usato il giorno prima. Sul divano c'è la coperta bozzolosa che ho usato per coprirmi. Riempio il frigorifero, che attraverso il ronzio della ventola sembra ringraziarmi, e poi prendo dei vestiti dal mio borsone. Devo fare una buona impressione, ma ho scoperto che manca l'acqua calda e non ci penso neanche a lavarmi i capelli sotto il getto freddo. Inizio a pensare a un possibile abbinamento, non è difficile visto che possiedo abiti per lo più neri o in varie gradazioni di grigio. Opto per una gonna a campana di lana color piombo, un blazer che si è un po' stropicciato durante il mio trasloco-fuga e una maglia antracite.

L'Holmes' Coffee&Books non è lontano e posso andarci a piedi. Inizio a contare i passi, come sempre, mentre nelle AirPods la voce di Taylor Swift mi rassicura.

'Ottocentodue. È pari, per fortuna' penso fermandomi sotto all'insegna nera su cui in lettere dorate campeggia il nome del luogo in cui lavorerò. Do un'occhiata alla vetrina disordinata, i libri sono accatastati in colonne ai lati della grande finestra. Il vetro è coperto in parte da manifesti che annunciano presentazioni di scrittori che non conosco. Il locale sembra abbastanza vuoto: sono venuta a quest'ora del primo pomeriggio proprio per questo.

'Forza, Ali, non essere impacciata' mi sprono, sistemando ancora una volta la frangetta.

Prendo un respiro profondo, mi appoggio sul maniglione dorato e spingo. Una campanella annuncia il mio ingresso, ma nessuno si volta. Un po' agitata, punto dritta al bancone.

«Buongiorno, sono Alison Moss, devo parlare con Lea Milton» dico a raffica, con una voce che sulle ultime sillabe risulta traballante. Di sicuro, non la presentazione migliore che potessi escogitare. Mi schiarisco la gola, imbarazzata. La donna che sta togliendo dei piattini da una lavastoviglie si volta e mi studia per un attimo. I suoi occhi verdi guizzano di curiosità, si asciuga le mani nel grembiule e si avvicina.

«Buongiorno a te, Alison» sorride. Noto distrattamente i capelli castani, legati in uno sbrigativo chignon e la maglietta nera con la scritta 'FAKE IT 'TILL YOU MAKE IT'. «Mi hai trovata».

Stringo la mano che mi porge, adocchiando gli anelli di varie fattezze e misure che le cingono le dita. Lei fa il giro del bancone e mi raggiunge. Vedo che, sotto al grembiule che le copre la vita, indossa una gonna pervinca lunga fino alle caviglie, di tulle o qualcosa del genere, che sarebbe ridicola indosso davvero a chiunque, su di me in primis, ma non su di lei. Le conferisce, anzi, un'aria sofisticata e antica al tempo stesso – un po' come tutto qui dentro – ma soprattutto artistica.

«Non ti aspettavo prima di un paio di giorni» commenta, guardandomi dritta negli occhi. «Non vorrei aver esagerato nella mail con la questione dell'urgenza...»

«No, no!» mi affretto a rispondere con voce troppo acuta, desiderosa di compiacerla. Ho *davvero* bisogno di questo lavoro: Londra è carissima. «Ero... sono libera».

«Ottimo!» esclama lei battendosi le mani. «Vieni, siediti un po' e chiacchieriamo».

La seguo e mi accomodo su una poltroncina di velluto senape. Lei accavalla le gambe su un divanetto e prende dalla tasca del grembiule un paio di occhialetti cat-eye insieme a un cellulare che ha sulla cover la sagoma di un uomo completo di bombetta e di un paio di mustacchi impomatati inconfondibili.

«Sono anche io un'ammiratrice di Hercule Poirot» commento.

Lea sorride di nuovo. «Impossibile non esserlo se hai delle 'celluline grigie' funzionanti». Poi aggiunge, a voce più bassa: «Ma non ne avevo dubbi».

Arrossisco. Non so come sia riuscita a elaborare questo giudizio su di me, visto che il mio ossuto curriculum inneggia alla mediocrità – certo, mi sono diplomata con il massimo dei voti al liceo, ma poi non sono riuscita a iscrivermi a nessun college e l'unico lavoro che ho mai avuto è stato quello all'Hellroy Market –, ma decido di non farmi troppe domande e di accettare il complimento senza repliche.

«Dunque, Alison... posso chiamarti Ali?» chiede all'improvviso e io annuisco con troppa veemenza.

'Datti una calmata!' mi ammonisco.

«Dicevo... Il lavoro è molto semplice. L'Holmes è un posto un po'... *sui generis*. Siamo aperti dal mattino a sera e serviamo chiunque voglia prendersi una pausa dalla frenesia quotidiana. Soprattutto, però, consigliamo e vendiamo libri. Ho letto con attenzione la tua lettera di presentazione... Devo dire che è molto *originale*».

'Certo, perché è più una lettera di supplica'.

Avevo riempito una pagina intera di dettagli sulla mia passione per la lettura quando avevo inviato la candidatura all'Holmes, una variazione della tecnica che avevo usato anche per altri esercizi commerciali londinesi: per Sainsbury's e Tesco avevo decantato in lungo e in largo la mia 'Grande esperienza nella vendita al dettaglio di prodotti alimentari e per la cura della casa e della persona', sottolineando di 'Possedere ottime competenze relazionali e di gestione della clientela'; per le catene di abbigliamento come Primark avevo puntato sulle mie, in realtà poco sviluppate, 'Eccezionali doti organizzative' e via dicendo. Solo l'Holmes, tra tutti, aveva risposto. Quando avevo letto l'annuncio su LinkedIn, avevo passato mezz'ora a spulciare le fotografie online. Davo per scontato che una come me un posto come questo avrebbe potuto solo sognarlo da lontano. E invece...

«Ma la cosa che mi è piaciuta di più» prosegue Lea, «è che hai specificato che sei libera fin da subito. Il mio barista e libraio preferito, Samuel» indica un ragazzo con una t-shit bianca e dei jeans, «deve ridurre il suo numero di ore e io devo trovare un sostituto il prima possibile».

«Posso cominciare anche ora» dico di slancio, conscia di apparire molto disperata.

«Benissimo, ma non acceleriamo le cose, cara. Adesso, rilassati, prendi confidenza e dài un'occhiata in giro: l'Holmes è più di quel che sembra» va avanti a sorridere leggera. E questa cosa che Lea continui a sorridere mi colpisce dritta al cuore, forse perché sono abituata ai bronci fossilizzati della gente di Wyemouth o alle lamentele rabbiose di mio padre. Il viso della manager, invece, è limpido e la sua voce frizzante. «Cosa ti porto?» chiede alzandosi.

«Non si disturbi, signora Milton».

I suoi occhi verdi si riducono a due fessure. «Non osare mai più chiamarmi 'signora'» mi intima, fingendosi offesa. «E poi, non è affatto un disturbo. Ah, per quanto riguarda i termini del contratto...»

«Ho visto l'allegato» la mail che mi aveva mandato conteneva anche una proposta economica. «Va tutto benissimo».

«Splendido, cara, splendido. Dunque? Scegli bene, la prima volta all'Holmes non si scorda mai».

«Facilissimo: un caffè, doppio possibilmente» rispondo.

«Ti piace il caffè?»

«Il caffè è il mio ossigeno» confesso con un sorriso.

«Andremo molto d'accordo tu e io. Arriva subito» dice soddisfatta, e si allontana canticchiando.

'È fatta' sospiro, e quasi non riesco a crederci. Sono in una città splendida, ho appena ottenuto un lavoro magnifico e vivo in una casa più o meno decente: rispetto a meno di due giorni fa, quando tremavo all'idea di incrociare mio padre in cucina, mi sembra di aver compiuto passi da gigante.

Seguo il suggerimento di Lea e inizio a girovagare per il locale. In realtà, la cosa che più colpisce dell'Holmes prima ancora della sua confusionaria bellezza è il profumo di caffeina mischiato a quello di vecchia carta che si respira. Anche l'udito viene coccolato, un po' dalla voce di Lana Del Rey nella sua interpretazione di *Blue Velvet* a basso volume e che copre il tintinnio delle tazzine che cozzano tra loro, un po' dal chiacchiericcio persistente dei clienti che stanno leggendo un giornale o un libro sprofondati nelle poltrone. Noto che non ce n'è una uguale all'altra: alcune sembrano le rimanenze di qualche negozio delle pulci, un paio sono chiaramente dei pezzi di design. Le pareti tinte di bordeaux sono quasi invisibili, nascoste sotto a specchi in stile industriale e quadri con frasi di Shakespeare o dei Beatles. Un angolo stondato è occupato da un pianoforte a coda dalla base nera ma su cui, come se fosse rimasto coinvolto in uno scontro a fuoco tra due pittori, ci sono schizzi di vernici di ogni colore. Sul ripiano lucido è appoggiata una cornice barocca che riporta il programma musicale: ogni venerdì sera musica dal vivo; il sabato karaoke: 'Ma solo con canzoni belle' è scritto più in piccolo e qualcuno, accanto, ha aggiunto a mano in una grafia spigolosa 'Ossia, quelle che Nate reputa belle'. Leggo ridacchiando, sempre più innamorata del clima informale che avvolge ogni cosa qui dentro. La zona più affascinante, comunque, è quella della libreria. I volumi sono sparsi un po' ovunque, ma c'è uno scaffale enorme che circonda una scala a chioccola in legno scuro e che conduce a un piccolo soppalco con dei tavolini in stile bistrot francese. Rimango folgorata dal numero di libri che contiene, dalla varietà di titoli, da tutto.

'Se questo è il paradiso, lasciatemi qui.'

«Lo so, fa un certo effetto» commenta una voce alle mie spalle. Mi volto e riconosco il ragazzo che poco prima Lea mi aveva indicato, Samuel. Mi porge una tazza blu con un piattino spaiato. L'aroma prepotente di 1 Million di Paco Rabanne si incastra nelle mie vie respiratorie.

«Grazie» dico.

«Figurati» fa lui, sfoderando un servizio di denti che pare composto da trentadue pezzi di porcellana finissima. Riporto lo sguardo sullo scaffale che si staglia ben più sopra delle nostre teste.

«Genere preferito?» chiede lui.

«I classici inglesi senza dubbio».

«Un'altra fan di Jane Austen?» sospira.

«Più di Emily Brontë» confesso.

«Oddio, no» ride, scrollando la testa. Ha i capelli scuri tagliati molto corti che gli incorniciano il viso armonioso.

«Il tuo?»

Samuel si gratta il mento, poi si volta e prende un libro dallo scaffale. «Non ne ho uno. In questo periodo mi sto concentrando sulla letteratura della seconda metà del Novecento. Ho appena concluso questo» spiega e poi mi allunga il volume corposo, di sicuro di oltre cinquecento pagine, con la copertina rosso fuoco. *L'arcobaleno della gravità* recita il titolo. 'Mai sentito' penso, e Samuel deve intuirlo dalla mia espressione, perché aggiunge: «È un folgorante esempio di prosa post-moderna e di fiction storica» spiega, ma le sue parole non hanno molto senso per me. Tutto ciò che so di letteratura l'ho studiato a scuola oppure l'ho scoperto da qualche introduzione d'autore. Se di Emily Brontë conosco vita, morte e miracoli, su molto altro ho lacune importanti.

«Leggilo» va avanti Samuel. «Sono certo che ti piacerà».

«Oh, d'accordo» arrossisco. «Allora lo appoggio in cassa e lo pago dopo».

«Non serve, possiamo prendere tutti i libri che vogliamo a patto di riportarli intatti».

Spalanco gli occhi, travolta da quella che forse è davvero la ciliegina sulla torta di questa giornata che ha già un posto d'onore nella mia classifica personale.

«È stato il principale motivo per cui ho accettato di lavorare qui» prosegue Samuel. «Ma ora devo ridurre il numero di ore... Sai, sono preso dalla revisione del mio romanzo».

'Romanzo?'

Un concerto di sirene e lampeggianti si scatena nella mia testa.

«Davvero?!» esclamo.

Lui annuisce soddisfatto. «Pubblicherò la prossima primavera con un importante editore».

«Wow» esclamo estasiata. «Tutti i miei complimenti».

«Grazie, grazie» fa lui, poi si scosta. «Vado a sistemare la sezione 'YOUNG ADULT'» dice con una smorfia di disgusto. «Vuoi aiutarmi?»

Annuisco e passo l'intero pomeriggio con lui che, oltre a possedere quello che ogni dentista reputerebbe essere il sorriso perfetto, ha anche una cultura vastissima. Imito i suoi movimenti esperti mentre apriamo uno scatolone contenente le ultime novità in fatto di narrativa per ragazzi e li disponiamo sulle mensole; seguo i suoi occhi chiari e sfuggenti posarsi sulle copertine dei romance più recenti.

«Chi legge titoli così?» mi chiede con espressione disgustata e arrossisco un po', perché in realtà ne faccio intere scorpacciate nei periodi in cui sono giù di morale. Avrei un'intera lista di pro dei romance da elencargli, ma Samuel sbuffa vedendo un paio di signore con i cappellini in attesa alla cassa e si allontana prima che possa parlare.

Mi siedo al tavolo tondo con una ciotola colma di noodles precotti fumanti: una delizia che a Wyemouth non esiste e che, probabilmente, non esisterà per i prossimi vent'anni. Mentre addento i lunghi fili bollenti, studio il mondo fuori dalla finestra. La sera è calata, ma l'oscurità della notte è spezzata dai rettangoli delle finestre illuminate di tutto il vicinato. Nella casa a tre piani di fronte, che è una copia un po' più curata di quella che ospita l'appartamento dei nonni, la finestra più a destra mi offre uno spaccato sulla vita di una giovane famiglia. Lui è molto più alto di lei, ha lunghi capelli corvini e barba folta. Lei è graziosa, minuta e sempre sorridente, e mi ricorda un po' mia madre, più nei modi che nell'aspetto. Li osservo raccogliere un bambino riccio che sembra divertirsi un mondo e inizio a immaginare la loro vita, i loro sogni. Secondo me, lei ha un nome straniero, forse nordico, e fa la maestra. Lui è un pittore di origine francese e parla inglese con uno strano accento. Si sono conosciuti alla mostra fotografica di un amico comune e si sono innamorati all'istante, poi lei è rimasta incinta e si sono trasferiti qui davanti, vogliono sposarsi ma aspettano che il bimbo sia più grande, così che se lo possa ricordare. Sorrido tra me e me, soddisfatta per il quadretto che ho creato, spazzolando gli ultimi noodles. Una lampadina viene accesa anche nell'appartamento al piano superiore. I miei occhi corrono verso la fonte di luce e vedo una donna anziana che cammina un po' come se stesse muovendo dei passi di danza. Apre la finestra e si sistema sul davanzale, con una sigaretta in mano e una radiolina del secolo scorso accanto a lei. Mossa da una nuova curiosità, scosto un po' anche la mia, di finestra. L'aria che entra in casa è fredda e mi pizzica il naso, ma il vento porta con sé anche la melodia malinconica di una canzone jazz. Chiudo gli occhi, lasciandomi cullare dal ritmo e, poco dopo, sento che il volume si alza. Guardo verso la signora che mi sorride e mi rivolge un cenno del capo. Rimaniamo così per tutto il tempo che impiega a fumarsi la sigaretta mentre, dietro le mie palpebre, iniziano ad agitarsi altri mondi, personaggi, suggestioni.

'Un'idea, solo una maledetta idea' penso, cercando di fare chiarezza nella schiera di scene ed eventi che ho già scritto e riscritto nella mia mente, sentendo come sempre la presenza di un vuoto essenziale: il filo che unisce ogni parte all'altra. Quand'ero piccola, papà mi diceva sempre che abusavo della mia immaginazione, mi consigliava di tenere i piedi per terra, di essere più concreta. Mamma, invece, osservava le persone e ricreava nella sua mente le loro esistenze esattamente come faccio io. Era il nostro gioco preferito. Lei era sempre stata una di quelle donne che fanno della fantasia il loro terreno sicuro, era certa dell'esistenza del destino tanto quanto credeva agli angeli custodi. Se ero agitata per un compito in classe, durante il viaggio in macchina verso scuola prendeva la targa dell'auto che avevamo davanti e mi diceva di sommare tra loro i numeri: se fossero stati pari, sarebbe andato tutto bene, se invece erano dispari, mi sarei dovuta impegnare per dare una mano all'universo perché, diceva: 'I numeri pari si completano, quelli dispari a volte hanno un pezzo mancante'.

La musica sfuma lentamente e io apro gli occhi. La signora

alza una mano verso di me e torna all'interno. Io faccio altrettanto: mi sdraio sul divano arancione e mi avvolgo nella coperta di lana, stringendo tra le mani il libro che mi ha dato Samuel. Dopo un paio di pagine e uno sbadiglio, la stanchezza, però, ha la meglio.

# Capitolo 3

*Suddenly I See*
KT Tunstall

«Paul Auster vicino a Philip Roth» osserva Lea rivolta a Samuel. «Dici che potrebbero andare d'accordo?»

Lui risponde subito, con tono sicuro: «Auster non ha la durezza di Roth, ma parlano la stessa lingua».

«Cosa dici, Ali?» mi consulta Lea a bruciapelo.

Io avvampo, incapace di elaborare un giudizio conciso e puntuale come quello di Samuel. Guardo i volumi che ho tra le mani. Stiamo allestendo la zona tematica della settimana. Ogni venerdì, uno di noi tre a turno può scegliere liberamente un tema e creare uno scaffale con volumi che lo trattano. Fino a un attimo fa, era 'Con il fiato sospeso' – idea di Lea – e le mensole contenevano thriller e noir del calibro di quelli di Gillian Flynn e Stieg Larsson. Ora, invece, spetta a Samuel che ha proposto 'Scrittori ebrei-americani da (ri)scoprire', tema d'attualità che conosco solo in modo molto superficiale.

«Forse...» mormoro, cercando qualcosa da dire. «Manca una donna al panel, Sam. Cosa ne dite della Arendt?»

«Ottima idea, cara!» esclama Lea.

«Già...» borbotta Samuel.

Gli passo il volume e lui lo posiziona in un angolino dello scaffale.

«Vedi? Stai imparando alla velocità della luce» si congratula Lea. Sorrido, ancora non del tutto abituata alla sua personalità espansiva. «Motivo per cui, mi prendo un paio d'ore per andare dal commercialista...»

«Ti ricordi che alle diciotto io stacco, vero?» chiede Samuel. «Non posso arrivare in ritardo all'appuntamento con il mio agente...»

«Certo, sarò di ritorno per quell'ora. E poi, ci sarà anche Ali».

«Credi che sia già in grado?» domanda Samuel, dubbioso. Usa un tono un po' sgarbato e, infatti, aggiunge: «Voglio dire... Il venerdì è una delle serate più affollate, lo sai».

Deglutisco. L'insicurezza di Samuel mi si appiccica addosso. Lavoro all'Holmes a tempo pieno solo da tre giorni, lui ha ragione: non sono assolutamente pronta a gestire il locale da sola.

«Penso proprio che sia pronta» dice al contrario Lea. «E poi, tornerò in tempo. State tranquilli».

Alle diciotto e cinque Lea, però, non è ancora tornata. Guardo il quadrante dell'orologio a pendolo con insistenza, contando i minuti, spaventata all'idea di rimanere sola. Samuel esce dallo stanzino in cui ci cambiamo con il cappotto già allacciato.

«Lo sapevo che avrebbe fatto tardi» commenta con un sospiro, avvolgendosi attorno al collo una sciarpa. «Ma devo davvero andare, Ali, mi dispiace tanto».

La vocina del mio cervello vorrebbe raggiungere la bocca per urlargli: 'No, ti prego, resta, non abbandonarmi', ma non faccio in tempo ad articolare alcun suono che Samuel è già uscito senza voltarsi indietro.

'D'accordo, calma. Puoi farcela' mi dico. 'In fondo, hai affrontato situazioni ben più difficili – tipo vivere con un alcolista per cinque anni – e sei sopravvissuta'.

Provo a motivarmi, ma per maggiore sicurezza mando anche un messaggio a Lea per chiederle dove sia finita.

Inspiro ed espiro, scorrendo con il dito le prenotazioni della serata. Una decina di tavoli, molti meno di quelli già fermati per il karaoke di domani. 'Vedi? Poteva andarti peggio'. Non so da dove arrivi questo ottimismo molto poco da me, ma provo a dargli retta.

Entra il primo gruppetto di persone, seguito stretto giro da una coppia. Appena si siedono, mi fiondo su di loro per prendere la comanda.

Birre per il gruppo, vino per la coppia. Facile, veloce.

Consegno tutto e torno al banco, sempre agitata, ma un po' meno. Entra una ragazza da sola e si siede su una poltroncina. Corro da lei.

«Cosa posso portarti?»

«Oh, aspetto degli amici, ordinerò quando arriveranno» mi dice. Io annuisco e in quell'esatto momento la porta si apre per far entrare una decina di uomini e donne tutti più o meno sulla quarantina e in abiti eleganti: più che un gruppo è un ufficio intero.

«C'è posto?» domanda il primo della fila.

«Sì» balbetto.

Si accomodano al centro del locale, prendono a unire i tavoli, io intervengo per aiutarli, ma così mi perdo l'arrivo degli amici della ragazza. Sono già tutti seduti, con i menù chiusi, segno che hanno già deciso cosa ordinare. Pianto in asso gli impiegati per correre da loro.

«Da cosa volete cominciare?» domando, stirando le labbra in un sorriso incerto.

«Per me un Long Island».

«Fai due».

«Una pinta rossa».

«Io ho proprio voglia di un Porn Star Martini».

'Un *Porn* cosa?!'

«Parti forte!» lo canzonano gli amici.

«Perdonami, ma non lo conosco...» provo a dire, però loro non mi ascoltano già più, ridono sguaiatamente.

«Scusi, cameriera» mi chiamano alle mie spalle, mi volto e

vedo che è l'uomo a cui ho portato il vino all'inizio. «Può portarci un secchiello per il ghiaccio?»

«Secchiello per il ghiaccio, sì, okay, ora arrivo...»

Corro al bancone, tra le mani le comande che iniziano a diventare tantissime. Cerco su Google la ricetta del Porn Star Martini e lo improvviso sul momento: ieri, Lea mi ha fatto lezione di mixologia per tutta la mattinata, ma questo drink non l'ho ancora studiato.

'Okay, vodka alla vaniglia, succo di lime...' cerco gli ingredienti negli sportelli. Mi chino per prendere il frutto della passione dal frigorifero nascosto sotto al bancone.

«Noi siamo arrivati, okay, Lea?» grida una voce maschile.

«Non c'è!» rispondo, senza alzare lo sguardo. 'Frutto della passione, frutto della passione...'

«Lo vedo...» insiste la voce. «Tutto bene, lì sotto?»

'Trovato!'

Prendo la pallina violacea da un cestino di plastica e mi do la spinta per rimettermi in piedi. Nel momento in cui lo faccio, però, la mia testa si scontra dolorosamente contro qualcosa.

«Ahia» mugugno, portandomi una mano alla nuca.

«A chi lo dici» si lamenta il proprietario della voce maschile, tenendosi la tempia. È un ragazzo giovane, ma elegantissimo: ha i capelli castani lucidi di cera e indossa un papillon nero che richiama i revers della giacca, per il resto bianca.

«Scusami» mi affretto a dire. «Non ti avevo visto... Ti do subito del ghiaccio».

«No, tranquilla, è stata colpa mia: mi sono sporto verso di te proprio mentre risalivi. Non potevi saperlo» mi conforta lui con una voce bassa e vellutata.

«Non ho guardato» confermo.

Lui mi sorride svelando un piccolo spazio in mezzo agli incisivi. «Noi inizieremmo, se per te va bene» dice.

«Voi iniziereste... cosa?» chiedo distratta, sentendo ancora la testa pulsare nel punto in cui le nostre teste hanno cozzato.

«Be', la serata. Sono uno degli Hoax».

«Giusto!» esclamo. «I musicisti, certo. Vuoi scusarmi un secondo?» chiedo, recuperando il cestello del ghiaccio da un pensile. «Vieni, faccio strada».

«Non serve» sorride di nuovo lui. «Quello è per i tipi laggiù?» chiede poi, indicando il cestello che mi scintilla in mano.

«Sì, glielo stavo giusto portando...»

«Faccio io. Pensa ai drink e non preoccuparti» va avanti lui.

«Grazie» sorrido e, senza più degnare né lui, né il resto della sala di uno sguardo, torno a concentrarmi sulla ricetta del 'Porn-Come-Si-Chiama'. Lo porto al tipo che l'aveva ordinato dimenticandomi il sottobicchiere, mentre tutto il resto della compagnia protesta. Cerco di calmare gli animi, dicendo che mi occuperò del resto in tempo record. Nel frattempo, anche gli sgabelli del bancone si sono riempiti e gli ordini mi piovono addosso da ogni lato. Proprio quando un tizio con il basco sta protestando perché il vino rosso che gli ho portato è troppo dolce, una nota lunga, trattenuta, richiama il locale al silenzio. Tutti si voltano verso il pianoforte. Riconosco subito il ragazzo con lo spazio tra i denti, stretto in quel completo bianco assurdamente elegante, seduto sullo sgabello. Ha gli occhi chiusi e l'aria di chi è profondamente concentrato. Quando la nota si affievolisce fino a esaurirsi, apre gli occhi e le sue labbra si increspano in un sorriso sghembo, il sorriso di chi sa di avere l'attenzione di tutti. Passano non più di cinque secondi, attimi di profonda sospensione, di attesa calcolata e trepidante e poi le sue mani iniziano a muoversi agili, velocissime sulla tastiera, come se Danny Bodman T. D. Lemon si fosse appena materializzato nella sala. Qualcuno applaude timidamente, qualcuno intima il silenzio. Alcuni cellulari vengono sfoderati e capisco perché soltanto quando il ritmo decresce. Da uno dei tavolini occupati, si alza una ragazza che non so come abbia fatto a non notare prima. È alta e magnifica, ha i capelli di una chiara sfumatura di castano pettinati all'indietro, che luccicano per l'effetto bagnato, e il vestito che indossa è un lungo capo ricoperto di paillette crema. L'Holmes inizia ad applaudire con forza, lei sorride con le labbra dipinte da un rossetto scuro. Il pianoforte incalza, incalza, incalza finché lei inizia a cantare *Video Games* dal ritornello. La sua voce viene assorbita dalle pareti dell'Holmes e lanciata indietro con forza. L'intonazione non è perfetta, ma l'interpretazione è meravigliosa e, sul finale, quasi mi commuove. Appena la cantante si blocca, l'applauso scrocia. Mi unisco anche io.

«Grazie, grazie» dice la ragazza staccando il microfono dalla staffa. Di colpo, la sua voce sembra meno suadente. «Stasera siete davvero tanti e tanto gentili, wow. La prossima canzone è tra le più amate del mio pianista preferito» dice indicando il ragazzo al piano, che sfodera il suo spazio fra i denti. Il pubblico strepita. «Oggi è anche il suo compleanno... Un giro gratis per tutti!»

Il coro di voci entusiaste che si alza e i piedi che sbattono a terra fa tremare le bottiglie alle mie spalle.

La cantante mi lancia un'occhiata, poi si china e prende una chitarra. «*Hey, brother...*» intona, ma io non l'ascolto più perché il tipo con il basco, che non si è scostato di un millimetro, si è dimenticato del rosso troppo dolce e ora pretende uno shot di whisky. Dando un'occhiata alla sala, mi accorgo con sconforto che sono in molti ad alzarsi da ogni tavolo e a dirigersi verso di me: una fiumana di gente che vuole bere e in fretta. Maledico gli Hoax e l'idea balzana di offrire da bere a un locale che già non riuscivo a controllare prima.

'Lea ti licenzierà di sicuro' ci si mette pure una vocina che, proprio quando mi serve un incoraggiamento, riprende la mia solita vecchia inclinazione alla negatività.

Deglutisco e, sentendomi come un soldato in prima linea, guardo in faccia il tipo con il basco.

«Arriva» dico, cercando di metterci un po' di decisione.

La mia postazione si riduce a una schifezza in un lampo. Una bottiglia di vodka mi è scivolata di mano ed è caduta sul pavimento, che è diventato appiccicoso come marmellata. Verso shot alla massima velocità di cui sono capace, ma non basta. Le proteste di chi sta aspettando da mezz'ora la propria ordinazione si aggiungono a quelle dei maledetti shottini.

La musica è solo un ricordo lontano, so che stanno suonando ancora, soprattutto perché la voce della cantante è un ulteriore ostacolo al mio lavoro, visto che mi impedisce di sentire bene gli ordini e così sbaglio un paio di shot di fila.

'Dov'è finita Lea?'

«Ragazzi, state calmi» scandisce forte e chiaro una voce familiare. Sollevo il viso, che sento essere unto poco meno del grembiule che indosso e su cui sono finiti i resti di qualsiasi cosa abbia toccato durante la serata, e riconosco il pianista.

«Cosa fai? Non puoi stare qui» gli intimo, perché Lea mi ha spiegato le norme sanitarie. Mi spedirà fuori dalla porta con un calcio quando vedrà che cosa sto combinando e io mi ritroverò a impacchettare i miei pochi averi e a tornare a Wyemouth.

Il ragazzo si toglie la giacca elegante e risvolta le maniche della camicia avvicinandosi a me. «Posso» dice soltanto, senza guardarmi negli occhi.

La sua attenzione è fissa sulla lunga coda disordinata e arrabbiata che si è formata davanti a me e che fa paura soltanto a vederla. Quando diavolo è entrata tutta questa gente? E come fa l'Holmes a non esplodere?

'Ecco, un'altra contravvenzione: avrai superato di sicuro il limite di capienza massima. Licenziamento certo'.

Mentre la mia mente viene intrappolata in una ragnatela di pensieri autodistruttivi, il ragazzo ha preso una spugna, aperto un cassetto sotto al banco di cui non conoscevo neanche l'esistenza e buttato via i rimasugli di frutta e alcol che avevo accumulato con un unico gesto preciso.

«Allora» esclama. «Adesso verrete serviti tutti. Abbiate solo un po' di pazienza» alcuni clienti incrociano le braccia, frustrati. «Per la prossima ora limiteremo gli ordini alle birre e agli shot, se vi scuserete con la ragazza nuova e le vostre scuse saranno convincenti, potrei anche servirvi dell'ottimo whisky... So dove Lea nasconde la sua riserva».

I clienti si rilassano, vinti dal sorriso sghembo del ragazzo che, di colpo, nella mia immaginazione si trasforma in una sorta di supereroe completo di svolazzante mantello rosso.

«Tu, ragazza nuova» dice voltandosi verso di me e io mi riscuoto. «Fai partire la lavastoviglie con questi» indica dei bicchieri sporchi accatastati attorno al lavandino. «Poi mettiti all'altra spillatrice e riempi i boccali finché non ti dico io basta».

Lo osservo stupita: «Non dovresti suonare, tu invece?»

Non voglio aggiungere alla lista dei modi in cui ho deluso Lea anche 'Trasformato pianista acclamato in barista bistrattato'.

«Siamo stati noi... Be', in realtà è stata Meredith a metterti in questa situazione, con quell'annuncio».

«Veramente ero già parecchio indietro con gli ordini prima».

Lui prende due torri di bicchierini impilati. «L'avevo notato, ma in questo momento hai una faccia abbastanza disperata».

Una risata nervosa mi sfugge dalle labbra.

«Lieta di saperlo».

So di non essere al massimo della mia forma, ma non pensavo di essere uno straccio.

«Per fortuna conosco la soluzione» dice, strizzandomi l'occhio. Poi prende uno dei due shot che avevo preparato per errore e mi allunga l'altro. «Alla battaglia» sorride.

Beviamo di rigore e sento il liquido dolciastro bruciarmi la gola. Lo mando giù a fatica, poi guardo il ragazzo che ha un'espressione disgustata sul viso.

«Devi perfezionare la tecnica, ragazza nuova. Cosa diavolo c'era dentro?»

Fa schioccare la lingua un paio di volte: ha la bocca allappata e lo capisco perché per me è lo stesso. Desidero improvvisamente mangiare un intero pacchetto di patatine.

«Liquore alla pesca mischiato con qualcosa che mi è caduto per sbaglio... forse tequila».

«Davvero terribile. Ma farà il suo lavoro» dice lui. «Diamoci da fare».

«Non vorrei che Lea si arrabbiasse per il concerto».

«Lea? Arrabbiarsi?» ride come se avessi detto la peggiore delle assurdità. «E poi, Meredith» e indica la ragazza bellissima, da cui gli uomini di tutto il locale non riescono a staccare gli occhi di dosso, «sa benissimo come intrattenere il pubblico anche da sola».

Mi basta guardarla per capire che ha ragione: Meredith è seduta su uno sgabello e sta cantando *Sunrise* accompagnandosi con la chitarra.

«Forza, adesso, ragazza nuova» mi incita lui. «Quelle birre non si spilleranno da sole».

Non mi rendo conto del tempo che passa. Il ragazzo con la fessura tra i denti – che nella mia testa ho iniziato a chiamare Superman – è un'esplosione di energia e sembra nato per fare questo lavoro: serve un cliente dopo l'altro, rapido e concentrato, e senza dimenticarsi di dire una parola gentile a chiunque gli passi davanti.

Controvoglia, mi stacco da lui e dalla sicurezza che emana per liberare i tavoli delle persone che hanno concluso la serata o per battere gli scontrini in cassa.

Sono da poco passate le ventuno e trenta quando Meredith smette di cantare e il suo pubblico la saluta con un'ovazione da stadio.

«Saresti dovuto essere con lei a prenderti questo applauso» torno a dirgli. «Ma grazie per l'aiuto». Non c'è più nessuno in coda ad aspettare da bere e il locale, lentamente, inizia a svuotarsi. Vedo Superman guardare Meredith con occhi che brillano. Il suo è uno sguardo tanto orgoglioso e appassionato che mi provoca una fitta al petto.

Nessuno mi ha mai guardata come sta facendo lui con lei.

Nemmeno Lucas nel periodo più felice della nostra storia. Al pensiero di Lucas, il senso di colpa si impossessa dei miei polmoni e chiude fuori l'aria.

«Mi mancava stare dietro al banco» commenta dopo un attimo, del tutto tranquillo. «Mi piacciono i bar, mi piace chiacchierare con la gente. E l'Holmes è...»

«...unico» diciamo all'unisono. I nostri occhi per un istante si allacciano, poi lui abbassa lo sguardo. Noto le sue ciglia lunghe e scure. Si volta e recupera la giacca bianca.

«Ma i miei servigi sono molto richiesti, stasera» dice dopo un istante, alzando il mento verso Meredith che gli fa cenno di sedersi al piano.

«Certo, vai pure» dico, un po' dispiaciuta e lui si allontana.

Fingo di sistemare dei bicchieri, ma in realtà non riesco a non osservali mentre si abbracciano. Scoppiano a ridere, poi lui prende la sua chitarra e la inserisce in una custodia.

«Eccomi, eccomi, eccomi!» esclama Lea, entrando come un uragano nel locale. La mantella corallo abbinata al cappello a tesa larga da cui escono ciocche spettinate le svolazza alle spalle. Si guarda attorno sorpresa, vede la maggior parte dei tavoli vuoti. «Oh. Credo di essere in ritardo».

Si avvicina, levandosi i guanti. «Non sai quanto mi dispiaccia, cara. Ogni volta, il signor Travis ha qualcosa da ridire sui conti, sulle fatture, una noia» sbuffa, e l'espressione sul suo viso diventa quella di una bambina annoiata. «Come è andata?»

Mi schiarisco la gola, alla ricerca di una risposta decente: dovrei confessarle la verità, dirle che era bastato che Samuel uscisse dalla porta perché perdessi il controllo della situazione...

«Benissimo» risponde, però, Superman alle mie spalle. «Scommetto che tra un paio di settimane conoscerà questo posto meglio di te, Lea».

«Ma non meglio di te, vero?» sorride lei.

Mi volto a guardarlo e vedo Superman stringersi nelle spalle: si conoscono bene.

«Ciao Lea» la saluta Meredith, sporgendosi sulla mia datrice di lavoro, più bassa di almeno quindici centimetri, per darle due baci sulle guance. Poi, ignorandomi completamente, mi passa davanti. Il suo profumo di bocciolo di rosa mi inonda le narici in modo così repentino da farmi quasi starnutire.

«Ci vediamo la prossima settimana» le sorride Lea.

«Oh, no. Ho dimenticato il cappotto in auto» dice Meredith a Superman, che si toglie la giacca e gliela posa sulle spalle. «Ma finirai per prenderti un raffreddore e non voglio sentirti starnutire tutta la notte» protesta.

«È esattamente la cosa che vorrei evitarti io» insiste lui.

Lei sbuffa un po', ma poi tiene la giacca. Sembrano due attori di Hollywood tanto sono belli.

«... Cara, mi stai ascoltando?»

Lascio perdere la coppia di musicisti e torno a concentrarmi su Lea. Che cosa mi avrà detto? La fisso, cercando intanto nella mia mente le ultime parole che hanno raggiunto i miei timpani senza però convertirsi in messaggi al cervello.

«Scusa, Lea, sono un po' stanca...»

«Ti stavo dicendo proprio questo: fila a casa e riposati, sei stata brava».

«D'accordo, devo solo salutare...»

Ma quando mi volto di nuovo verso il punto in cui stavano chiacchierando tra loro Superman e Meredith vedo che se ne sono già andati.

# Capitolo 4

*Dear Reader*
Taylor Swift

Una pioggia leggera sta bagnando Londra. Inspiro l'aria della sera mentre cammino con il mio caffè fumante – giuro: è l'ultimo della giornata – lungo la strada che mi riporterà a casa, ma non prima di qualche deviazione. L'Holmes, infatti, chiude molto prima rispetto ai locali di Shoreditch o di Camden Town, e la cosa non mi dispiace, anzi, mi offre l'opportunità di scoprire il piacere di passeggiare per Ferlington, il quartiere che ospita il luogo in cui vivo e quello in cui lavoro, e scoprirne così i dettagli, le scorciatoie, le vetrine. A tratti, mi sembra che questo pugno di casette su tre piani, vie strette e piccoli negozi dai nomi poco originali ma estremamente pratici sia un mondo a parte, un piccolo universo in cui magia e realtà, passato e presente hanno trovato il modo di coesistere. I lampioni accesi sono quelli antichi, in ghisa, e sui marciapiedi camminano senza fretta persone dirette a casa come me o a un qualche altro appuntamento. Senza rendermene conto, ricomincio con il solito gioco di immaginarmi la vita degli altri e, così, l'uomo panciuto con il barboncino diventa un nobile decaduto, la ragazza che cammina su dei tacchi argentati una volonterosa circense. Tutte queste novità sono linfa per la mia creatività al punto che mi pizzicano i polpastrelli per la voglia di scrivere.

'Potresti farlo ora'.

È vero. Sono stanca, ma non troppo e la serata, per quanto strana e stressante, è stata in qualche modo... divertente. Mi fermo, decisa a ritornare sui miei passi, stringendo il vecchio ombrello dal manico di legno che ho trovato nello sgabuzzino dell'Holmes.

Non riconosco la strada e se, in altri casi, continuerei a girovagare tranquilla fino a ritrovare la via, adesso sento l'impellente necessità di stringere i tempi e mettermi davanti alla pagina vuota. Prendo il cellulare dalla tasca, ma sullo schermo appare la notifica della batteria scarica. Decido di preservarla: userò il telefono solo in caso di emergenza.

Sbuffo e torno a guardami in giro. Compio qualche passo nella direzione da cui sono venuta, mi sembra di ricordare l'albero scheletrico dalla corteccia chiara. Cammino, cercando di rimanere lucida, anche se il tempo passa e la sensazione di stare percorrendo la stessa strada, in circolo, comincia a diventare una certezza. Incontro di nuovo il signore panciuto e decido di attraversare la strada per chiedergli un'indicazione, ma lui entra in una porta bianca con il barboncino al seguito e io resto di nuovo sola.

Sbuffo.

Accanto alla casa in cui è entrato c'è una via che non avevo notato. La imbocco speranzosa, ma scopro essere un vicolo cieco. I tetti delle case che lo creano si fanno spioventi, gli sottraggono una porzione di cielo. Giro sui tacchi, ma poi vedo il nome sul cartello: 'CORNELIA STREET', strano nome per una viuzza chiusa che non ha alcuna possibilità di assurgere al titolo di strada. Le concedo una possibilità e mi infilo ancora più in profondità nel vicolo che, dopo una curva a gomito, si apre in uno spiazzo di sampietrini sopravvissuti al cemento e di verde selvatico. Sul muro di mattoni rossi si arrampica un'edera verde e rigogliosa. Una catena di lampadine illumina il perimetro di una parete ricoperta da decine di fogli, foglietti, disegni, lettere. Mi avvicino ancora un po' e provo a studiare quella più vicina. Scritta in una grafia quasi indecifrabile, la lettera al buio ha tutta l'aria di essere una supplica: una ragazza, dai cuoricini sulle I, che chiede di essere perdonata dal suo ex fidanzato. Ci sono poesie, pagine di libri strappate, articoli di giornale. Dopo aver provato a leggere un haiku sullo scorrere del tempo, mi obbligo a fare un passo indietro e a guardare questo capolavoro da lontano. È come un'opera d'arte in continuo aggiornamento, un'installazione che anziché descrivere la vita si mostra in quanto vita stessa.

Molti componimenti hanno la data, ma alcuni no, e io mi chiedo da quanto tempo esista questo posto.

*Ti amo. Scusa. Farcela. Lontani. Sogno. Tu. Lei. Futuro. Storia.*

Ci sono parole che ricorrono e anche nomi dei firmatari che scorgo in più punti. C'è qualche cuore abbozzato, profili stilizzati. Sbavature d'inchiostro, che non sono provocate dalla pioggia che non accenna a smettere di cadere, ma dalle lacrime di chi li ha scritti... Cornelia Street è la via dei peccati e delle storie d'amore.

Cerco nella borsa, non esco mai senza penna e block notes, e decido di lasciare anche io un messaggio, di liberarmi di quelle parole che da giorni mi ronzano in testa.

*Io so amare? Ho paura di provare qualcosa?*

Era stato Lucas a farmici pensare con quel suo 'Codarda' pronunciato con dolore. La risposta che lui si era dato era no.

No, Alison Moss non sa amare, non sa pensare a nessuno se non a se stessa, Alison Moss è egoista, gioca con i sentimenti altrui e sa solo calpestare gli altri nel tentativo di sopravvivere.

Sarei tentata anche io di credere a questa versione dei fatti. Ho lasciato un uomo bisognoso di cure al suo destino. Ho lasciato un ragazzo che mi adorava, gli ho frantumato il cuore, per scappare via. Forse sono davvero spezzata ed egoista come mi ha dipinta.

Sospiro e incastro il mio biglietto vicino a un altro. È scritto su un cartoncino nero con un pennarello bianco che, a differenza di tanti, risalta alla luce delle piccole lampadine.

La scrittura in stampatello è limpida anche se un po' spigolosa. Chiunque l'abbia scritto non era certo in piedi sotto a una sorta di acquazzone a rate, con un blocchetto per gli appunti come tanti tra le mani.

*Hai mai pensato che se i puzzle avessero tessere*
*dalle sagome identiche non si incastrerebbero mai?*
*Il loro è un incastro perfetto in quanto diverse.*
*Si completano, non si sovrappongono.*
*Si uniscono, non si forzano.*
*Dove sei tu, mio incastro?*
*Ci siamo persi credo,*
*o forse sei tu che non vuoi farti trovare.*

*Byron*

Rileggo il messaggio più e più volte. È breve, ma così intenso che lo sento quasi depositarsi dentro di me. Prendo il cellulare, perché questa è un'emergenza. Un'emergenza poetica, certo, ma pur sempre un'emergenza. Scatto una foto al cartoncino nero, alle lettere bianche che rilucono per il flash. Non faccio in tempo a controllare come la foto sia venuta che il cellulare mi si spegne tra le mani. Alzo gli occhi al cielo, rinfilandolo in tasca, e decido di firmare anche il mio biglietto. Non devo neanche pensare al nome da imprimere sotto la mia, spaventosa, domanda: Catherine, come l'inqueta protagonista del mio romanzo preferito.

Osservo la mia opera, ben poco esteticamente appagante rispetto a quella di Byron, ma vedere le mie paure uscire nel mondo ha un che di rassicurante. Di colpo, è come se mi sentissi più leggera.

Da qualche parte, nel silenzio della città, rintoccano le campane di una chiesa: sono le undici e io sono infreddolita.

Torno sui miei passi, decisa a concentrarmi per ritrovare la strada. Se nei geni di mio padre c'è qualcosa di salvabile, quel qualcosa probabilmente è il senso dell'orientamento. Dopo un paio di tentativi, sono di nuovo davanti all'Holmes. Il locale è buio, all'interno. Una abat-jour a frange rischiara la vetrina con un bagliore verde smeraldo. Sorrido, perché so che è stata Lea a metterla: lei è una di quelle persone che trovano il modo di avvolgere tutto ciò che le circonda in un abbraccio caldo, una sorta di espansione di quello in cui mi aveva stretta il primo giorno di lavoro.

Inizio a contare i passi e, intanto, i miei pensieri volano.

Chissà chi è Byron e com'è la sua vita...

Quando il cellulare si riaccende ho già lavato i denti e sono avvolta nella coperta di lana.

Guardo la foto, rileggo le parole del suo autore. La posto su Instagram disattivando la geolocalizzazione. Nella descrizione scrivo 'Non ho mai amato i puzzle #ByronCornelia'.

Chiudo gli occhi, pronta a sprofondare nei sogni, ma lo schermo del cellulare si illumina di nuovo. Ho dimenticato di impostare la modalità aereo. Lo acciuffo, già semi addormentata.

Cercando di tenere gli occhi aperti premo sulla notifica e apro i direct message di Instagram.

**sam_writer**: Allora sei sopravvissuta.

Leggo senza capire, tocco sull'immagine del profilo e mi ritrovo sul feed curatissimo di Samuel. Tutte le sue foto sono in bianco e nero e ritraggono lui o altri soggetti di sfuggita, in movimento. Una nebulosa bicolore estremamente artistica, ma che Samuel avesse buon gusto l'avevo già capito da un pezzo. Perché mi sta scrivendo, però?

**ali_moss**: A stento.

Rispondo e mentre aspetto di capire se i puntini si trasformeranno in un altro messaggio, torno sul suo profilo e inizio a spulciarlo. Scatti di libri, primi piani, inquadrature di paesaggi cittadini. In mezzo a tutto, c'è anche una sua foto completamente nudo, con un romanzo di Bukowski a coprirgli le parti più intime. Pretenzioso, ma indubbiamente sexy.

Deglutisco, ma non posso non allargare il post e passare in rassegna i muscoli definiti, inclinando la testa con espressione ebete.

**sam_writer**: Un battesimo di fuoco, ma ci siamo passati tutti.

**ali_moss**: Come'è andata con il tuo libro?

**sam_writer**: Benissimo. Manager e editore fiduciosi.

**ali_moss**: Sono contenta.

**sam_writer**: E invece come sta andando con il tuo libro?

Il mio libro? Non è possibile che sappia che sto provando a scrivere un romanzo, vero? È tutto ancora solo nella mia testa, un garbuglio di idee e scene che non hanno ancora trovato la giusta direzione.

**sam_writer**: Intendo il libro che ti ho consigliato, Ali. Ti sta piacendo?

Ah, ecco. Respiro, riacquisendo la lucidità necessaria per formulare una risposta educata. Come posso dirgli che *L'arcobaleno della gravità* non fa proprio per me? Ho abbandonato la lettura ieri, appena ho visto arrivare uno scatolone con la nuova edizione di *Vita dopo vita* di Kate Atkinson.

**ali_moss**: Non è molto scorrevole.

**sam_writer**: È proprio questo il punto. Quando arrivi alla fine, senti di aver compiuto un'impresa così grande che dopo puoi fare tutto.

**ali_moss**: È così che hai scritto il tuo romanzo?

**sam_writer**: In parte, ci ho messo tre anni.

**ali_moss**: Di cosa parla?

**sam_writer**: Racconta di un uomo di oggi che si risveglia nel corpo di un ragazzo al fronte durante la Prima Guerra Mondiale. Voglio parlare dell'alienazione dell'individuo che avviene in modi diversi, ma sempre terribili.

**ali_moss**: Caspita, impegnativo.

Non so che altro aggiungere. Mi stuzzica parlare con Samuel così, al buio, con gli occhi che mi si chiudono, ma ho la costante ansia di dover trovare qualcosa di interessante da dire.

**sam_writer**: Tu non scrivi mai?

**ali_moss**: No.

**ali_moss**: Cioè... A volte.

**sam_writer**: Lo sapevo. Potrei darti qualche lezione...

**ali_moss**: Davvero? Lo faresti?

**sam_writer**: Certo, Ali. Sarà divertente.

# Capitolo 5

*Rollercoaster*
Bleaches

Lea mi ha incaricata di traslocare temporaneamente la sezione dei classici inglesi per fare spazio a una sua selezione di letteratura dell'orrore in vista di Halloween. Sistemo su un carrellino turchese i romanzi di Roald Dahl, che in qualsiasi altra libreria sarebbero collocati nel reparto bambini, ma all'Holmes vengono usati per intervallare i volumi di Mann, Shakespeare o Wilde perché, a detta della saggia e pazza proprietaria: «Non bisogna mai prendersi troppo sul serio, Ali. O crescere per davvero».

Accarezzo la copertina di una vecchia copia di *Coraline* di Neil Gaiman, ricordandomi della piccola collezione di romanzi per bambini che mia madre mi aveva comprato al mercatino della domenica. Quando mi leggeva una storia, faceva smorfie e modificava il tono di voce per adeguarsi ai personaggi che interpretava, a volte cambiava persino i nomi e usava il mio... e così, io diventavo la protagonista di avventure magiche, vivevo in castelli incantati e salvavo il mio regno a colpi di sciabola. Pensavo che dei topini empatici potessero davvero cucire un vestito da ballo e che con un pizzico di polvere di fata si potesse imparare a volare. Non sapevo ancora che la vita vera era tutto fuorché una favola.

Posiziono un volume su ogni tavolino, i clienti sollevano

lo sguardo per sorridermi, forse perché, come me, anche loro sanno che dentro a quelle pagine si nascondono mondi, emozioni e, a volte, nuove speranze.

Sam mi segue a ruota con un blocchetto tra le mani. Si appoggia ai tavoli, scherza con le ragazze mentre prende le ordinazioni e i titoli delle canzoni per la serata karaoke.

Vado al banco e divoro uno *scone* con lo zucchero a velo. Sam mi raggiunge, si appoggia rilassato allo scaffale dei liquori e mi guarda con un mezzo sorriso.

«Cosa c'è?» gli domando, con la bocca ancora mezza piena.

Lui si avvicina. I suoi occhi di ghiaccio sembrano usciti da un romanzo. Con studiata lentezza, passa un dito poco sopra al mio labbro.

«Eri un po' sporca» commenta. La sua voce è roca, ammaliante. Sento le gambe farsi di gelatina.

Deglutisco a fatica.

«Ehi, ragazza nuova» mi chiama una voce alle mie spalle. Sam abbassa lo sguardo, il momento di tensione tra noi ci sfugge.

Mi volto, un po' irritata, e aguzzo la vista per capire chi mi ha salutata, ma solo quando il ragazzo sorride e vedo il piccolo spazio tra i denti lo riconosco: è Superman.

«Hai un look sobrio, oggi» gli dico, mentre lui si siede allo sgabello davanti a me.

Lui mi guarda inizialmente perplesso.

«Oh, intendi per il completo di ieri? È Meredith la stilista. A me piacciono le cose più semplici» e basta dargli un'occhiata per capire cosa intenda. Si toglie la felpa verde felce e resta con una semplice t-shirt bianca. Indossa una collanina, la vedo sparire dentro allo scollo. I suoi capelli castani non sono più tirati all'indietro, ma gli cascano un po' ovunque, sulle orecchie, sugli occhi: sono troppo lunghi. Li ravviva mentre tamburella sul banco.

«Un Negroni» dice. Poi inclina un po' la testa e abbassando la voce aggiunge: «Ti ricordi, come si fa?»

Gli faccio una linguaccia.

«Certo. Ieri sera ero solo sopraffatta dagli ordini. Vermouth, gin, Campari».

«Non metterei mai in dubbio la tua preparazione» sorride lui, placido. «Vermouth come?»

«Rosso».

«Sei in gamba, ragazza nuova» ammette. Poi chiama Sam che sta raccontando a un paio di clienti la trama del suo manoscritto. «Ehi, l'elenco delle canzoni?»

«Lì, sul banco» risponde, senza distogliere lo sguardo dalla tizia con i capelli rossi o, meglio, dal suo decolleté con cui il mio non può certo competere.

Servo il Negroni a Superman, che inizia a sfogliare il taccuino di Sam. Va avanti a tamburellare sul tavolo, prende un sorso e inizia a canticchiare. Dopo un po', mi chiede una penna, traccia delle righe su alcune canzoni e mordicchia il tappo.

«Se hai fame ho una discreta selezione di piatti da proporti».

«Lo so» replica lui, assorto.

Strappa una pagina.

«Ehi» protesto facendo un leggero scatto nella sua direzione. 'Danni a proprietà dell'Holmes' ancora mi mancava sulla lista di errori commessi durante il mio turno.

Lui mi guarda, noto i suoi occhi grandi, di una sfumatura scurissima, castano profondo, quasi ebano.

«Cosa c'è?» domanda stupito. «A Sam non dispiace, vero amico?»

Samuel alza gli occhi al cielo e si avvicina. La rossa se ne è andata.

«Penso di non avere altra scelta, comunque. Ormai l'hai fatto» borbotta e mi sembra di vedere la sua mascella contrarsi. Anche se non lo ammette è innervosito.

«Vi conoscete?»

Entrambi mi guardano sorpresi.

«Tu non sai chi sono?» chiede Superman.

Mi sento come se mi fossi persa qualcosa. Certo che so chi è lui: è il pianista di ieri sera, il fidanzato della cantante, il ragazzo che mi ha aiutata a non perdere il lavoro, Superman... Okay, non gli ho chiesto il nome ed è diventato troppo imbarazzante farlo dopo, ma perché dovrei sapere se lui e Sam si conoscono?

«Lea è sempre più distratta» commenta Samuel, incrociando le braccia al petto e scuotendo la testa.

«Dai, è solo innamorata» la giustifica Superman.

«Di un commercialista. Come si fa a innamorarsi di un commercialista? Mi preoccupa».

«Perché i commercialisti non meritano amore?» domando, senza capirci più nulla.

«Ottima osservazione, ragazza nuova. E ottimo drink» dice, alzandolo verso di me. «Comunque, io sono Nate. Nate Lawrence».

Sam sbuffa di nuovo. «Nate lavorava qui, era il responsabile dell'Holmes fino a un annetto fa... Poi i suoi genitori hanno deciso che doveva trovarsi un lavoro vero e la mia psiche ne ha giovato».

'Ecco perché conosce questo posto a menadito!'

Superman, cioè Nate, ridacchia: «Ero un'istituzione».

«Bugiardo».

«Lo ero, lo sono» insiste.

«Se lo dici tu» commenta Sam, versando tre shot.

«E adesso cosa fai?» gli chiedo.

«Mi diverto a comporre» risponde lui. «E insegno le basi di pianoforte a una piccola schiera di bambini annoiati che chiederanno a Babbo Natale di farmi sparire dalla faccia della Terra».

«Se organizzano una petizione, amico, io firmo subito» scherza Sam.

Nate finge di non aver sentito. «Hai segnato la tua canzone per il karaoke?» mi domanda.

«No, io non canto» rispondo subito.

«Non importa» fa lui. «È una tradizione. E poi il karaoke all'Holmes funziona in modo un po' diverso...»

'Come tutto il resto'.

«Infatti è più un jukebox che un karaoke» spiega Sam. «Puoi richiedere una canzone, ma puoi anche decidere di non cantarla».

«Se *io* deciderò che è degna» va avanti Nate con fare da esperto, «inizierò a cantarla. Chi si è prenotato può decidere di raggiungermi e unirsi a me, e lo stesso può fare chi ama quella canzone, altrimenti può stare seduto e ascoltarla dal suo tavolo».

«Se è così» ragiono, prendendo il block notes dalle mani di Nate, «allora d'accordo. Segno».

So benissimo che cosa ho voglia di sentire dal vivo.

«Rendiamolo più divertente» commento, bloccando la punta della penna a sfera a mezzo centimetro dal foglio. «Dovrai indovinare qual è la canzone che ho scelto, visto che sei così sicuro di te».

Sam sorride soddisfatto per la mia proposta e io gioisco dentro di me.

«Ci sto. Cosa scommettiamo?»

Il silenzio scende su di noi mentre riflettiamo.

«Ho un'idea» riprende Nate. «Se indovino la tua canzone, allora tu uscirai con me».

I miei occhi si spalancano, resto a fissarlo. Sento Sam irrigidirsi al mio fianco.

'Oddio, ma come siamo arrivati a questo punto?'

«Calmati, ragazza nuova. Sto scherzando».

Il sollievo si fa strada nel mio cuore e capisco di aver abboccato a uno scherzo sciocco: d'altronde, solo ventiquattro ore fa l'ho visto insieme alla sua fidanzata.

«Se indovino» riprende, tamburellando ora le labbra carnose con le dita, «mi accompagni a una cosa tra un paio di settimane...»

«Di che cosa si tratta?» chiedo sospettosa.

«Non te lo dico: devi accettare a scatola chiusa, altrimenti è troppo facile».

«Non ci vai con Merry?» chiede Sam con espressione interessata.

«Non più. Sarà a Budapest per qualche giorno».

«Che tradotto in meredithese significa che va alle terme».

«Esattamente» sorride. «Quindi? Ci stai, ragazza nuova?»

Lo fisso negli occhi scuri, vivaci, da bambino pestifero: «D'accordo, ma se vinco io smetti di chiamarmi così».

«Mi sembra giusto» annuisce lui.

Sam allunga uno shot a me e uno a Nate.

«E questo? Lea non si arrabbierà?»

Entrambi scoppiano a ridere. «Si arrabbierebbe se tu non ti divertissi stasera al karaoke» dice Sam.

«Mi sto chiedendo da quando sono arrivata perché mai un locale come questo abbia una serata karaoke fissa» confesso.

«Facile» dice Nate. «Perché Lea non vuole che mi ritrovi sotto un ponte a strimpellare una vecchia chitarra scordata».

«Come se *tu* potessi trovarti mai sotto un ponte...»

«Era per rendere l'idea» scrolla le spalle. «Alla salute, allora. Ti ci vorrà tutta la tua forza per arrivare alla fine della serata, ragazza nuova».

«Alison» puntualizzo.

«Lo so» mi sorride lui, facendomi l'occhiolino e portandosi il bicchierino alle labbra.

Il venerdì musica live è niente in confronto al sabato karaoke. Il locale è così pieno che molti clienti sono dovuti rimanere fuori e io continuo a fare la spola tra l'interno, in cui ci sono almeno trentaquattro gradi, e l'esterno, dove la temperatura è decisamente inferiore. È certo che domani avrò come minimo un raffreddore, ma non mi interessa. È il primo giorno libero che ho da quando sono arrivata a Londra e ci sono solo due cose che voglio fare: scrivere e riposare.

Il mio vassoio si riempie e si svuota in pochi secondi, i miei passi sono meccanici, Samuel serve un drink dietro l'altro, guardandomi con intensità, di tanto in tanto. Quando mi prendo una piccola pausa per bere un goccio d'acqua, lui si offre di svitarmi il tappo della bottiglia perché da me non riesco. Le nostre dita che si sfiorano mi trasmettono la sensazione di una scarica vibrante. Lo ringrazio con lo sguardo, troppo imbarazzata per proferire parola.

Dall'angolo del pianoforte, Nate parla, canta e balla senza freni. Ogni volta che lo guardo è in movimento. Ora ha un braccio posato sulla grossa spalla di un altro ragazzo che ha il viso rosso per lo sforzo di cantare *Beautiful* di Christina Aguilera. Il resto del locale sul ritornello si unisce a lui in un coro stonato che mi strappa una risata. Sulle ultime note, Nate mi guarda e mi indica. Io mi paralizzo.

'Cosa vuole da me?'

Il ragazzo, sempre paonazzo come se avesse appena dato tutto davanti a Wimbledon, ringrazia i presenti e restituisce il microfono a Nate che, con un sorriso sornione, alterna occhiate a me e al pubblico.

«Chi mi conosce sa che per me la musica è tutto, che divoro canzoni e sinfonie anche molto diverse tra loro per tutto il giorno. Non sono schizzinoso: potete trovarmi a cantare Lana Del Rey sotto la doccia oppure a tentare di imitare l'impossibile falsetto di Neil Young. Perciò, la ragazza nuova dell'Holmes... l'avete già conosciuta, a proposito? È proprio laggiù, che mi guarda terrorizzata».

Tutto il locale si volta verso di me e io sbianco per l'imbarazzo.

«Un applauso per Ali!» prosegue Nate, con l'aria di uno che si sta divertendo un mondo e, intanto, si mette a sedere al pianoforte.

I clienti mi guardano con curiosità, io vorrei solo che il pavimento in parquet mi inghiottisse.

«Dicevo, la ragazza nuova non poteva sapere che scommettendo con me che non avrei mai indovinato la sua canzone al karaoke stava già perdendo in partenza».

# Capitolo 6

*my tears ricochet*
Taylor Swift

Le prime note della mia canzone preferita arrivano all'improvviso e, come sempre, mi tolgono il fiato. Tracciano una scia di luce nella mia anima, riverberano scintille tutte attorno.

E sono, ovviamente, quelle giuste. Nate ha indovinato.

La sua voce densa e vellutata si diffonde per la stanza, mentre il silenzio scende tutt'attorno.

«Vieni sul palco ragazza nuova» sussurra nel microfono, in una pausa del testo, ma io faccio di no con la testa, sentendo le guance diventarmi incandescenti.

Lui non insiste, fa spallucce, stacca lo sguardo dal mio, come se il mio diniego non lo disturbasse affatto, e si concentra sulla musica. Al ritornello, il pubblico si unisce alla sua voce in un crescendo che è meglio di qualsiasi concerto.

Le sedie sono impilate sopra ai tavoli. Passo lo straccio sul pavimento fino alla stanza del personale che è più uno sgabuzzino e, con un sospiro, mi appoggio allo stipite, gettando un'occhiata al locale pulito e ordinato. Lea stasera non si è vista e Samuel se ne è andato appena il karaoke si è concluso, lasciandomi le chiavi e le faccende da finire. Mi massaggio i muscoli delle spalle tesi, ma un rumore di oggetti che cadono a terra mi fa sobbalzare.

«Cavolo» impreca la voce di Nate.

Accendo la luce e lo trovo sul pavimento, sommerso da una montagna di scatoloni vuoti, mentre una chiazza di qualche liquido non meglio definito di allarga verso di me.

«Ma cosa...» biascico, trattenendo a stento una risata.

«Vuoi darmi una mano o soltanto ridere, ragazza nuova?»

Lo studio dall'alto. «Cosa facevi qui dentro, da solo e al buio?»

Lui mi fissa. «Sono venuto a riporre l'attrezzatura del karaoke, ovviamente».

Scuoto la testa divertita. «Al buio?»

«Ho una vista molto sviluppata».

«Non ti ho osservato bene, ma non mi pare di ricordare che tu sia un felino».

«Miao» fa lui, e la risata che stavo trattenendo esplode, perché Nate è troppo ridicolo così incastrato. «Aiutami, dai».

Mi chino verso di lui allungandogli una mano, ma quando sta per afferrarla la ritraggo con un sorrisetto soddisfatto sul viso. «Confessa cosa stavi facendo».

Lui sbuffa. «Forse volevo spaventarti».

«Forse?» insisto.

«È quasi Halloween. E poi eri così concentrata che sarei proprio dovuto essere un santo a non farti neanche un piccolo 'Bu'».

«E invece il tuo piano ti si è ritorto contro, vedo» gli sorrido divertita. «La ragazza nuova questo lo chiama karma».

«Il destino mi è avverso» pronuncia con tono tragico, tanto esagerato che rido di nuovo.

Lo aiuto ad alzarsi, le scatole rotolano tutte attorno, rischio di scivolare anche io sul pavimento bagnato perché una bottiglia d'acqua aperta nella caduta si è rovesciata.

«Adesso dovrai rimettere tutto in ordine» decido, mentre tiro per alzarlo. La mia mano stringe la sua, calda e morbida. Punto i piedi, ma Nate è molto più pesante di quel che sembra a una prima occhiata.

«Io non lavoro più qui» ribatte, con il sorriso sghembo, lasciando la mia mano.

«Tu sistemerai eccome, o lo dirò a Lea» lo minaccio.

«Sei perfida, ragazza nuova» borbotta, ma inizia a impilare le scatole.

Sorrido soddisfatta mentre lo osservo. Non lo faccio volontariamente: vengo attratta da un disegno che gli solca le spalle e che traspare dalla maglietta bianca che si è bagnata sul dorso.

«Che disastro» brontola ancora, mentre io studio la sagoma nera e sottile che vedo attraverso la stoffa: un tatuaggio che cavalca la sua pelle. Intuisco la sagoma della cuspide di una freccia puntata sulla prima delle vertebre cervicali.

Si volta per raccogliere alcune scatole e il disegno scompare dal mio campo visivo. Torno a concentrarmi su quel che ero venuta a fare qui: slaccio il grembiule e indosso la giacca. Quando sto per mettere il cappello Nate ha già finito.

«Contenta?» chiede.

«Sam le aveva sistemate meglio» commento.

«Perché è un pazzo precisino» spiega lui, avvicinandosi all'attaccapanni. Si sfila la maglietta bagnata con un gesto rapido e prende la felpa appesa nello spazio di Sam, indossandola.

«E tu sei un pazzo e basta?» domando, guardando da un'altra parte.

Lui, senza preavviso, mi abbassa il cappello fino a coprirmi tutto il volto.

«Lo prendo per un sì» mormoro, con i pelucchi di lana che mi entrano in bocca.

Riporto il cappello alla giusta altezza.

«Muoviti, ragazza nuova. Ti accompagno a casa» mi chiama dalla sala del locale.

«Non serve, grazie» ribatto, raccogliendo la borsa.

Nate non risponde più, lo cerco per qualche secondo, poi esco dall'Holmes e inizio a chiudere la serratura.

«Bu!»

Lo spavento è tale che agisco senza pensare, il colpo parte in automatico... e il mio pugno chiuso colpisce in pieno il naso di Nate.

«Ahia!» si lamenta, portandosi una mano sul volto.

«Oddio, scusa» esclamo.

«Ho appena capito perché mi hai risposto 'Non serve'» commenta. Noto una lacrima appesa nell'angolo del suo occhio, ma sulle labbra c'è un sorriso. «In una rissa ti vorrei *decisamente* dalla mia parte, Ali».

Lo guardo divertita e preoccupata al tempo stesso. Possibile che Nate non sia nemmeno un po' arrabbiato per il pugno che gli ho appena rifilato? E possibile che io non sia affatto innervosita da questo stupido scherzo?

«Prendo del ghiaccio» mi propongo.

«No, lascia stare, hai già chiuso. Se ora riapri, il sistema di allarme invia un messaggio a Lea che poi si preoccupa e manda a monte la sua seratona... Poco lontano da qui c'è un altro posto in cui posso farmelo dare».

«Okay, vengo con te» decido. È il minimo che possa fare, dopotutto.

Lui si volta e inizia a camminare.

«Sai, è la seconda volta che ti vedo e la seconda volta che mi colpisci. Stai cercando di farmi fuori?»

«Anche se fosse... Pensi che te lo direi?» rispondo con fare misterioso. Nate ride. «E poi te la sei cercata. Mai cogliere Alison Moss di sorpresa».

«Le sorprese piacciono a tutti» va avanti Nate.

«Dipende da che tipo di sorpresa si tratta» poi, per cambiare discorso, chiedo: «Non avevi detto che il locale era 'poco lontano'?»

Nate fa spallucce ed entra dai tornelli della metropolitana. Prendo posto sul sedile del vagone mezzo vuoto e lui si siede accanto a me.

«Si è gonfiato?» domanda.

«No, ma...»

«Bene, altrimenti Meredith pretenderebbe la tua testa. Non puoi rovinare questo mio bel faccino».

«Sei stato tu a farmi spaventare, quindi il problema è tuo».

Mi fa una linguaccia e incrocia le braccia al petto. Mi appoggio al sedile, senza sapere cosa dire. Lui inizia a tamburellare le mani sulle sue ginocchia, dopo un po' il ritmo incalza e comincia a usare anche le mie.

«Ehi!» protesto.

«Non interrompere il genio» dice. «Dobbiamo scendere alla prossima».

Controllo la fermata sulla mappa della linea appesa sopra la fila di sedili di fronte: Monument.

«Vieni, ragazza nuova» mi chiama Nate.

Usciamo dalla metro e, fatti pochi passi, ci ritroviamo in una strada a senso unico circondata da alti palazzi grigi.

«Dove siamo?»

Lui si gira verso di me. «Vicini a dove troveremo del ghiaccio» risponde, toccandosi il naso.

«Qualche spiegazione in più?»

«Ah, dimenticavo che non sei di Londra... Quasi dal tuo accento non si capiva» mi prende in giro. «Siamo nella City, il quartiere finanziario. E quello» indica uno strano grattacielo poco distante, tutto finestre, pronto quasi... a *scoppiare* verso l'alto, «è il Walkie-Talkie».

«E *perché* siamo *proprio* qui? Potremmo prendere il ghiaccio ovunque in uno di questi bar...» indico i locali che punteggiano la strada.

Nate sembra pensarci un attimo poi scuote la testa. «No».

Alzo gli occhi al cielo e lo seguo mentre entra nel Walkie-Talkie. Uno degli ascensori di fronte a noi è aperto. Nate corre e si mette davanti alla fotocellula per impedire alle porte di richiudersi. All'interno, guardo la sfilza di bottoni luminosi: trentacinque piani. Preme proprio sull'ultimo e l'ascensore schizza verso l'alto.

«Hai capito dove siamo?»

«Direi di no» ammetto, e comincio a pentirmi di essermi offerta di aiutarlo. Se fosse uno psicopatico con l'hobby della tassidermia che mi sta portando nel suo appartamento per scuoiarmi? A guardarlo non si direbbe, ma neanche mio padre sembrava un alcolista e poi lo è diventato.

'Cosa stiamo facendo qui, dannazione?'

Sono le dieci passate, mi fanno male i piedi dopo aver lavorato sette ore di fila e vorrei solo tornare a casa e infilarmi a letto con un bel libro. Magari scrivendo qualche messaggio vagamente allusivo a Sam.

Nate sorride, ma poi geme di dolore. «Sei sicura che non si sia gonfiato?»

Gli controllo di nuovo il naso, piccolo e spruzzato di lentiggini che prima non avevo notato.

«Ora un po'» confermo.

«Accidenti». Inizia a battere il piede a terra, impaziente.

«Ma tu non stai mai fermo?»

«Meredith dice che ho un surplus di energia».

Le porte dell'ascensore si aprono – forse questa serata sta finalmente per giungere al termine? – e io sono costretta a rimangiarmi tutte le mie paranoie. E lo faccio volentieri, perché, davanti a me, c'è un giardino. Un vero e proprio giardino coperto, all'ultimo piano di un grattacielo affacciato su Londra, con alberi, cespugli, sentieri e tutto il resto.

«Wow» esalo, strabiliata.

«Lo so. È uno dei miei posti preferiti».

Il soffitto è altissimo e attorno a noi crescono piante di ogni genere. A terra, c'è un percorso piastrellato che porta alle immense vetrate che guardano sulla città splendente di luci.

«Benvenuta allo Sky Garden, il parco pubblico più alto di Londra».

«Questo è un parco pubblico?» domando, senza credere ai miei occhi.

«Già. Servirebbe la prenotazione, ma ho suonato qui qualche volta. Vieni».

Nate fa strada fino a una zona di tavolini, sistemati davanti a un paio di ristoranti e a un bar. Le luci sono soffuse e le poche persone presenti stanno bevendo, parlano a bassa voce e si godono il panorama spettacolare.

Mi avvicino al parapetto e guardo di sotto, l'altezza è tale che il mio stomaco fa venti capriole, ma non mi importa, perché è tutto talmente mozzafiato che non posso fare altro che divorare con gli occhi ogni singolo dettaglio di Londra che splende nell'oscurità.

«Non è adatto a chi soffre di vertigini» commenta Nate poco dopo.

Mi volto a guardarlo e noto che ha una busta di ghiaccio sul naso e un cocktail in mano.

«Ma quando...?»

Si volta e indica il barista, un elegante trentacinquenne impegnato a shakerare. «Si chiama David, è un mio amico».

«Tutti i tuoi amici ti fanno favori appena li chiedi?»

«Più o meno. Altri li devo fregare con le scommesse» mi dice ammiccando.

«Devo essermi persa il passaggio in cui sono diventata una tua amica» borbotto.

«Infatti non lo sei, ragazza nuova» afferma piano, staccando gli occhi da me e concentrandosi sulla vista.

«È bellissimo, anche se non si vedono le stelle» dico dopo un po' che rimaniamo in silenzio.

«Già, troppo inquinamento luminoso» concorda.

«L'unica cosa bella di Wyemouth, il villaggio in cui sono nata in Scozia, era il cielo. La notte il cielo era tempestato da una distesa di stelle che si espandeva a perdita d'occhio».

«Non ho mai vissuto in campagna...» riflette. «Non ti manca casa tua?»

«No, assolutamente no» rispondo con prontezza, sentendo uno strano sapore amaro in bocca.

«Va meglio?» chiedo, indicando il punto in cui l'ho colpito.

Nate si toglie il ghiaccio e inclina il viso per farsi studiare da me.

Gli sfioro la punta del naso: «Se tocco ti fa male?»

Lui scuote la testa. I suoi occhi scuri sono dello stesso colore del buio. La sua pelle è liscia.

«Posso baciarti, Ali?» chiede e la domanda mi spiazza completamente.

Ritraggo la mano, faccio un passo indietro. Gli ho dato un'impressione sbagliata? Mi obbligo a distogliere lo sguardo da quelle iridi screziate come la notte. Nate si schiarisce la gola. «Scusa, non volevo essere indiscreto, non so nemmeno se hai un fidanzato» inizia a dire veloce, forse per celare l'imbarazzo. «Ma mi sono divertito con te stasera, pugno escluso, e anche ieri mentre lavoravamo... E così...»

«Scusa, è solo che...» inizio.

Nate mi blocca. «Non devi dire niente, tranquilla».

E io non dico niente, infatti, perché nella mia testa tornano, ancora una volta, a echeggiare le parole di Lucas. Il modo in cui l'ho deluso, ferito, offeso. Il modo in cui ho rifiutato il suo amore, placido come lui.

Arrischio un'occhiata al profilo di Nate, che studia concentrato il cielo luminoso ma senza stelle e anche se, dentro al mio stomaco, iniziano ad agitarsi farfalle impazzite, continuo a non dire niente.

# Capitolo 7

*Unsteady*
Gracie Abrams

Maps dice che l'appartamento di Lea dista solo un quarto d'ora a piedi da casa mia.

'Sono in anticipo' penso, mentre infilo il cellulare in tasca e mi controllo nello specchio un'ultima volta. La maglietta bianca con la tazza gialla di Luke's al centro, che di solito uso come pigiama, questa sera è il pezzo forte del mio look ispirato a *Gilmore Girls.* Sopra ho una camicia a scacchi nera e Samuel mi ha prestato un cappellino con visiera che indosso al contrario. Lo ammetto: non è un granché come costume di Halloween, ma considerato il poco preavviso che mi ha dato la mia capa può andare. Afferro una tazza con il manico dalla cucina – qualora non fosse sufficientemente palese il riferimento all'adorabile Luke Danes – ed esco con la borsa a tracolla.

La musica nelle cuffie accompagna il mio passo svelto mentre osservo con un piccolo sorriso i bambini che corrono qua e là lungo la strada, le zucche di plastica colme di caramelle appese alle loro braccia. Un'accurata Mercoledì Addams mi sfila davanti, ma in un salto perde la parrucca con le treccine nere e un maschietto poco più grande con la 'S' di Superman sul petto si china per raccoglierla. Il suo costume blu, con il mantello rosso, mi riporta subito alla mente Nate, il supereroe che mi ha salvata dal licenziamento in tronco la settimana scorsa.

Dopo la scena imbarazzante allo Sky Garden non l'ho più visto né sentito. Con una scusa che nemmeno ricordo, forse qualcosa come un banale 'Ho sonno', sono letteralmente fuggita via e ho passato il resto della settimana ad aspettare con angoscia il venerdì musica live in cui ci saremmo rivisti.

Ma venerdì è oggi e l'Holmes è chiuso perché è Halloween.

Quando Lea me l'ha comunicato – ventiquattro ore fa scarse – ho tirato un sospiro di sollievo: so che domani è la serata karaoke e che Nate ci sarà, ma la certezza di non dover incrociare i suoi occhi scuri o di dover ricambiare il suo sorriso travolgente ancora per un po' è confortante.

Non sono portata per i sentimenti e non sono capace di gestire le emozioni altrui in modo normale... e ciò che è accaduto con Lucas ne è la prova. Il mio ex ragazzo mi odia, non ci sono altri modi per dirlo. E la cosa peggiore è che ha tutte le ragioni del mondo... Non l'ho mai amato come lui amava me, non gli ho mai dato la possibilità di ricevere l'amore che meritava. Adoravo il fatto che ci fosse, che fosse un puntino luminoso nella mia vita complicata, ma la verità lui l'ha indovinata lo stesso, anche se ho provato a nasconderla sotto ad alcune bugie, scuse inventate per proteggere lui e me stessa: io non ho il coraggio di lasciarmi andare sul serio, in una relazione. Ho visto che cosa fa l'amore alle persone. Ho visto che cosa ha fatto a mio padre.

Per cui, voglio fare tesoro di ciò che mi ha detto Lucas: non voglio più che qualcuno soffra a causa mia. Rimarrò da sola, mi concentrerò su me stessa così non rischierò di spezzare il cuore di un altro ragazzo. O il mio.

I piedi vanno da soli, mentre rifletto, e quando mi accorgo che non sto più seguendo le indicazioni che Maps mi dà nell'orecchio ho già sbagliato strada. O forse no. Forse il mio corpo mi ha portata nell'unico posto in cui la mia mente vuole essere. Riconosco il vicolo angusto che ho scoperto alcune sere fa e decido di avventurarmici.

Cornelia Street è deserta come la prima volta in cui ci sono stata, la catena di luci è accesa e il giallo caldo delle piccole lampadine richiama quello del cielo sopra i tetti di Londra, in cui il sole sta tramontando. Do un'occhiata al murale che è più una bacheca di pensieri, attimi sfuggenti aggrappati alla carta e, con il cuore che batte per l'eccitazione, mi trovo a cercare il foglietto che avevo lasciato sotto alla poesia di Byron. Ci vuole un po', mi rendo conto che alcune lettere non ci sono più, altre hanno cambiato di posto e altre ancora si sono aggiunte. Ma con un po' di pazienza riesco a individuare un bel cartoncino nero con la scritta in bianco. Salgo sulle punte per poterlo leggere meglio e, con un moto di sorpresa, mi accorgo che è appeso sotto alla paginetta di block notes che avevo lasciato io.

'Io so amare? Ho paura di provare qualcosa?'

Proprio di seguito, attaccato con un pezzetto di scotch con i gattini c'è una risposta:

*O forse hai paura di vivere?*
*Non si può vivere senza amare, cara Catherine.*
*Quindi, la vera domanda da porsi è: tu, io, tutti noi stiamo vivendo davvero*
*o ci stiamo soltanto illudendo?*

*Byron*

Leggo e rileggo le parole bianche, che mi si piantano nella corteccia cerebrale come se vi fossero state incise. Ho paura di vivere? Non è per questo che sono fuggita da Wyemouth, da mio padre e da quel persistente sentore di morte e di sconfitta che pervadeva ogni singola giornata della mia vita?

'Byron si sbaglia' decido.

Eppure...

Eppure se il suo assioma è vero, se non si può vivere senza amare, deve essere per forza vero che io non sto vivendo.

Apro la tracolla con mani incerte, cavalcate da brividi di eccitazione per aver ricevuto una risposta, di fastidio per la risposta stessa, di voglia di smentita, ma anche di una nuova consapevolezza che striscia dentro al mio cuore.

*Non diceva Einstein che la realtà stessa è una semplice illusione,*
*sebbene molto persistente?*
*Vivere e illudersi di farlo potrebbero*
*anche essere la stessa cosa, Byron.*

*Catherine*

Strappo il foglietto e lo appendo di seguito al cartoncino nero di Byron, servendomi di un pezzetto del suo scotch con i gattini. Un botta e risposta che mai avrei pensato di poter avere nella realtà ma che, invece, si dipana sotto ai miei occhi.

Con il cellulare scatto una foto e la carico sul mio profilo Instagram con l'hashtag '#ByronCornelia'. Studio ancora per un istante la parete tempestata di scritte, sentendomi forse per la prima volta nella mia esistenza non sola, non estranea: qui fuori, ci sono persone come me. Persone che nella testa hanno mondi e nel cuore parole che non riescono mai a esprimere.

Cornelia Street è il posto per quelli che cercano qualcosa che non sanno nemmeno cos'è, né se c'è.

«Benvenuta, Ali!» esclama Lea, ma non faccio in tempo a rispondere al saluto che i nostri occhi scattano ai costumi che indossiamo.

«Sei Luke!»

«E tu sei Sooki! Non ci credo» commento, ridendo e osservando meglio il travestimento da cuoca di Lea, i codini color rame, tinti per l'occasione, che sbucano dalla bandana e il grembiule bianco che la rendono una perfetta Sooki St. James.

«Abbiamo due fan di *Gilmore Girls*, allora» si inserisce una voce maschile.

Una testa di ricci ingrigiti fa capolino oltre la spalla di Lea e io scambio con la mia capa un'occhiata confusa.

«Lui è Will» spiega, allungando le labbra in un sorriso sognante. La guardo senza capire.

«Il commercialista» puntualizza da dentro casa Sam.

«Ah!» mi affretto a dire, allungando una mano. Lui la stringe forte, mentre Lea mi fa spazio per entrare.

Appena la porta si richiude alle mie spalle, un branco di gatti mi si avvicina e inizia a strisciarsi tra le mie gambe.

«Dasher, Cupid, Vixen, Rudolph!» li richiama Lea. «Lasciate stare la nostra ospite».

«Li hai davvero chiamati come le renne di Babbo Natale?» domando, chinandomi per accarezzare la testolina del più vicino, che è così affettuoso che tenta di saltarmi tra le braccia. Le dita affondando nel pelo lucido e una strana sensazione, come di familiarità, si posa sul mio cuore.

«Sì» risponde Lea, attirando la mia attenzione. Versa un bicchiere di vino e me lo porge.

«Femmine comprese» aggiunge Will. «Quella è Vixen, è incinta» dice indicando la gatta nera che sto coccolando. Will mi aiuta ad alzarmi e Vixen se ne va emettendo un miagolio di protesta.

«Vieni ad aiutarmi con l'arrosto, caro, sento puzza di bruciato!» grida Lea e Will la segue in cucina. «Tu, Ali, serviti pure intanto».

Getto uno sguardo al tavolo apparecchiato con piatti neri e segnaposti intagliati in piccole zucche e afferro subito una manciata di patatine.

«Sei in ritardo» sussurra Sam, comparendo a un tratto alla mia destra. Ha in mano una bottiglia di vino rosso.

«Mi sono fermata...» mormoro, sentendo improvvisamente molto caldo quando i suoi occhi di ghiaccio si piantano sulle mie labbra.

«...in Cornelia Street» finisce lui. «Ho visto».

Sorride un po' e noto due canini affilati spuntare dalla sua bocca.

«Dracula?» domando, mentre lui prende dalle mie mani il bicchiere che mi ha dato Will e lo sposta sul tavolo, per porgermene un altro.

«Questo è meglio, l'ho portato io» spiega. «Comunque, sì. Bram Stoker è stato il maestro dell'horror gotico. Un vero genio. Tutto quello che è venuto dopo è stato solo una misera copia».

'Se ti sentissero i fan di *Twilight* o di Anne Rice sverrebbero' ma non glielo dico, Sam è sempre così sicuro delle sue posizioni e così affascinante quando parla che interromperlo mi fa sentire soltanto la sciocca ventenne che sono.

Il suo calice tintinna contro il mio e, nel rivedere i suoi canini, le mie gambe cedono un po'. Samuel ha una camicia sbottonata che mette in mostra i pettorali che avevo già avuto modo di vedere nei post del suo profilo e dei semplici pantaloni neri che risaltano sulla sua pelle olivastra. Il profumo che si è spruzzato, il solito 1 Million, si insinua tra i miei pensieri mentre assaggio il vino. Devo trattenere un colpetto di tosse: è troppo forte e non ci sono abituata. Per non dare l'impressione di essere una semplice campagnola con lui, mi sforzo di berlo fino all'ultima goccia.

«Però» commenta. «Avevi sete... Mi hai appena ricordato una scena del mio romanzo, quando...» inizia, ma dopo pochi istanti la mia concentrazione si esaurisce perché uno dei gatti di Lea si è messo a giocare con le nappine di una tenda ed è troppo carino. Sam non si accorge di niente, va avanti a raccontare, io sorrido e lui ricambia, ma in realtà sto ridendo perché un altro micio si è aggiunto alla lotta con il tessile.

«È pronto!» dice Lea, e quando mette la pirofila sul tavolo ricorda davvero Sookie. Peccato che, dopo esserci seduti e aver addentato il primo boccone di arrosto non si possa certo dire che abbia lo stesso talento ai fornelli.

Sam lascia le forchette nel piatto, dove la fettina di carne mezza carbonizzata è praticamente intatta. Io mi sforzo di mangiarne ancora un po', anche se l'odore di bruciato è davvero troppo forte... Lea e Will, invece, mangiano e ridacchiano, continuando a versarsi da bere e a versarlo anche a me che, in poco tempo, divento decisamente brilla.

«E, tu, Ali? Raccontaci qualcosa» mi chiede Will.

«Io? Non credo che ci sia molto da dire: Scozia, noia, pecore, noia, pub, altra noia...»

«Così hai avuto più tempo per leggere, lontana dalla frenesia della città» commenta Sam.

«Di sicuro. Non c'erano altri stimoli».

«Infatti» dice Lea, con gli occhi lucidi di alcol, «avevo un'amica che si era trasferita fuori Londra... Qui illustrava albi per bambini, ma lassù... dovette ripiegare su altri lavoretti e sprecò il suo talento. Siamo proprio stupidi quando ci innamoriamo».

«Allora non sei ancora abbastanza innamorata di me» commenta Will, prendendo la mano di Lea e lasciandole un bacio sul dorso. «Perché sei la persona più intelligente che conosca».

Vedo Samuel alzare gli occhi al cielo, poi comincia a scorrere qualcosa sul cellulare. Lea arrossisce e, imbarazzata, scaccia Will. «Comunque, è una fortuna che Ali sia arrivata a Londra. Con quella testolina può fare grandi cose».

«Con la mia testolina?» la scuoto, anche per nascondere l'imbarazzo che provo nel sentirmi al centro dell'attenzione. «Non credo proprio».

«Come se non ti vedessi mentre studi ogni singola persona che mette piede all'Holmes. Sei a caccia di storie, signorina Moss, non mentire a una libraia».

Avvampo e per nasconderlo mi tuffo con il viso nel bicchiere. «Sono solo... curiosa».

«Che è il primo passo» dice lei, facendomi l'occhiolino. «Hai mai sentito parlare della Aster Writing School?»

«Eccome. È la miglior scuola di scrittura creativa del Paese! Entrarci è impossibile...»

«Io ce l'ho fatta» interviene Sam, e mi volto a fissarlo con occhi spalancati per la sorpresa. Sento la mia ammirazione per lui crescere: è davvero un ragazzo intelligente e preparato.

«Quindi non è impossibile» conviene Lea, versandosi ancora un po' di vino. «Le selezioni sono tra qualche mese, fossi in te presenterei il tuo romanzo».

«Io non ho un romanzo» mormoro.

«No, non ce l'hai *ancora*» fa lei, sicura. Nei suoi occhi leggo qualcosa che non riesco a decifrare. «Fidanzato?» domanda, cambiando del tutto tono.

«È una cena o un interrogatorio?» borbotto.

«Entrambe le cose» sospira Sam, con fare annoiato. «Le cene di Lea hanno sempre un doppio fine».

«Non è vero» si giustifica lei. «E se proprio ci deve essere, sarebbe quello di presentare ai miei dipendenti preferiti Will».

«Siamo i tuoi unici dipendenti» puntualizza Sam.

«Oh» fa Lea, portando la mano al cuore con un movimento teatrale. «Mi dimentico sempre che Nate non lavora più per me».

«Ma sono qui per ricordatelo io: da quando lui fa le serate musicali, l'Holmes guadagna molto di più».

«Ha talento, l'ho sempre detto» gongola lei, poi scatta in piedi. «Ho voglia di gelato».

'Ti prego, sì!' ulula il mio stomaco, dove oltre a diversi bicchieri di vino sono finite solo un po' di patatine e salatini.

«Ti accompagno» si propone Will, stiracchiandosi. «Così faccio posto nella pancia prima del dessert».

Lea si butta uno scialle variopinto sulle spalle, Will indossa un gilet che starebbe bene a un pastore scozzese ed escono, come una bizzarra coppia uscita da qualche strampalata commedia romantica.

«Sparecchiamo?» chiedo a Sam, che si è lasciato cadere su una poltrona, scacciando il povero Rudolph.

«Devo rispondere a una mail, poi ti aiuto» dice, senza alzare gli occhi dal cellulare. Faccio spallucce e raccolgo i piatti mentre i gatti mi inseguono miagolando, supplicando per un pezzo di carne.

Quando ho finito di riempire la lavastoviglie, mi accorgo che Samuel è in piedi, appoggiato allo stipite della porta, intento a scrutarmi con un ghigno sul volto.

«Ti hanno mai detto che hai un sedere niente male?»

Sbarro gli occhi, sorpresa, sentendo il cuore accelerare e lo stomaco che inizia ad attorcigliarsi mentre lui avanza verso di me con passo sicuro.

«Sam...» dico, quando è così vicino che riesco a vedere ogni dettaglio degli occhi azzurri, da romanzo, che si ritrova.

«Cosa vogliamo fare per questa cosa, Alison?» domanda a un soffio dal mio orecchio.

«Per questa cosa?» bisbiglio, adeguandomi al tono della sua voce.

Lui si avvicina ancora un po', il suo corpo massiccio mi preme contro il pensile della cucina.

La sua bocca cala sulla mia, ma prima ancora che le nostre labbra si incontrino sento le sue mani stringermi le natiche con forza e scivolare poi, con i pollici, verso la mia intimità.

«Cosa pensi di fare?!» esclamo, allontanandolo. Samuel mi guarda stringendo gli occhi chiari.

«Tu mi piaci, io ti piaccio. Su, non fare la difficile, Alison» insiste, tornando all'attacco. Le sue braccia toniche, allenate, mi si serrano ai lati, impendendomi di sfuggirgli.

'Non fare la difficile?'

«Tu... io...» dico, senza riuscire ad articolare meglio i miei pensieri, perché la furia che sento esplodermi dentro quando mi sorride di nuovo, sicuro di sé, sicuro che *questo* sia ciò che io voglio mi impasta la lingua. «Non cerco una storia, Sam» tento di spiegargli calma.

«Perfetto, nemmeno io» e la sua voce sembra quasi euforica. Le sue labbra iniziano a percorrere la linea del mio collo e io desidero solo che si allontani e mi lasci sola. Pongo entrambe le mani sul suo petto e lo spingo via. Lui barcolla un po' all'indietro, forse quel vino forte che ha portato ha rallentato anche i suoi riflessi, e mi fissa sorpreso e accigliato.

«Che significa?» domanda con voce gelida.

«Che hai frainteso: non sono interessata. Sei bello, affascinante e tutto il resto, ma non ti ho mai dato il permesso di mettermi le mani addosso».

«Abbiamo passato giorni interi a scriverci, Alison. Non so come funziona dalle tue parti, ma qui quando una ragazza ci prova e il ragazzo ci sta di solito si finisce a letto insieme».

«Se ti piaccio, mi chiedi di uscire. Se mi piaci tu, ti chiedo io di uscire. Non mi avvento su di te come su un pezzo di carne» ribatto dura.

«Oddio, mi mancava la collega puritana...»

«Mi mancava il collega stronzo e pallone gonfiato» ribatto. Samuel stringe le labbra, piccato.

«Come ti permetti? Tu sai di essere solo l'ultimo progetto di Lea, vero? La ragazzina ingenua che viene dalla campagna con un sogno nel cassetto. Quanti credi ne siano passati dall'Holmes?»

«Mi sembra di averne uno qui davanti» replico.

Gli occhi di Samuel mandano lampi. «Non sei speciale, Alison. Come ti ho detto un attimo fa, l'unica cosa che si salva è quel culetto... che a questo punto è decisamente sprecato. Avresti potuto dare un po' di luce alla tua squallida vita, venendo a letto con me».

«L'astro nascente della letteratura inglese? No, grazie. Sto bene anche al buio» sibilo, ma Sam non sembra essersi ancora arreso.

Da quando mia madre è morta e mio padre è diventato il reietto che è oggi, ho dovuto imparare a cavarmela da sola. Ho dovuto imparare a riconoscere una situazione potenzialmente pericolosa e a capire quando è il momento di filarsela, e questa è una di quelle. Samuel è furioso, l'ho offeso nell'orgoglio –

anche se ho solo ribattuto agli insulti che mi ha scagliato contro per averlo semplicemente rifiutato. Ed è sempre meglio girare alla larga da un narcisista ferito.

Provo a superarlo, ma lui mi sbarra la strada. Sorride di nuovo, come se il nostro battibecco non fosse stato altro che una specie di assurdo flirt.

«Rettifico. Hai un'altra qualità. Sei una ragazzina testarda e mi piacerebbe vederla in altri contesti questa caparbietà» dice, passandomi un dito sulla guancia. Il contatto mi fa ribrezzo.

«Già, la cocciutaggine è uno dei miei vari talenti. Sai quali sono altri due? Il primo è che so capire se ho davanti un cattivo ragazzo e tenerlo alla larga. Il secondo, invece, è più... immediato» dico e mentre lui mi guarda, stupito, io spingo il ginocchio con forza in mezzo alle sue gambe. Samuel si fa paonazzo, i denti finti da vampiro gli cadono a terra.

«Stronza» mormora, tenendosi la mano in mezzo alle cosce.

«Coglione».

In quell'istante, il campanello d'ingresso suona.

# Capitolo 8

*Feels Like*
Gracie Abrams

«Ali!»

«Nate?»

'Ecco, ci mancava solo lui'.

Ho aperto la porta di slancio, certa che si trattasse di Lea e Will con le vaschette di gelato. Invece, davanti a me c'è l'altro ragazzo che ho rifiutato nell'ultima settimana: Nate Lawrence, con il suo spazietto tra i denti, il viso solare e gli occhi vispi. Le sue iridi saettano da me a Sam, ancora sofferente alle mie spalle.

«Entri?» domando, in mancanza di qualcosa di meglio da dire. «Ho paura che i gatti scappino».

«La gang di Babbo Natale non va da nessuna parte» commenta lui, sovrappensiero. Poi scuote la testa. «No, comunque. Non sono io a entrare. Sei tu a uscire» dice, guardandomi dritta negli occhi.

Deglutisco. Non so cos'abbia intuito, ma credo che il mio viso un po' pallido e l'espressione frustrata di Samuel siano stati sufficienti.

«D'accordo» acconsento. Prendo la giacca e lo seguo sul pianerottolo, ma prima di richiudere lancio a Sam il cappellino con la visiera che mi aveva prestato.

'Tienitelo pure, stronzo'.

Fuori, Nate non dice niente, cosa strana visto che nelle due occasioni in cui siamo stati insieme è sempre stato chiassoso. Forse c'è rimasto male per il modo in cui l'ho liquidato la scorsa settimana. Il fatto che un ragazzo fidanzato mi avesse chiesto se poteva baciarmi e che un altro avesse provato a farlo senza il mio esplicito consenso inizia davvero a farmi dubitare delle mie capacità relazionali. E anche dei maschi di Londra. Magari è per questo che Byron è alla ricerca della sua tessera di puzzle ed è convinto di trovarla: lui non deve passare in rassegna la parte di popolazione con i cromosi XY.

«Cos'hai lì?» chiedo.

Nate guarda dove ho indicato, cioè le sue mani, che tengono una bustina di carta. «Oh, Lea mi aveva chiamato per dirmi di portare del gelato...»

«Ma non è andata lei a comprarlo?»

Lui fa spallucce. «Quando l'ho sentita io, sembrava a una festa».

«Davvero?»

«È Lea, va presa così» sorride. «Tutto bene?»

«Sì» rispondo subito. E non mi sembra di mentire: qui fuori, con l'aria fredda dell'autunno e il passo rilassato di Nate, mi sento davvero meglio. «Ma credo che le chiederò di poter cambiare qualche turno» aggiungo.

«Mi sembra il minimo. Spero che...»

«Non ha fatto niente. Gliele ho suonate».

«Lo dicevo io che in caso di rissa ti voglio dalla mia parte, ragazza nuova».

Ridacchio.

«Bella la maglietta, comunque» aggiunge.

«Grazie. Sai chi è Luke?»

«Certo, ho visto tutte le puntate di *Gilmore Girls* con Merry».

Abbasso lo sguardo e noto una scia di goccioline bianche alle nostre spalle. Provengono dalla borsa del gelato.

«Credo si stia sciogliendo» dico a Nate.

«Oh, no».

«Se vuoi, puoi lasciarlo qualche minuto nel mio congelatore».

«Volentieri, grazie».

Camminiamo fino alla porta rosa di casa mia e lui la squadra con attenzione. «Scelta curiosa».

«Era il colore preferito di mia madre» rispondo, scrollando le spalle.

Accendo la luce e il lampadario illumina il trilocale sgangherato. Sul divano arancione c'è la coperta che uso per dormire, sparpagliati qua e là alcuni libri che ho preso in prestito all'Holmes.

«*L'arcobaleno della gravità*» legge Nate mentre mi tolgo le scarpe. «Presuntuoso».

«Come chi me l'ha consigliato» borbotto.

Lui trattiene una risata. «Forse non c'è bisogno di mettere in freezer il gelato: qui dentro fa così freddo che tra poco una famiglia di pinguini ci viene in vacanza».

«Spiritoso. La caldaia è rotta. Sto aspettando il primo stipendio per farla riparare».

«Dov'è?»

«Cosa?»

«La caldaia».

«Lì sotto, ma...»

«Lasciami fare. Ho vissuto qualche anno in Ungheria e lì succedeva sempre».

«Cosa facevi in Ungheria?» gli chiedo.

«Io? Per lo più cercavo di marinare la scuola».

«Dai, sii serio» insisto.

«I miei genitori fanno i diplomatici. Ho vissuto un po' ovunque» sorride, dando un calcio al centro della caldaia che, con un ruggito infastidito, inizia a ronzare. Una spia che non avevo neanche notato si fa rossa. «*Et voilà, mademoiselle*».

«Dovresti dirmelo in ungherese».

«Mai imparato. Però ho letto da poco Sándor Márai, bellissimo, anche se non è il mio genere».

«Che invece è...»

«Facile: i fumetti».

«I fumetti?» rido.

«I fumetti sono speciali, ragazza nuova. Non disprezzarli... o ti riduci a leggere cose come *L'arcobaleno della gravità*... Perché ridi?» mi domanda, mentre si toglie la giacca.

«Una sciocchezza» mi giustifico.

«Insisto».

«No».

«Allora per te niente gelato. E non credere che non sappia che il tuo stomaco sta brontolando. Sono stato a cena a casa di Lea un numero sufficiente di volte da sapere che non c'era niente di commestibile».

Serro le labbra, trattenendo con fatica un sorriso.

«Forza» insiste.

«Va bene» esclamo, lasciandomi cadere sul divano. «Prima di sapere come ti chiamassi nella mia testa ti avevo soprannominato 'Superman'... e adesso scopro che ti piacciono anche i fumetti».

«Vedo una maggiore correlazione tra il fatto che sono superbello e il fatto che ti ho salvata eroicamente per ben due volte da una pessima serata».

«A dire il vero stasera mi sono salvata da sola».

«Certo, ma io parlo del tuo principio di congelamento».

Sorrido ancora un po'. «Prendo un paio di cucchiaini».

«Lascia, faccio io» si offre, balzando in piedi e aprendo tutti i cassetti.

«Il primo a destra!» urlo. I cucchiaini iniziano a tintinnare su ogni oggetto Nate incontri dal cassetto della cucina al divano, in una sinfonia sconnessa ma allegra. Sono contenta che tra noi non ci sia imbarazzo.

«Che gusti sarebbero?» domando, scrutando la strana accozzaglia di colori.

«Quello è caramello con noccioline, lì ci dovrebbe essere stracciatella di menta, nell'angolo troviamo un fantastico gelato alla birra e in area di rigore...» ci riflette un attimo. «Fior di latte».

«Fior di latte?»

«Che cosa c'è di male nel fior di latte?» chiede, infilzando la vaschetta con vigore.

«Nel fior di latte niente, sono tutti gli altri un po'...»

«Come?»

«Particolari» cerco un termine neutro.

«Mi piacciono le cose particolari» commenta con un baffo di gelato sopra al labbro che mi fa sorridere. Chiacchieriamo, mentre affondiamo ripetutamente i cucchiaini, lui mi racconta che non gli piacciono solo i fumetti, ma che ha un debole per le graphic novel. Scopro che sa suonare anche la chitarra, oltre al pianoforte, che si impegna a comporre ogni volta versi nuovi...

«Ma ho sempre meno tempo. I miei genitori vorrebbero che mi trovassi un lavoro 'vero'».

«Mi sembra che il tuo sia un lavoro vero».

«Ti ringrazio, ragazza nuova, ma la verità è che senza Merry a pagare metà dell'affitto navigherei davvero in cattive acque... A proposito» dice, balzando in piedi. «Meglio se la chiamo».

E di colpo il mio umore cambia, si incupisce. Nate prende il cellulare e si allontana un po'. Con voce squillante lo sento parlare con la fidanzata. Il suo atteggiamento è calmo, pacifico. È come se fosse sempre a suo agio.

Quanto è assurdo che ora che non mi invita più a uscire neanche per scherzo o che non mi chiede di baciarmi, io avverta una piccola attrazione per lui?

'Sei confusa' mi psicanalizza la vocina del mio cervello. 'È stata una serata strana, alla fine di due settimane strane... e nuove'.

Giusto. E poi sono ancora un po' brilla.

«...no, sono da un'amica. Torno a casa tra poco» sento che dice Nate al telefono. Riattacca. Io sono affondata nei cuscini, nella casa si sta diffondendo per la prima volta un leggero tepore.

«*Cime tempestose*» dice, da un punto alle mie spalle. Sento il rumore del libro che viene sfogliato. «Sai che non l'ho mai letto?»

Con un balzo, torna a sedersi accanto a me.

«Non puoi dire sul serio» affermo, guardandolo severa. «È il romanzo d'amore migliore del mondo. E ci sono anche i fantasmi».

«Mmm. Io sono più da *Il diario di Bridget Jones* che da *Titanic,* non so se mi spiego».

Scoppio a ridere, perché è inutile: resistere a Nate è semplicemente impossibile. Oltre all'allegria e all'energia che sembra sprigionare da ogni poro, è anche così simpatico da cancellare definitivamente la spiacevole sensazione che la conversazione con Sam mi ha lasciato.

«Se vuoi te lo presto, ma non credo ti piacerà».

«Scommettiamo?» esclama, e nei suoi occhi scuri mi pare di scorgere una luce maliziosa. «Se non mi piace, vinci tu e la prossima settimana sei sollevata dall'accompagnarmi a quella cosa che ti accennavo».

«Veramente non mi hai detto nulla, so solo che c'è 'una cosa'» ribatto.

«E va bene così. Ma se vinco io decido cosa ti metterai».

Lo guardo un attimo, l'espressione sul suo viso non mi piace per niente, ma l'idea di giocare con Nate mi diverte. E poi, so che non supererebbe mai un certo limite: non è il tipo.

«Ci sto. Se vinco io non vengo alla 'cosa' e seleziono anche le canzoni del karaoke».

Ora è lui quello titubante. Mi squadra, si morde un labbro carnoso. Poi fa schioccare la lingua.

«Affare fatto, ragazza nuova. Affare fatto».

# Capitolo 9

*Begin Again (Taylor's Version)*<br>
Taylor Swift

Sullo schermo del mio pc si accavallano le finestre di una decina di file aperti. Pagine vuote o in parte scritte, pensieri confusi, scene che non hanno ancora trovato la strada per passare dalla mia mente alla tastiera, personaggi rimasti incastrati nelle pieghe della mia fantasia.
'Un'idea, solo un'idea' continua a essere il mio mantra.

Ho tempo, mancano parecchi mesi al momento in cui dovrò consegnare il mio testo alla Aster Writing School, ma la sensazione di non essere all'altezza del compito rosicchia le mie sicurezze. Da quando Lea me ne ha parlato, ma soprattutto da quando ho scoperto che un pallone gonfiato come Sam è riuscito a entrare, è diventata la mia ossessione.

Scorro i vari file, mi soffermo a leggere parole spaiate. Niente di ciò che ho scritto finora mi sembra adatto a farmi ottenere l'ammissione, preferibilmente accompagnata da una borsa di studio.

Chiudo tutte le finestre, infastidita, e apro una nuova pagina. 'Capitolo Uno' scrivo e inizio a raccontare dell'incontro immaginario tra il ragazzo e la ragazza con il bambino che abitano nella casa di fronte. Lui, nella mia testa, ha quell'accento francese un po' provocante, un po' romantico che solo chi ha vissuto a Parigi può avere... Peccato che io, a Parigi, non ci sia mai stata e, anche se mi sembra di trovare un paio di aggettivi soddisfacenti, dopo un attimo mi blocco per l'ennesima volta.

Prendo la mia testa tra le mani e sbuffo, esasperata.

Trovare l'ispirazione è complesso come risolvere un'equazione di fisica quantistica, da qualche tempo.

'O forse scrivere non è la tua strada' si intromette la solita vocina, fastidiosa come una mosca. Provo a scacciarla via, ma dopo un altro paio di tentativi mi arrendo. Abbasso con stizza lo schermo del laptop, prendo la sciarpa rossa e la borsa, ed esco.

È domenica e in città si respira un'aria vivace. Di solito, Lea lascia a Sam il turno della mattina mentre io mi godo l'intera giornata di riposo, ma ho insistito un po' per modificare il nostro calendario e lei ha accettato senza fare troppe storie: il centro del suo interesse è Will e, dopo la cena a casa sua, si è vista pochissimo al locale. Sono felice per lei. Lea è una persona che si merita assolutamente la felicità. È ancora presto, però, per andare all'Holmes quindi mi concedo la mia deviazione preferita. Raggiungo Cornelia Street neanche avessi il fuoco sotto alle scarpe, tale è la mia voglia di vedere se Byron mi ha risposto. Davanti al murale, setaccio con gli occhi i fogli, le lettere, i biglietti finché non lo individuo: il solito cartoncino nero, la solita grafia spigolosa.

Sorrido tra me e me mentre mi avvicino, curiosa.

*Catherine,*
*ho scoperto un metodo per distinguere la realtà*
*dall'illusione. È successo l'altra notte, mentre guardavo*
*negli occhi*
*una persona. Sorrideva, ma non troppo, solo per davvero.*
*Come sorride chi non sa di stare sorridendo.*
*In quel momento, ho sentito il suo sorriso dentro di me.*
*L'ho sentito forte e chiaro, come forte e chiaro si sente il vento,*
*o una goccia di pioggia che resta incastrata fra le ciglia.*
*Non c'era nulla di più reale, Catherine.*

*La mia sicurezza, perciò, ora è certezza: quando si ama,*
*si vive; quando si vive, si ama.*
*Se vorrai uscire dalla voliera delle tue illusioni,*
*che è protezione e prigionia al tempo stesso,*
*potrai venire a vivere con noi*
*innamorati ancora di nessuno, ma forse di tutti.*
*È un invito ufficiale.*

*Byron*

Mi chiedo se ho mai provato qualcosa di simile a ciò che Byron descrive, se ho mai sentito il sorriso di qualcuno dentro di me e la risposta è sempre la solita: no. Ho vissuto la mia adolescenza indossando pezzo dopo pezzo un'armatura capace di proteggermi dalla crudeltà che mi circondava. E in quell'armatura c'era spazio solo per me.

Non sono pronta a levarla. Non sono pronta a camminare nel mondo senza una protezione, uno scudo, una difesa. Il mio cuore è devastato, lo tengo insieme con punti di sutura ancora troppo freschi.

Mio padre che piange tenendo la mano di mia madre.

Il volto esangue di lei.

L'ultima parola per lui.

Prendo il block notes e scrivo una risposta. Mentre la punta della penna traccia i segni sul foglio avverto una sensazione sconosciuta invadermi. La frenesia di parlare di me, di ciò che penso, di ciò che credo, mista all'eccitazione di farlo con uno sconosciuto, una persona che non incontrerò mai, grazie ai nomi fasulli che ci proteggono a vicenda. Aprirmi, così, è più facile.

*Byron,*
*L'amore non può essere la soluzione.*
*Perché l'amore distrugge più di ciò che crea.*
*Catherine*

Lo appendo con una mollettina che trovo a terra sui sampietrini vecchi e scheggiati, e scatto una foto che posto subito sul mio profilo Instagram disattivando la geolocalizzazione.

Mi allontano lungo il vicolo, dando un'ultima occhiata a Cornelia Street e ritrovandomi, ancora una volta, a immaginarmi come potrebbe essere la vita di Byron.

All'Holmes, l'atmosfera è quieta e sonnecchiante, come si addice a una domenica autunnale. Sulla poltrona senape sprofonda un signore di una certa età che risolve dei rebus, un paio di amiche che mangiano delle focaccine dolci sono appostate vicino al pianoforte. E poi c'è anche Nate che, appena mi vede, mi saluta con un cenno del capo. Alzo la mano, notando subito che davanti a lui è seduta Meredith. Mi cambio nello spogliatoio, dove incrocio Lea intenta a civettare al telefono con Will e, quando esco, inizio il giro dei tavoli con il blocchetto delle comande nella tasca del grembiule.

«Volete ancora qualcosa?» chiedo alle ragazze che fanno 'No' con la testa e riprendono a parlare fitto. Faccio per tornare al bancone con le tazze sporche in mano, ma quando supero il tavolo di Nate inciampo in qualcosa e cado a terra, in un fracasso di ceramica che va in frantumi.

'Cazzo '.

«Ehi!» esclama Nate, porgendomi subito la sua mano. «Ti sei fatta male?»

Mi rimetto in piedi, registrando distrattamente la simmetria inversa della situazione, rispetto ad alcune sere fa, quando ero stata io ad aiutarlo.

«No» biascico, pulendomi le ginocchia, mentre ringrazio il cielo che il locale sia mezzo vuoto e che quasi nessuno mi abbia vista rovinare a terra senza grazia. Mi guardo attorno, cercando di tenere sotto controllo il rossore dell'imbarazzo e anche l'irritazione, e provo a capire in cosa sia inciampata. Individuo la rotellina sporgente di un trolley e la mano dalle unghie perfettamente smaltate che cerca di spostarlo senza farsi notare.

I miei occhi incrociano quelli di Meredith che stira le labbra in un sorrisetto che solo da una discreta lontananza potrebbe sembrare mortificato e, quando distoglie lo sguardo, capisco che lei è la colpevole. Probabilmente non ha l'ha fatto di proposito, ma ha lasciato la sua valigia in un punto molto scomodo per il passaggio dei camerieri e non sembra intenzionata ad assumersi la responsabilità.

«Vado a prendere una scopa» esclama Nate, sparendo in fretta nello stanzino.

«Mi puoi preparare una ciambella alla vaniglia da portar via, per favore?» chiede Meredith candida, portandosi una tazzina di espresso alle labbra. Come se non fossi appena caduta per causa sua, come se non mi trovassi a calpestare vetri rotti, come se non avessi i resti di un tè sui jeans.

«Tra un attimo» sibilo, cercando di mantenere un tono professionale.

«Ho un aereo tra poco» insiste lei, rivolgendomi di nuovo quel sorrisetto falso. Mi limito a guardarla ostentando l'espressione più impassibile del mio repertorio e sperando lei comprenda l'antifona.

Dallo sgabuzzino arrivano gli strilli di Lea. «Tu non lavori più qui!»

Nate esce un attimo dopo, con scopa e paletta tra le mani e l'espressione da birbante sul viso.

«Ho beccato Lea intenta a mandare una fotografia delle sue...» finge di rabbrividire. «E si è arrabbiata. Meglio se ci pensi tu, ora».

«Anche perché sarebbe il suo lavoro...» bisbiglia Meredith, mandandomi il sangue al cervello. Non le ho fatto niente, non l'ho mai offesa: non ha senso che si comporti in questo modo con me.

'A meno che non sappia che Nate voleva baciarti...' suggerisce prontamente la vocina.

Deglutisco. Quello sarebbe un ottimo motivo, in effetti.

Non ribatto, raccolgo i cocci delle tazze infrante e mi defilo, lasciando ai fidanzatini la loro intimità. Preparo la ciambella per Meredith e torno nello spogliatoio per cambiare i pantaloni sporchi.

«Lea» mi annuncio, con le mani premute sugli occhi. «Sto entrando».

«Oddio, tutte queste scene per un po' di sexting» brontola lei. «Come se voi giovani non vi mandaste mai fotografie piccanti. Com'è che li chiamate...? *Nudes*? E come se Nate non avesse mai visto il seno di una donna in vita sua. L'anno scorso l'ho trovato mezzo nudo in questa stessa stanza con una ragazza che aveva rimorchiato al banco!»

«Contravvenendo alle norme igieniche» commento, sfilandomi i vestiti.

«Era una brunetta niente male» risponde lei, meditabonda. «Ma non l'ho più rivista. Come tutte le ragazze che si sono prese una cotta per lui quando lavorava qui... Dopo qualche uscita sparivano dalla circolazione».

«Forse Nate nasconde qualche segreto... Magari ha tre capezzoli» ribatto, buttandola sul ridere, anche se posso confermare che non c'è niente di strano nel suo corpo: non è palestrato come quello di Samuel, certo, ma i pettorali che ho scorto quando si è bagnato per farmi lo scherzo non erano affatto male.

Lea si alza in piedi, sistemando la spilla di un gatto sul bavero della giacca color ciliegia. «Non credo. Penso che sia sempre alla ricerca di qualcosa difficile da trovare, soprattutto alla vostra età... Sai, serietà, disponibilità, dolcezza, comprensione...»

«Se esistesse una persona con davvero tutte queste caratteristiche credo che avrebbe la fila fuori casa».

«Non ti facevo così cinica, Alison Moss!»

Scrollo le spalle. «L'amore è solo una fregatura» dichiaro in una versione meno poetica ma altrettanto veritiera di ciò che ho scritto a Byron.

«La vita *senza* amore lo è, mia cara» dice lei, con l'espressione di una che la sa lunga sul viso. Vorrei chiederle di più, ma lei spalanca la porta sul retro. «Abbiamo finito il latte, lo compro e torno subito».

«Davvero?» chiedo scettica. «Posso andare io se vuoi...»

«No!» esclama lei, con un filo di veemenza di troppo. «Tu fai cassa, grazie, prego, ciao!» e sparisce.

Sospirando, torno in sala e noto con sollievo che Meredith e il suo trolley sono spariti. Nate sta scrivendo qualcosa su un foglio, forse l'elenco delle canzoni per la prossima serata, e tutto sembra di nuovo tranquillo. Svuoto la lavastoviglie, aspettando il ritorno di Lea e la prossima ordinazione.

«Di qualunque cosa siano fatte le anime, certo la sua e la mia sono simili» mi blocco con lo strofinaccio tra le mani, mentre sento la voce di Nate, calda e morbida, che pronuncia le parole di Catherine. «E quella di Linton è invece tanto differente dalla nostra quanto lo è la luna da un lampo, o il ghiaccio dal fuoco» va avanti.

«L'ho letto» dice poi e, per una volta, nel suo tono non c'è traccia di ironia, di scherzo, di una risata pronta a esplodere. Nate è serio. Ruoto il busto, rigida. La sorpresa di sentirlo citare alla perfezione Emily Brontë e senza preavviso è tale che ho bisogno di un istante per riprendermi. Mi sembra tutto surreale. Lui mi studia, i suoi occhi scuri come ebano sono cinti da una corolla di ciglia lunghe e nere. Nello sguardo che mi lancia c'è qualcosa che è impossibile descrivere a parole.

È qualcosa che si può solo *sentire*.

«Mi è piaciuto» aggiunge, passandosi una mano tra i capelli castani. «È molto... *da te*. Per quel che so di te, s'intende».

Deglutisco, la connessione cervello-bocca deve essere saltato. Nella mia mente si affastellano pensieri e immagini sconnesse. Nate sfoglia la copia di *Cime tempestose* che ha in mano

– la mia copia – finché le sue dita non vengono intralciate dal segnalibro con le fate.

«Mi piacerebbe sapere, però, perché fino a pagina 281 il libro è sottolineato, le pagine sembrano essere state girate mille volte, ma da qui in poi sembra intonso».

Mi schiarisco la voce. «Non credevo che lo notassi».

«Sono un tipo piuttosto attento ai dettagli, ragazza nuova» ribatte Nate. «Non dirmi che il finale non è ti piaciuto, io l'ho trovato perfetto, non poteva esserci una conclusione div...»

«Non l'ho mai letto» butto fuori, di getto. «Non ho mai letto il finale».

Corruga la fronte. «Pensavo fosse il tuo libro preferito».

«Lo è» puntualizzo, mentre cerco qualcosa di diverso da dire, perché non sono pronta a confessare la verità. «Hai detto che ti è piaciuto».

Nate mi scruta ancora per un secondo, pensieroso, poi decide di non insistere. Lascia scivolare il libro sul bancone e io lo prendo.

«Sì. È originale oggi, mi immagino quasi centottant'anni fa».

«Sono d'accordo» rispondo mesta, felice che ci stiamo allontanando da un argomento spinoso.

«Quindi» riprende lui e sul suo viso compare finalmente quel sorriso sghembo che sono abituata a vedere, «ho vinto ben due scommesse, ragazza nuova. Motivo per cui passerò a prenderti alle sette, stasera».

«Non posso» protesto. «Lavoro fino alla chiusura».

«No, non lavori» continua lui, sicuro di sé.

«Sì, invece» ribatto.

«No, mi sono preso la libertà di cambiarti il turno. Una scommessa è una scommessa».

«Ma come...»

Nate fa spallucce, infilandosi la giacca. «Lea mi adora» dice semplicemente. «A più tardi, ragazza nuova».

# Capitolo 10

*Beating Heart*
Ellie Goulding

Mi asciugo i capelli con la netta sensazione di aver sbagliato a scommettere con Nate. Non solo perché ho perso, ovviamente, ma perché il sorriso sghembo che mi ha rivolto all'Holmes non promette nulla di buono. Come non lo fa la complicità di Lea. Mi ha sostituita senza battere ciglio e questo significa che Nate l'ha convinta fosse una buona idea. Chissà: per quello che lo conosco, la serata potrebbe riservarmi qualsiasi sorpresa. Tanto un concerto quanto una competizione di cani da slitta sarebbero assolutamente in linea con la sua personalità disinvolta ed esuberante.

Il citofono gracchia qualcosa, facendomi sobbalzare per lo spavento. Non avevo mai sentito il suo rumore, prima, perché non avevo mai avuto ospiti.

Apro la porta rosa e mi ritrovo faccia a faccia con Nate, il cui sorriso raggiante è accompagnato da un cappotto scuro. È, di nuovo, decisamente troppo elegante. Soprattutto rispetto a me, che indosso maglioncino nero e jeans scuri: una semplice variazione dei miei outfit quotidiani.

«Stai andando a una sfilata?» domando, senza scostarmi dalla porta, perché l'espressione soddisfatta sul suo viso non fa altro che confermare i miei dubbi: perdere la scommessa sulle canzoni è stato un grave errore.

Lui mi scocca un'occhiata penetrante. «No, ma *stiamo* andando in un posto in cui non puoi venire vestita come se andassi al funerale di tua zia Polly».

«Non ho una zia Polly». Non ho nessuna zia in realtà.

«Io sì e ti assicuro che è più allegra di te, in quanto a look» sorride, facendo un passo sicuro verso di me e obbligandomi a staccarmi dall'ingresso. Un profumo di colonia alla lavanda, semplice e pulito, come il bucato appena uscito dalla lavatrice, mi stuzzica il naso. Chiudo la porta, rassegnata, ma appena mi giro verso di lui mi ritrovo faccia a faccia con una grossa busta di carta rosso fiammante.

«Cosa sarebbe?»

«Il tuo abito per stasera» risponde lui, leggero.

Lo guardo sollevando un sopracciglio.

«Ti devo ripetere che una scommessa è una scommessa?»

Sbuffo e prendo la busta guardandolo in cagnesco. «Se è un altro scherzo...» brontolo.

Lui si siede, fissandomi vittorioso. Sposto la carta velina che avvolge qualsiasi cosa contenga il sacchetto che ha lo stesso colore di un lampeggiante che segnala un grave pericolo all'orizzonte e realizzo che no, non è un altro scherzo.

È qualcosa di peggio. Molto peggio.

«Non ci penso neanche» dico, restituendogli la busta, ma Nate scuote la testa.

«No, ragazza nuova. Una scommessa...»

«...è una scommessa, d'accordo, ma questo!» protesto, sentendo le guance infiammarsi. «È davvero troppo».

«In realtà, ti assicuro che è il minimo per il posto in cui dobbiamo andare» rimbecca.

Sgrano gli occhi. «Dove caspiterina mi vuoi portare?»

Scuote le spalle che, ormai, ho capito essere il suo modo di reagire quando non mi vuole rispondere. «È solo un vestito, *Ali*».

«È un vestito rosa, Nate» insisto.

«Lo so».

«E ha i brillantini lilla».

«Ma pochi» risponde, impassibile. Dà un'occhiata all'orologio che gli cinge il polso, un modello analogico, con un semplice cinturino nero in pelle. «Stiamo facendo tardi, ragazza nuova» risponde. «Comunque, se proprio non ti piace, visto che sono buono puoi indossare qualcosa di nero o grigio: i tuoi tristissimi colori preferiti».

Quindi se ne è accorto e l'ha fatto per infastidirmi, ottimo.

«...però saresti una codarda» aggiunge, lanciandomi un sorrisetto di sfida.

Squadro Nate, la sua espressione rilassata, il papillon che intravedo dal bavero del cappotto e torno a guardare l'abito nella busta. Nel mio armadio non c'è assolutamente nulla capace di competere con il suo outfit. Afferro il sacchetto, frustrata.

«Aspettami qui».

Entro nella camera dei miei nonni e mi spoglio. Indosso il vestito in fretta e furia, decisa a passare il minor tempo possibile con questo garbuglio di stoffa addosso. Quando mi guardo allo specchio, però, tiro un sospiro di sollievo: Nate, colore a parte, non mi ha giocato nessun altro brutto tiro. L'abito è un modello abbastanza casto, con lo scollo a barchetta, le maniche lunghe in pizzo e la gonna svasata. Evidenzia il punto vita, ma non mette in mostra nulla di più.

'Non è così male' stabilisce la vocina e, anche se mi rode un po' ammetterlo, devo concordare con lei. Pesco dal borsone un paio di decolleté che avrò usato sì e no tre volte, ringraziando mentalmente la mia previdenza: non mi aspettavo certamente che la mia vita a Londra avrebbe assunto le stesse sfumature di quella di Carrie Bradshaw, ma un paio di scarpe eleganti possono sempre servire nella vita. E, infatti.

Torno in sala, imprecando dentro di me perché i piedi mi fanno già male e trovo Nate al telefono.

«...Va bene, Merry. Non ti preoccupare» dice, alzando gli

occhi al cielo. Lo ignoro e mi infilo un cappotto nero che ho trovato giorni fa nell'armadio di mia nonna.

«Sì, d'accordo, ciao, salutami... Ha messo giù per fortuna» mormora, infilando il cellulare nel taschino. «Ma...» volge lo sguardo su di me. Gli angoli della sua bocca si alzano incerti.

«Be'?» lo incalzo. «'Ma' cosa?»

«Me lo sono dimenticato... Stai benissimo».

Gli faccio una linguaccia. «Senti chi parla» borbotto tra me e me, le parole soffocate dalla sciarpona di lana con cui mi sto coprendo collo e spalle. «Pronta» dichiaro a bassa voce.

«Hai lo stesso entusiasmo di una condannata al patibolo» constata lui, aprendomi la porta per farmi passare.

«E la cosa ti diverte» commento.

«Meglio se ridiamo ora, perché, ti avviso, la serata sarà molto lunga... e per nulla divertente».

'Ottimo'.

Chiudo la porta a chiave e infilo il mazzo nella tasca del cappotto, mentre Nate scende i gradini che ci separano dalla strada. Quando lo guardo, capisco che le sorprese decisamente non sono finite.

Davanti al mio vialetto è parcheggiata uno scooter bianco e Nate sta indossando il casco.

«Andiamo con quello?»

«Sì, ma solo se non preferisci farti un'oretta di metro» risponde, bloccando la mano che stava stringendo il laccio di sicurezza. «Hai paura?»

«Non lo so. Mai salita su una moto».

«Allora abbiamo appena trovato *una* cosa divertente in questa serata. Oltre al tuo vestito, ovviamente».

Lo guardo storto e raccolgo il casco rimasto appoggiato sul sellino. Lo infilo in testa con gesti goffi e mi finisce davanti agli occhi.

«Aspetta, ti aiuto» interviene Nate. Le sue dita calde corrono al cinturino, sfiorandomi la pelle. «Era un po' stretto. Misura

Meredith» spiega e, non so perché, ma sentirlo citare il nome della sua fidanzata mi provoca uno strano bruciore al petto. «Ecco fatto» dice, dando un colpetto sul casco. Gli faccio una smorfia. Lui si siede davanti a me e mette in moto.

«Tieniti, Ali».

Nate accosta davanti a un palazzo dall'aspetto antico e prestigioso. Le pietre che compongono la facciata sono rischiarate da fari che proiettano sulla superficie una luce dorata, quasi splendente. Alcuni uomini in completo nero presiedono l'ingresso di dimensioni monumentali.

«Dimmi che non stiamo davvero entrando lì dentro» supplico, con voce tremante. Osservo una coppia di signori di una certa età sfilare davanti ai bodyguard. Lo scintillio della pietra appesa al collo di lei cattura i miei occhi anche se ci troviamo a diversi metri di distanza.

«Purtroppo sì» commenta Nate.

«Ora sei tu ad avere un tono lugubre» constato, gettandogli un'occhiata preoccupata.

«Come ti ho detto, ragazza nuova: sarà una lunga serata» dice, poi fa una cosa che ho visto solo nei film in costume: mi porge il braccio. Un po' imbarazzata, lo accetto. La mia mano si posa in modo legnoso sul suo bicipite. Nell'istante in cui ci avviamo verso l'ingresso, Nate si sporge su di me «Se non altro, sarò in buona compagnia» aggiunge nel mio orecchio.

Sfiliamo accanto ai bodyguard e, superati, ci ritroviamo in un ampio atrio, dominato dal lampadario di cristallo più grande che abbia mai visto.

«Wow» mi lascio scappare.

«Aspetta di vedere il resto» commenta, conducendomi al cospetto di una donna dall'aria professionale, anche se molto raffinata.

«Buonasera, Lawrence e Moss» dice Nate, concedendo alla responsabile dell'accoglienza uno dei suoi sorrisi gentili e adorabili.

'Adorabili? Da quando li consideri adorabili?' si informa la vocina, che tento di zittire subito.

La donna ricambia il sorriso e noi le lasciamo i nostri cappotti.

«Buona serata signori Lawrence e Moss» ci congeda la donna.

«Di qui» dice Nate, sicuro, guidandomi in un corridoio largo e lungo.

«Dove stiamo andando?» chiedo ancora, con maggiore curiosità, perché più mi guardo attorno più ho l'impressione che questo luogo sia uscito direttamente da un romanzo ottocentesco. Il pavimento di marmo è rivestito da un tappeto rosso, dall'aria decisamente costosa. Alle pareti, quadri dalle cornici barocche seguono il nostro passaggio. Divoro con gli occhi ogni dettaglio, con la certezza di essermi ritrovata in un luogo esclusivo, un posto in cui, senza Nate e la nostra scommessa, probabilmente non avrei mai potuto mettere piede. Il corridoio finisce davanti a un'enorme porta di quercia. I battenti sono aperti e impiego meno di un secondo per capire dove siamo. Perché, prima ancora della vista, è il mio olfatto a riconoscere il profumo di questo luogo. Una fragranza unica, che solo un posto che ha conosciuto centinaia, anzi migliaia di storie, può avere.

«Te l'ho detto che sono buono» mormora Nate al mio orecchio, ma la sua voce mi giunge lontana perché le mie orecchie sono assordate dal tamburellare del mio cuore. Mi beo della vista degli scaffali imponenti, di legno massiccio, decorati abilmente da qualche artigiano di almeno due secoli fa, carichi di centinaia di libri.

«Se è il paradiso, lasciami pure qui» rispondo, con la gola secca. Nate sogghigna e fa un passo avanti nella biblioteca. Lo seguo, ignorando quasi del tutto le persone che ci circondano: ho occhi solo per i volumi che sembrano volermi attirare a loro.

«Nathaniel Lawrence?» esclama una donna dalla voce squillante.

Devo trattenere una risatina: chi si chiama ancora *Nathaniel* al giorno d'oggi? L'improvvisa mancanza del calore del corpo di Nate sul mio braccio, però, mi riscuote. Mi volto e rimango spiazzata nel vederlo baciare la mano di una signora dalla chioma argentea, vestita con un lungo abito di velluto blu.

«È un grande piacere rivederla, Lady Longe» la saluta, compito.

'Sei improvvisamente finita in una puntata di Bridgerton, non c'è altra spiegazione' riflette la vocina.

«I tuoi genitori? Dov'è la dolce Meredith? E chi è questa delizia?» chiede la donna puntandomi contro due occhietti indagatori.

«I miei genitori mi hanno ripetuto milioni di volte di farle avere le loro più sentite scuse, Lady Longe, ma sono stati trattenuti a Budapest e Meredith è con loro. Lei, invece, è Alison Moss, una mia cara amica. Mi ha fatto l'onore di accompagnami, stasera».

Arrossisco, sentendomi chiamata in causa: cosa devo fare, ora? Come ci si presenta a un'attempata nobildonna? Devo tentare un plié? O ripetere il baciamano?

Per fortuna, è Lady Longe ad afferrarmi entrambi le mani e a stringerle in una presa salda.

«Ottimo, sono felice di avere due sostituti così belli a rallegrare la serata» dichiara, poi mi tira a sé, costringendomi ad abbassarmi di vari centimetri. «Anche perché abbassate notevolmente l'età media del mio party» confessa nel mio orecchio.

«Grazie a lei dell'invito» prosegue Nate senza uscire dalla modalità perfetto damerino.

Lady Longe annuisce, chiaramente soddisfatta, poi riconosce qualcuno e ci pianta in asso per buttarsi in una nuova conversazione.

«Allora?» mi chiede Nate, tornando al mio fianco e prendendo due flûte di champagne dal vassoio di un cameriere in livrea. Me ne porge una. La afferro e, stando attenta a non farmi vedere dagli ospiti, rifilo a lui un pugnetto sul braccio. «Dove diamine siamo?! Perché non mi hai detto che sarei finita a un evento dell'alta società? Perché questa è l'alta società, vero? Se non è l'alta società non saprei proprio cosa sia».

Lo vedo cercare di nascondere un sorrisetto mentre prende un sorso dal bicchiere. «Secondo me, non hai ascoltato attentamente le parole di Lady Longe. Appena la smetterai di spogliare questa libreria con gli occhi, capirai perché non te l'ho detto».

Stringo le labbra, piccata, ma faccio come dice, provo a concentrarmi e mi rendo conto che gli ospiti della grande biblioteca sono tutti anziani. No, non anziani normali, ma in alcuni casi anziani prossimi alla polverizzazione.

Un signore con lo smoking cammina con il deambulatore. Due donne stanno chiaramente sonnecchiando sui divani in pelle davanti a dei bicchierini di sherry. Un gruppetto di uomini, forse i più arzilli, fuma in un angolo la pipa, discutendo di una partita a polo che, a occhio e croce, possono aver giocato almeno quarant'anni prima. Persino i musicisti della piccola orchestra sistemata davanti a una vetrata sembrano aver passato da un pezzo l'età della pensione.

«Okay» dico. «Ora capisco perché abbassiamo l'età media».

«Pensa che siamo gli unici qui dentro a essere nati dopo la Seconda guerra mondiale» va avanti Nate, fermando stavolta un cameriere con delle tartine. Ne addenta una. «Persino il cibo non è andato oltre i mandati della Thatcher» ridacchia, poi però ne prende un'altra. Butto un'occhiata e riconosco uno strato di gelatina a coprire delle uova sode.

«Non è male, invece» dico. «Guarda quanti libri. Qui dentro Lea impazzirebbe».

«Mi pare che si possa dire lo stesso di te. Sei tutta rossa, Ali. Hai caldo?»

'Non l'avevo, prima che me lo facessi notare'.

«Non ho caldo, ma diciamo che non mi sento esattamente a mio agio. Sai, di solito la domenica sera non frequento l'aristocrazia inglese. Tu invece...»

«Il minimo indispensabile» dice Nate, svuotando il bicchiere. «Mi pareva di averti accennato che i miei genitori sono ambasciatori e vengono invitati a questo genere di party spesso. Quando loro non ci sono...»

«Fai le veci».

«Con Merry» annuisce, sorridendo. «Ma stavolta si è rifiutata anche lei. Lady Longe dà questa festa ogni anno, per ricordare Lord Longe, mancato una ventina d'anni fa all'incirca. La biblioteca era la sua stanza preferita e così tutti i suoi amici si ritrovano qui. Mia madre era stata una delle sue allieve preferite all'università».

'Caspita'.

Spio il profilo di Nate, il naso decorato da quella leggera spruzzata di lentiggini che rende il suo viso simpatico e solare.

«Non so niente di te» ammetto a voce alta, prendendo un sorso di champagne. Le bollicine mi scoppiettano in bocca.

«Nemmeno io di te».

«Sono misteriosa» scherzo.

«L'avevo notato. Mi chiedo se sia una tattica per attirare l'attenzione o se hai qualcosa da nascondere, ragazza nuova».

«Attirare l'attenzione?» mi viene quasi da ridere. «Non è proprio una cosa da me».

«Be', mi spiace informarti del fatto che in questo momento hai l'attenzione di tutti: sei bellissima».

«Me l'hai già detto» ribatto, cercando di respingere il complimento. Non sono abituata a riceverne e mi lasciano una strana sensazione, un certo imbarazzo, sì, ma anche... una specie di dolce piacere. «Comunque» riprendo, sviando dall'argomento, «l'unica verità è che non c'è niente di interessante nella mia vita. Se potessi cancellare gran parte del mio passato con una linea rossa lo farei».

«Sei appena diventata ancora più interessante o più *misteriosa*, signorina Moss» sorride lui, i suoi occhi scuri rilucono al bagliore dei lampadari antichi e io mi trovo a paragonarli ancora una volta a una notte di luna piena. «Ti dispiace se faccio un giro di saluti? Ci metterò poco, promesso».

«Certo, vai pure» lo saluto anche se un po', in realtà, mi dispiace che Nate se ne vada: è l'unico che conosco in questa grande sala.

'Non è vero, sei circondata da amici' suggerisce la mia testa dopo aver guardato per qualche istante la schiena di Nate. Prendo fiato e scruto di nuovo la vastità di libri, sentendo una scarica di eccitazione scaldarmi.

'Vediamo che cosa leggeva il padrone di casa'.

# Capitolo 11

*Electric Touch (Taylor's Version)*
Taylor Swift, Fall Out Boy

Mi avvicino a uno scaffale e a una prima occhiata capisco che i volumi sono disposti non solo in ordine alfabetico per autore, ma divisi anche per genere.

'Storia della Cina' recita la targhetta di quello più vicino a me. Lascio correre i miei occhi sui dorsi che in gran quantità riportano il titolo in sinogrammi.

Attraverso la sala, guidata dal mio istinto di lettrice. Le sezioni di 'Diritto dell'Europa Medievale' e 'Dottrine Orientali' sfilano davanti ai miei occhi mentre cerco la zona di narrativa.

'Ci devo essere per forza, no?'

«Qual è il suo obiettivo, signorina?» domanda una voce un po' tremante accanto a me. Mi volto e riconosco il signore in smoking con il deambulatore. Ha una barba bianca perfettamente curata e un papillon in tartan.

«Letteratura Ottocentesca».

«Oh, è sempre splendida, non è vero? Il caro Edward l'ha organizzata laggiù» indica un punto vicino all'orchestra. «Vengo con lei, se consente. È da qualche tempo che non le faccio visita».

Sorrido cordiale mentre mi assesto sul suo passo che è lento, ma energico.

'La B... La B...'

Passo in rassegna le copertine, finché non trovo quel che sto cercando, anche se non avevo dubbi: in una biblioteca come questa non poteva certo mancare una copia di *Cime tempestose.*

«L'ha letto?» domanda l'uomo.

«Molte volte» gli confido.

«E Byron?»

'Byron?' La mia mente corre a Cornelia Street.

«Gordon Byron, il poeta. Heathcliff è un antieroe rivoluzionario, ma i protagonisti dei testi di Byron presentavano alcune tratti salienti. Secondo alcuni, la scrittura di Emily ne è stata influenzata» spiega, con tono che si fa via via più sicuro.

«Chiama Emily Brontë per nome?» domando, sorridendo.

Lui si stringe nelle spalle esili. «Quando vivi tutta la tua vita studiando la loro, li consideri un po' degli amici... Ho insegnato letteratura per quasi quarant'anni» spiega.

«Che meraviglia» mi complimento con voce sognante.

L'uomo si zittisce e capisco che è d'accordo con me.

«Ha gli occhi luminosi mentre guarda questi volumi, signorina» riprende lui, dopo qualche istante. «Ed è fortunata, sa? Chi ama i libri non è mai solo».

«È proprio vero» ammetto, ripensando ai romanzi che hanno costellato la mia infanzia. A quando, negli ultimi anni, leggevo chiusa in camera, cercando di dimenticare ciò che accadeva fuori.

«Trovato!» esclama l'uomo. Con le mani nodose raccoglie un volume e me lo passa. La copertina è vecchia, le pagine sono un po' ingiallite. Al centro, il titolo: *Ore d'ozio.*

«Cosa succede da queste parti?» mi raggiunge la voce di Nate che, dolcemente, sfiora per un secondo il mio fianco. Il contatto mi provoca un brivido. «Professor Wesley, buonasera!»

«Il giovane Lawrence» lo saluta lui. «Ancora deciso a evitare il mondo accademico?»

«Più che deciso» conferma Nate. «Però in qualche modo insegno anche io... ma a dei poveri disgraziati».

«Sono certa che i tuoi alunni siano molto fortunati» commento. Non so se a darmi la spinta sia lo champagne bevuto, la breve ma intensa chiacchierata con l'affabile professore o il modo distratto, lieve e profondo al tempo stesso in cui Nate mi ha toccata un attimo fa, sta di fatto che lui si gira a guardarmi e sul suo viso vedo un'espressione stupita. Lo capisco: da quando ci conosciamo sono stata parca di parole, figurarsi di complimenti spontanei. Questa serata, per quanto surreale, è anche incredibilmente piacevole.

«Sto consigliando alla giovane signorina...»

«Moss, Alison» gli vado in soccorso.

«...di leggere il grande Lord».

Nate butta un'occhiata al libro. «Byron» dice. «Non lo conosco molto».

«Allora le presterà il libro dopo averlo letto lei stessa, così ne parlerete insieme».

«Mi sembra un'ottima idea» risponde Nate, guardandomi.

I suoi occhi mi tolgono il fiato per un istante.

«Possiamo prendere il volume?» domando, cercando di rimanere controllata.

«Certo, il caro Edward sarebbe estasiato di sapere che una giovane coppia legge insieme queste poesie».

«In realtà non stiamo insieme» puntualizzo.

«Ah no?» domanda dubbioso il professor Wesley.

Scuoto la testa.

«Poco importa, chissà che la letteratura...» pronuncia, criptico. «Lady Longe!» esclama poi e Nate coglie l'occasione per trascinarmi via.

«Cosa fai?» gli chiedo, quando ci fermiamo davanti all'orchestra.

«Wesley ogni volta cerca di spingermi a iscrivermi al college» spiega a voce bassa. «Non ho voglia di ascoltare l'ennesima lista di pregi di Oxford».

Ridacchio. «Povero piccolo Nathaniel Lawrence».

Mi fa una smorfia, poi mi osserva più serio. «Quanto vuoi andartene da uno a dieci?»

«Non mi sto annoiando» rispondo, invece. Nate mi rivolge di nuovo l'occhiata stupita di poco prima, poi sospira.

«Okay. Tu sei strana» stabilisce. «Ma devo ammettere che non sarebbe *così* male se ci fosse almeno della musica allegra... è la seconda volta che suonano *L'Inverno* di Vivaldi».

Lo guardo di sottecchi. «Ho una nuova scommessa da proporti, signor Lawrence».

«Non sei stanca di perdere, ragazza nuova?» ribatte lui, scoccandomi un'occhiata divertita. Anche quando non sorride, è come se lo facesse.

«Questa volta è *impossibile* che tu vinca» dichiaro.

«Dici? Sentiamo».

Sogghigno tra me e me. Poi indico con discrezione l'orchestra. «Suona tu».

«Sarebbe una scommessa?» mormora lui, alzando un sopracciglio, scettico.

«Sì, se scelgo io la canzone».

«Vuoi vendicarti per il vestito, Ali?»

Annuisco, dandogli ragione, ma non so se è questo il vero motivo. La realtà è che da quando Nate è comparso sulla soglia di casa mia, qualche ora fa, mi è sembrato di entrare in un universo alternativo. L'abito scintillante, la strada in moto con le luci che ci sfrecciavano accanto e questo party demodé e ingessato, ma in cui l'odore dei libri si mescola a quello del passato. Non so come o quando sia successo, ma ho iniziato a sentirmi come catapultata in un romanzo di Jane Austen. E Nate, con quei modi raffinati e inusuali senza però risultare mai stonati, il viso sempre pronto a lasciarsi andare in un sorriso dolce e amichevole, la mano che passa di tanto in tanto nei capelli castani per ravvivare il ciuffo... Tutto questo è al di là di ogni mia aspettativa e io non solo mi sto divertendo, ma sto bene. Bene come non mi sentivo da anni.

«Accetti?» chiedo.

Lui si mordicchia il labbro, sembra pensarci.

«Stupiscimi» dice poi.

Esulto dentro di me perché ho l'occasione di metterlo alle strette e non me la farò scappare. Cerco nei cassetti della mia memoria, passo mentalmente in rassegna la mia libreria musicale. Ci vuole qualcosa che chiunque si rifiuterebbe di cantare in un'occasione come questa...

«Sembri parecchio concentrata» commenta.

«*I Can See You* di Taylor Swift» dico di getto.

Vedo il suo volto impallidire e il sorriso sparire.

'Missione compiuta' gioisco.

«Tu vuoi che io parli di attrazione e di *sesso*» domanda, abbassando la voce di varie tonalità, «davanti a *loro*?»

Indica due signore minute, forse sorelle vista la somiglianza dei volti, sistemate su un divanetto. Indossano dei cappellini neri decorati da piume. Le labbra sottili, cinte da uno strato di rughe che mi fanno pensare alla cartapesta, sono tese in una smorfia severa. Potrebbero tranquillamente avere una novantina d'anni portati male.

«Se hai paura, Lawrence, puoi sempre accettare la sconfitta» dichiaro, già gongolante.

L'occhiata che mi rivolge mi inchioda dove sono. I suoi occhi sono profondi, il colore delle iridi è denso come l'acqua di un lago di notte, ma poi lui interrompe il contatto.

Lo osservo mentre si avvicina all'orchestra e si china sul pianista, un uomo con due folti baffi bianchi.

'Non può essere' rifletto. Lo guardo preoccupata, mentre il pianista annuisce. Nate gli dà una botta sulla spalla e si piazza al suo fianco in attesa, poi mi guarda, alzando il mento. Le sue labbra si muovono senza emettere alcun suono: «Tieniti pronta».

'No, non può farlo davvero'.

Mi guardo attorno, scuotendo la testa nella sua direzione con gli occhi sbarrati. «No, no!» gli dico, ma è troppo tardi. Nate ha di nuovo quel suo sorrisetto di sfida e quando la sinfonia che sta suonando il pianista finisce, noto con orrore l'uomo alzarsi e lasciargli il suo posto.

«Buonasera» dice. Ringrazio la sorte che, se non altro, non gli ha concesso il microfono. E di sicuro i presenti saranno un po' sordi, no? Forse non capiranno le parole. Forse non ne capiranno il senso. Forse non verremo cacciati con disonore.

Tutti si voltano a guardarlo, curiosi. Più di un ospite inforca gli occhiali per vedere meglio Nate.

«Lady Longe, spero non le dispiaccia se canto per la signorina Moss» dice sciogliendo il papillon.

'Oddio, è la fine'.

«Sarà sicuramente un piacevole cambio di programma» lo rassicura la donna, che lo fissa estasiata. Nate si slaccia anche il primo bottone della camicia: è un gesto spontaneo, sicuro, che crea attorno a lui un'aurea di sensualità. Come se non fosse più che sufficiente la canzone.

«Sicuramente» le risponde lui, facendomi l'occhio.

Il mio cuore perde ufficialmente un battito.

Le dita di Nate si muovono sui tasti, la melodia è delicata, ma è inequivocabilmente quella di *I Can See You.*

'Non cantare, non cantare, non cantare'.

E invece lui canta. E più si addentra nel testo della canzone, più nella sala crescono mormorii dubbiosi. Sui volti degli ospiti noto delle espressioni perplesse, qualcuno scrolla la testa.

Vorrei nascondermi, vorrei che il pavimento mi inghiottisse, ma Nate prosegue imperterrito. Chiude gli occhi, si concentra. La sua voce mi trascina in un'altra realtà e mi rendo conto che le parole della canzone sono terribilmente simili a questa serata. Lui con il suo completo elegante, lui che mi sfiora distrattamente e il mio corpo che, in modo inaspettato, reagisce.

Sull'ultimo verso, insiste di più, guardandomi apertamente. È come se non stesse soltanto seguendo le parole scritte da Taylor Swift, ma le stesse rivolgendo proprio a me.

'Io posso vederti'.

Nate si alza, c'è un piccolo applauso che viene stroncato sul nascere dallo sguardo fiammeggiante di Lady Longe, che mi supera come un razzo. Nate gira attorno al piano, evitando di incrociarla. Le rivolge un sorriso da capogiro, ma lei non si lascia circuire.

«Nathaniel Lawrence!» lo riprende. «Quando i tuoi genitori lo verranno a sapere...»

«Mi scusi moltissimo, Lady Longe, ma dobbiamo proprio andare!» risponde, come un bambino pestifero, tornando da me e afferrandomi la mano. «Grazie, per la splendida serata!»

«Nate!» protesto, ma lui mi ignora e mi trascina fuori dalla biblioteca. I bodyguard ci scrutano senza sapere se intervenire o meno.

«Nathaniel!» insiste Lady Longe, mentre a qualche ospite scappa una risatina.

«All'anno prossimo» la saluta lui.

Scappiamo via, corriamo davvero, percorrendo a ritroso il corridoio. Il rumore dei miei tacchi viene attutito dal tappetto, attraversiamo la grande stanza dell'ingresso e poi ci tuffiamo all'esterno.

L'aria fredda mi sferza il viso mentre mi chino sulle ginocchia, rendendomi conto all'improvviso che sto ridendo e non so nemmeno da quando. Rido di cuore, mi fa male la pancia e ho quasi le lacrime agli occhi.

«Tu sei completamente pazzo, un folle» riesco a dire, cercando di prendere fiato.

Anche lui ride e mi guarda con quegli occhi luccicanti che stasera ho sempre trovato su di me.

«Ho vinto anche stavolta» afferma, soddisfatto.

«Già» rispondo, alzando gli occhi al cielo. «Per fortuna non avevamo scommesso niente».

«C'è una cosa che vorrei, però».

Si avvicina di un passo. È alto. È sempre stato così alto? Possibile che non me ne fossi accorta?

Inclino la testa all'indietro per continuare a guardare il suo viso, il sorriso sereno con lo spazietto tra i denti.

«Un bacio, Ali. Solo uno».

# Capitolo 12

*Lust For Life*
Lana Del Rey, The Weeknd

«Sei fidanzato».

«Cosa?» chiede Nate, aggrottando la fronte. «Chi te l'ha detto? Samuel?»

Scuoto la testa. «Non ho bisogno che qualcuno me lo dica» ribatto. «Ti ho visto con Meredith».

«Meredith?!» esclama e poi ricomincia a ridere. «Ma è mia sorella!» protesta.

'Sorella?'

«Oddio, Ali, tu hai pensato veramente per tutto questo tempo che io stessi con lei?» Ora finge di rabbrividire.

«Be', da come ti ha abbracciato, vivete insieme...» provo a dire, cercando argomenti per sostenere la mia ipotesi, ma non li trovo. Se ripenso alle volte in cui li ho visti insieme o a ciò che so di Meredith, il fatto che siano fratelli è del tutto plausibile.

«Ci somigliamo come due gocce d'acqua, ce lo dicono tutti».

«In effetti» ammetto perché, ora che ci penso, è vero: i capelli castani di lei sono della stessa sfumatura di quelli di Nate. Anche i lineamenti regolari e delicati li accomunano.

'Che sciocca. Sei saltata subito alle conclusioni'.

Mi sono ingannata da sola e non solo su questo.

Ho pensato che Samuel, colto, bello e affascinante, fosse più meritevole della mia attenzione di questo ragazzo acqua e sapone, produttore di rumore e in costante movimento, che ride senza paura.

Nate torna di nuovo a me, le sue mani sfiorano le mie, abbandonate lungo i fianchi. Ho le dita fredde.

I suoi occhi colmi di speranza mi attraggono come due magneti e nella mia testa si spalanca il caos. Il cervello sciopera, parole e immagini iniziano ad accavallarsi le une sulle altre, mentre Nate si china su di me, i nostri nasi che si toccano, il fiato caldo che mi stuzzica le labbra.

«Signor Lawrence, signorina Moss, avete dimenticato questi!»

Mi stacco da Nate di colpo, come se avessi preso la scossa, e abbasso lo sguardo, imbarazzata. La donna dell'ingresso ci ha interrotti, porgendoci i cappotti che, nell'irruenza della nostra fuga, avevamo lasciato all'interno.

Il momento svanisce.

Nate si schiarisce la voce. «Molte grazie».

La donna fa un cenno del capo e rientra.

«Ecco. Stai gelando» mi dice. Apre il cappotto e mi aiuta a indossarlo.

Sto attenta a mantenere una distanza di sicurezza tra i nostri corpi, mentre nella mia testa il caos continua a spadroneggiare, preoccupato per il tuffo che il mio cuore ha compiuto quando Nate stava per baciarmi. Posso ancora sentire il suo tocco elettrico scorrermi addosso.

Il mio proposito di rimanere sola, di darmi da fare per inseguire il mio sogno, stando attenta a evitare con cura sia di deludere, come avevo fatto con Lucas, sia di essere delusa e di finire di nuovo in pezzi, come mi era successo con mio padre, è ben piantato nella mia corteccia celebrale.

Eppure...

Mi tornano alle mente le parole di Byron.

'Quando si ama, si vive; quando si vive, si ama'.

«Ti chiamo un taxi» dice Nate, stringendosi nel cappotto.

Annuisco, sentendo strisciare nel mio petto uno sconforto inedito. Una sensazione di freddezza, di *mancanza.*

Spio il profilo di Nate che cammina alla mia stessa velocità, mentre aspetta che il servizio taxi risponda.

«Buonasera...» inizia a dire, ma io gli tolgo il cellulare di mano. Lui si blocca, mi guarda stupito. Non fa in tempo a domandarmi spiegazioni perché le mie labbra sono già sulle sue.

Per un attimo, non reagisce.

Poi le sue mani si infilano sotto al cappotto e si appoggiano sopra i miei fianchi. Nate mi attrae a sé, il suo calore mi investe. Ci baciamo piano. Non c'è foga, non c'è ansia di passare a un'intimità maggiore. Morde le mie labbra piano, le bacia, le coccola. Una mano passa sul mio mento, lo accarezza, mi invita a inclinare ancora di più la testa e io lo faccio, mi lascio trascinare in questo bacio lungo e morbido, finché tutto dentro di me non si quieta.

La paura che mi assilla ogni giorno da quando è morta mamma, l'amarezza che mi ha provocato mio padre con le parole che hanno segnato la mia partenza, quel vago ma persistente senso di inadeguatezza che mi accompagna da quando sono arrivata a Londra.

Una nuova calma mette a tacere le voci che si inseguono e mi regala, finalmente, la pace.

Quando Nate si stacca, i suoi occhi che si aprono, le ciglia che mi sfiorano la pelle, sono la più delicata delle carezze.

«Esci con me, Ali. Ti prego».

Mi allontano da lui, deglutendo e avvertendo subito la mancanza del suo corpo vicino al mio.

«Non posso».

Abbassa lo sguardo. «Posso sapere perché?» domanda, con voce flebile.

«Non sono brava in queste cose, Nate» spiego. «Non sono brava con le relazioni, non sono...»

Equilibrata? Pronta? *Capace di amare*?

«D'accordo, pensavo che questo bacio... Insomma... Pensavo avessi sentito quello che ho sentito io».

Lo guardo in viso, leggendo la delusione calare come un'ombra sui suoi tratti. Il dispiacere mi invade. Non voglio ferire un ragazzo buono e gentile come Nate, non voglio rovinarlo, ed è proprio per questo, per il trasporto che *entrambi* abbiamo sentito in questo bacio che devo mettere le cose in chiaro.

«Possiamo essere amici».

Lui annuisce e, dopo un altro paio di secondi, sembra riscuotersi. Mi lancia il suo solito sorriso allegro e mi dice: «Forza, andiamo, Ali, ti accompagno io».

Nate guida con sicurezza attraverso Londra. Conosce la città a menadito e, mentre il vento gelido ci sbatte addosso io mi stringo un po' di più a lui, nel tentativo di ripararmi dal freddo. Il viaggio in moto ci offre una pausa dalla serata, ci regala la possibilità di non parlare dopo il nostro bacio. Non che essere avvinghiata alla sua vita non sia imbarazzante, ma lo è un tantino di meno. Ci lasciamo il centro alle spalle alla velocità della luce e, dopo appena un quarto d'ora, comincio a riconoscere le strade di Ferlington. Qualcosa, dentro, inizia a pungermi. Una spina affilata, che non riesco a individuare per poter togliere. È una sensazione fastidiosa che soltanto quando superiamo l'Holmes, vuoto e addormentato, capisco: non voglio che questa serata finisca. Non voglio tornare a casa da sola. Forse è un capriccio o forse è un'ondata di raro coraggio, ma picchietto sulla coscia di Nate. Lui si inchina un po' all'indietro, i caschi e il rumore del motore rendono complicati i nostri scambi.

«Voglio farti vedere un posto» gli dico.

«Come vuole, signorina» risponde. «Faccia strada».

«Propongo un gioco» dico, di colpo preda di un'euforia che di solito non mi appartiene. Questa serata mi sta davvero dando alla testa. «A ogni incrocio io ti stringerò più forte il fianco dal lato in cui devi svoltare».

Nate, ovviamente, annuisce senza esitare un secondo. È sempre pronto ad accettare un gioco, una sfida, uno scherzo perché il suo cuore è puro. Non come il mio, un muscolo fuori allenamento che, insolitamente, stasera ha dato qualche segnale di vita... Come l'ha fatto anche la scorsa settimana allo Sky Garden.

Dopo un paio di incroci, Nate inizia a canticchiare. Seguo i movimenti della sua schiena che si muove, per quel che può, a ritmo della canzone. Allungo l'orecchio, desiderosa di capire le parole, ma non mi devo sforzare tanto perché quando ci fermiamo a un semaforo rosso, stacca le mani dal manubrio e allarga le braccia con la testa rivolta al cielo. La sua voce esplode. Riconosco il ritornello di *Perfect Places* di Lorde e, ancora una volta, mi stupisco per le congruenze del destino, considerato il luogo in cui lo sto portando. La canzone però è più adatta a una voce femmine, su un acuto, Nate prende una stecca e io mi metto a ridere.

«Pensi di fare di meglio?» brontola, con voce adorabile.

«Assolutamente no, sono stonatissima».

«Fammi sentire» dice, riprendendo a guidare e riprendendo anche la canzone. Canta non pensando alla tecnica, gli importa solo delle parole, del senso racchiuso in quelle strofe. Ridacchio ancora un po', lui mi pizzica la coscia per redarguirmi e io avvampo nel sentire i suoi polpastrelli sulla pelle della mia gamba. Non so quando succede, ma succede: mi unisco a lui, in un coro terribile, ma appassionato. Urliamo come due pazzi in mezzo alla strada, le auto accostate, un ragazzo con un cane che alza la testa per guardarci, stranito. Urliamo e ridiamo, e mi stringo ancora un po', mi lascio andare al momento. Come era successo prima, con quel bacio magico, perdo il controllo, mi dimentico del mio passato, dell'Alison Moss che sono stata finora, una ragazza mesta e che si sente destinata all'infelicità e alla solitudine. Divento, invece, una come tante altre, una sognatrice, che grida nella notte le parole di una canzone che assume tutto un altro sapore, che scherza, che si diverte, assaporando l'ebbrezza di sentirsi libera. L'eccitazione di sentirsi *viva*.

Quando la canzone finisce, capisco dai movimenti della schiena di Nate che anche lui sta ridendo come me.

«Forse sei un po' folle anche tu» urla. Io non rispondo, gli stringo il fianco sinistro e lui svolta. Apro la bocca per dirgli di rallentare, ricordandomi della curva a gomito che porta al vicolo cieco, ma Nate l'ha già fatto. Lo scooter si ferma davanti al murale, il faro acceso lo illumina. Nate alza la visiera del casco, colgo un'espressione seria sule suo viso che sparisce dopo un secondo.

«Cornelia Street» dice, leggendo il nome della via.

Annuisco, mi aiuta a slacciare il casco.

«Che posto è?»

Scrollo le spalle e gli sorrido. Il sangue circola nelle mie vene a tutta velocità, merito dell'euforia, dell'adrenalina alimentata negli ultimi minuti.

«Non lo so. La prima volta che sono stata qui, mi ha colpita. Sembra un'opera d'arte in movimento... guarda queste lettere, appese a un muro pubblico, dedicate a persone che forse non sono nemmeno a conoscenza che queste parole siano qui per loro».

«Sei una romanticona, allora, ragazza nuova» commenta Nate, avvicinandosi alla parete rivestita di fogli diversi e di colori. Gli do una spintarella, mentre mi affianco a lui. «Strano che non lo conoscessi».

«Già, davvero strano» commenta, avvicinandosi a una lettera stampata su carta gialla e studiandola. Sbircio le parole che sta leggendo, noto che è firmata da una certa Emma. Nate sembra assorto, davvero colpito per il luogo in cui l'ho condotto. Lo lascio un istante da solo e cerco la corrispondenza tra me e Byron. Con un pizzico di delusione, scopro che non mi ha ancora risposto.

Alcune gocce di pioggia cominciano a cadere. Torno da Nate,

per appiattirmi sotto alla piccola tettoia di legno che protegge i fogli dall'acqua.

«Hai mai lasciato una lettera, tu?» domanda a bruciapelo.

«Sì» ammetto senza paura, perché nello sguardo di Nate ho letto un milione di cose che non saprei definire, ma sono sicura che non c'è mai giudizio, non c'è ipocrisia. Sono gli occhi di una persona che sa far sentire speciali gli altri, ma che forse non sa di essere a propria volta contenitore di meraviglie.

«Spero che, un giorno, troverai le tue risposte, allora» dice, scostandomi una ciocca di capelli dal viso.

'È già successo' suggerisce il mio cuore.

# Capitolo 13

*Daddy*
Coldplay

*Sei anni prima*

La chiamata arriva che è ancora buio.

Lo squillo del telefono appoggiato sul tavolo mi fa sobbalzare. Spalanco gli occhi e mi guardo attorno, confusa. Anche papà è già in piedi, afferra il cellulare e risponde.

«Pronto» la sua voce trema. Se la schiarisce, ci riprova. «Pronto... Sì. Arriviamo».

Vedo il suo pomo d'Adamo fare su e giù. Ci siamo dimenticati una lampadina accesa, quella sopra ai fornelli, e la stanza è rischiarata da una luce soffusa, quasi magica.

«Dobbiamo andare, Ali» dice, ma le parole gli muoiono in gola. Lo guardo alzarsi con fatica dal divano. È una nostra tradizione: si dorme sul divano quando si ha un po' paura, per farsi compagnia, per affrontarla insieme.

Ultimamente capita spesso.

«Vengo anch'io?» chiedo, stropicciandomi gli occhi.

Lui annuisce, infilando la giacca sopra alla camicia a scacchi.

«Mi cambio».

«No, vai bene così» mi dice, bloccandomi. «Non c'è tempo».

Le sue parole mi spiazzano. Tutto dentro di me diventa freddo.

'Non c'è tempo'.

Deglutisco, mi metto il cappello, la sciarpa, indosso il giaccone che copre il pigiama azzurro e prendo lo zaino che porto sempre con me.

Papà è già sulla porta ad aspettarmi. Le spalle flosce, la faccia scurita dalla barba sfatta. Lo supero e in un baleno ci ritroviamo in macchina. La Mini arranca sulla strada gelata. Lui tiene gli occhi incollati a terra, attento a non slittare. L'erba nei campi di Wyemouth è gelata e le strade sono deserte. Non è ancora l'alba.

Né io né lui proviamo a far partire la radio: lo sappiamo entrambi che funziona solo quando è la mamma a impostarla. Non ci vuole confidare il suo segreto, è una cosa che la fa sentire essenziale, dice.

I minuti passano lenti, eppure, quando arriviamo, vorrei che il viaggio non fosse mai finito.

Lasciamo l'auto nel parcheggio del pronto soccorso. I paramedici in pausa salutano papà con un serio cenno del capo, senza rimproverarlo di aver posteggiato tra le strisce riservate agli arrivi urgenti.

Non dicono proprio niente.

Papà mi passa un braccio attorno alle spalle mentre entriamo dalla porta scorrevole.

L'ospedale ancora così addormentato mi pare stranamente meno inquietante. Ci sono solo i malati, i medici e gli infermieri che se ne prendono cura, non ci sono familiari o amici chiassosi. Non ci sono persone che cercano di non piangere nei corridoi illuminati dai neon.

«Aspettami qui» dice papà quando raggiungiamo la sala d'attesa deserta. Mi siedo, studiando l'albero di Natale storto, ai cui rami sono appese delle palline rosse. Le luci sono bianco ottico, mi infastidiscono. Mi guardo attorno, anche le pareti sono bianche. Perché in questi posti è sempre tutto bianco? Perché non potevano colorarle di rosa? A me il rosa piace. Ho tante cose rosa, nella mia camera.

Mi guardo le scarpe, sotto le suole ho della neve sporca. Le sbatto un po', cerco di arginare la spiacevole sensazione che mi attanaglia il cuore, che mi stringe i polmoni in una morsa. Dallo zaino recupero il libro che sto leggendo. L'ho preso dalla libreria della mamma. Ogni tanto incontro qualche parola che non capisco, allora le mando un messaggio per chiedergliela.

Lo scorso pomeriggio le ho domandato il significato di 'Desueto' e lei mi ha risposto dicendomi che, probabilmente, desueto era il libro che stavo leggendo se conteneva quella parola. Poi mi aveva spiegato il reale significato, si era informata su come era andato il compito di matematica ('Una schifezza') e mi aveva chiesto cosa volessi per Natale. Lo sapevo già, ovviamente e gliel'avevo ripetuto all'infinito: un gattino tutto per me.

Giro pagina, mi concentro sulla lettura.

È andato tutto storto in questo romanzo, eppure la storia d'amore e di odio che racconta mi coinvolge. Vorrei camminare sulle colline sferzate dal vento insieme alla protagonista, ascoltarla mentre mi racconta i dubbi che le attanagliano il cuore.

«Ali?» mi chiama mio padre. Alzo la testa e lo vedo, e quel che vedo non mi piace per niente. Le occhiaie violacee sul viso, il colorito terreo. «Vieni».

Mi affretto a mettere il segnalibro in mezzo alle pagine, lo lascio sulla sedia e lo raggiungo. Lui mi prende per mano. La sua stretta si fa più salda man mano che ci avviciniamo alla porta della stanza.

L'interno della stanza è semibuio.

Lei è lì, sdraiata.

I macchinari che la circondano emettono dei bip fastidiosi, l'infermiera dagli occhi grigi che ho visto più volte nelle ultime settimane sistema una flebo e poi si allontana. Ci lascia soli.

I tre moschettieri, come ci piace chiamarci.

Mia madre ruota leggermente la testa, gli occhi azzurri spenti, le guance scavate. Mi rivolge un sorriso, forse il più gentile che le abbia mai visto sulle labbra.

Gli occhi mi si riempiono di lacrime, ma mi sforzo di cacciarle via.

Mio padre si siede sul lato del letto, le scosta i pochi capelli rimasti.

Sono biondi come i miei.

Fino a pochi mesi fa splendevano come grano, ora mi ricordano la paglia che viene lasciata a seccare nei campi.

«Eccoci, amore mio. Siamo tutti qui» sorride mio padre e lui non è forte come me, anche se ci prova. Vedo una lacrima precipitare dal suo occhio e infrangersi sulla coperta. «Ti amo Jenny» affonda il viso nella sua clavicola. «Ti amo».

Lei chiude gli occhi, sembra che il movimento di alzare e abbassare le palpebre le costi uno sforzo immane.

So perché siamo qui.

So perché ci hanno chiamati.

Muovo un passo incerto verso il letto, prendo la sua mano esile tra le mie. Ha le unghie fucsia, gliele ho colorate qualche giorno fa perché anche a lei piacciono i colori. Il suo profumo di margherita mi entra nelle narici. L'ho sempre odiato, ma in questo momento mi sembra che non esista cosa più buona al mondo.

«Non doveva venire» dice, rimproverando mio padre, in un soffio di voce. Lui serra le labbra.

«Voglio stare con te, mamma» le spiego e le lacrime fuoriescono senza controllo.

«Va bene, sono qui» dice. «E ci sarò sempre, lo sai? Anche quando ti sembrerà di no, io ti prometto che sarò sempre al tuo fianco, ovunque andrò. Non sarà una cosa antipatica come una malattia a impedirmi di stare con te».

«Me lo prometti?»

«Ma certo, Ali. Hai davvero qualche dubbio sulla tua mamma?»

«No» dico e non so come, ma mi strappa una specie di sorriso in questo maremoto di lacrime.

«Ma voglio che anche tu mi faccia una promessa» dice, stringendomi un po' più forte la mano. «Devi promettermi che avrai coraggio, che vivrai con ogni briciolo della tua anima. Promettimi che vivrai. Vivi, Ali».

«Ma...»

«È importante» insiste. «È la cosa più importante. Tu sei la cosa migliore che mi sia mai capitata. Prima che arrivassi, io ero una fifona. Avevo paura un po' di tutto, papà temeva che l'avere una figlia avrebbe peggiorato le mie ansie, invece è successo l'opposto. Ho trovato il mio coraggio, crescendoti. Non volevo che le mie paure ti limitassero, volevo che potessi scoprire il mondo, il cielo, le stelle, tutto. Voglio che tu sappia di poter fare qualsiasi cosa, persino l'astronoma, se è ciò che ti piace... Ma devi trovare anche il tuo coraggio, va bene?»

Annuisco, incapace di parlare. Nascondo il viso nel suo collo, respiro il suo profumo, lei mi accarezza i capelli.

Sento un singhiozzo. So che è papà. Alzo gli occhi e incrocio i suoi.

«Vi amo tanto» mormora mia madre. «Ora sono un po' stanca».

Mio padre le lancio uno sguardo che straborda disperazione. Le lascia un bacio sul dorso della mano. Lei sorride ancora un po', poi chiude gli occhi.

«Non lasciarci, Jenny, ti prego, ti prego...»

'Non lasciarci, mamma' urlo dentro di me.

Lei mi accarezza ancora una volta la testa.

Poi il monitor emette un lungo fischio e tutto diventa nero.

Qualcuno bussa alla porta. Lo ignoro.

Bussano di nuovo.

'Chi cavolo è?!'

Mi obbligo a lasciare il mio letto e cammino fino alla porta d'ingresso. Mio padre non c'è. È uscito di nuovo con un amico della fabbrica, diceva che non riusciva più a stare in casa. Ne sono contenta, preferisco stare da sola, soprattutto adesso.

Spero solo che non alzi troppo il gomito come è successo la scorsa settimana.

Era da poco finito il funerale, i vicini ci stavano aiutando. La signora White, la madre del mio amico Lucas, si era occupata di tutto... Papà, però, aveva dato di matto. L'aveva insultata davanti a tutti perché per errore aveva rotto un piatto della mamma. Aveva dato in escandescenze, finché degli uomini l'avevano portato fuori e accompagnato a fare due passi.

La signora White aveva minimizzato, aveva detto che mio padre era sotto shock, che aveva bevuto un po' troppo, ma era comprensibile visto quanto amava Jenny. 'Ha solo bisogno di tempo', aveva rassicurato i presenti.

E io speravo avesse ragione.

Abbasso la maniglia e riconosco l'infermiera dagli occhi grigi che aveva assistito mia madre. Vedo la divisa verde sbucare da sotto il giubbetto impermeabile.

«Alison, scusami se sono piombata qui. Sono...»

«So chi è» ribatto, fredda. Non è mia intenzione essere sgarbata, ma non mi va di chiacchierare. Le persone, con i loro occhi tristi e compassionevoli, con le loro parole bisbigliate, mi innervosiscono.

La donna traffica con il giubbetto. «Volevo solo restituirti questo» dice. «L'avevi lasciato nella sala d'attesa. Ho riconosciuto il nome di tua madre sul frontespizio».

Osservo il libro senza parlare, pentendomi di essere stata maleducata con l'infermiera.

«Grazie» balbetto.

«Andrà meglio» dice, mettendomi una mano sulla spalla. Poi si rimette il cappuccio e se ne va.

Resto con il libro tra le mani. Lo fisso, mentre un'ondata di ricordi mi travolge. Una marea oscura che mi sommerge e mi toglie il fiato. Infilo le dita all'interno, mi scontro con il segnalibro con le fate.

*Cime tempestose*, pagina 281.

# Capitolo 14

*Good Life*
OneRepublic

Apro gli occhi. La luce che fa capolino dalla finestra mi ha svegliata. È il bagliore freddo, lattiginoso, di un'alba invernale. Per un amaro scherzo, il mio cervello mi propone l'immagine del focolare di casa mia, le fiamme rosse che zampillano, il rumore dei ciocchi di legna che si infrangono. Non credevo di poter sentire nostalgia di casa, eppure di tanto in tanto, ripenso alla mia vita lì, e subito dopo a mio padre e i sensi di colpa mi invadono.

Mi alzo, tenendo la coperta ben stretta attorno alle spalle perché la temperatura dentro casa è scesa. Tocco i radiatori: gelati. La caldaia deve essersi rotta di nuovo. Mi infilo dei maglioni extra e con una tazza di caffè mi siedo al computer. Durante la notte, nuove idee per il mio romanzo sono affiorate dal caos di pensieri. Apro un file nuovo e inizio a scrivere. Per una volta, le dita volano sulla tastiera. Le porte dell'immaginazione si spalancano, le parole escono, sospinte dalla brezza di un'ispirazione rara e preziosa.

Dopo un'ora, scorro ciò che ho scritto: quasi cinque pagine fitte.

'L'incipit di qualcosa di nuovo'.

Salvo tutto e prendo il cellulare per controllare il calendario con l'orario di lavoro. Quando tolgo la modalità aereo, però, vengo investita da decine di trilli di notifiche, tutte da Instagram. Incuriosita, apro l'app e vedo che l'ultimo post con il carteggio tra me e Byron ha un numero di like decisamente superiore alla mia media. Scrollo le spalle. Non amo particolarmente i social, né li ho mai usati molto, forse perché nel mio passato a Wyemouth non avevo nulla da mostrare e vedere le vite scintillanti degli altri mi provocava solo fitte di tristezza. Vado sulla chat che Lea ha creato per condividere informazioni sull'Holmes, apro l'Excel con i turni miei e di Sam e mi rendo conto, con un tuffo al cuore, che oggi abbiamo il pomeriggio insieme.

'Maledizione' impreco dentro di me. Non ho alcuna voglia di lavorare fianco a fianco con Samuel dopo ciò che è successo tra noi a casa di Lea e, finora, sono riuscita a evitarlo come si evita la peste. Sbuffo e provo a chiamarla, ma proprio quando sto per premere sul suo contatto, il cellulare mi vibra tra le mani.

**Nate**: Ti sei addormentata ieri sera o ti sei già stancata di me? Dimmi la verità, posso sopportarla.

Nel leggere il nome di Nate sullo schermo non riesco a trattenere un sorriso. Dalla sera del party in biblioteca ci siamo scritti, ogni tanto. Gli ho chiarito che non sono alla ricerca di una storia e lui è sembrato comprenderlo. O almeno spero. Apro il messaggio, rendendomi conto che in effetti ieri sera non gli ho più risposto. Stavamo parlando di gattini perché Vixen, la micia di Lea, ha partorito una colonia di piccoli esseri spelacchiati, dagli occhi chiusi e dal musetto rosa che sembravano più dei cuccioli di topo.

**Alison**: Non posso parlare con uno che ritiene un animale astuto, fiero e indipendente come il gatto inferiore al cane.

**Nate**: Non inferiore, solo meno divertente. O affettuoso. Adesso che ci penso, tu mi ricordi un gatto.

**Alison**: Nel senso che sono astuta, fiera e indipendente, spero.

**Nate**: Nel senso che sei poco divertente. O affettuosa. E a proposito di divertimento...

**Alison**: Ho già paura...

**Nate**: Mi pareva che l'ultima volta ti fossi divertita, no?

**Alison**: Mmm. Sì.

**Nate**: Appunto.
Vado con Merry in un posto, stasera. Mi fai da supporto morale? Prometto, in cambio, una vista spettacolare.

**Alison**: Dove?

**Nate**: Non te lo dico. Mi piacciono le sorprese.

**Alison**: Ma a me no!

**Nate**: Problemi tuoi ;)

Allega al messaggio una fotografia di lui, il viso sorridente e furbesco quanto i suoi occhi. Studiando l'immagine, capisco che è sdraiato a letto. Riconosco il lembo di un lenzuolo a righe grigie e l'angolo di un cuscino su cui sono aperti i suoi capelli scuri, in completo disordine. La sua faccia è buffa, ma c'è qualcosa di sensuale in questo scatto.

'Smettila subito, Ali' mi sgrida la saggia vocina, e io chiudo la foto.

**Nate**: Noi partiamo alle diciannove. Se non lavori o non hai altro da fare, ritieniti invitata.

Leggo il messaggio più di una volta, incerta sulla risposta da scrivere. Sono tentata di accettare, ma uscire con lui, sua sorella e chiunque altro componga quel 'Noi' stasera, comporterebbe accettare di lavorare con Sam oggi pomeriggio. Ne vale davvero la pena?

Le voci nella mia testa si schierano in due fazioni che iniziano a lottare tra loro. I motivi del 'no' sono ovvi, ma quelli del 'sì' sfuggono in parte alla mia comprensione. Le due volte in cui sono uscita con Nate mi sono divertita come non mi era mai successo, ho visto posti speciali e conosciuto persone interessanti. Quando penso alla mia vita mi immagino una linea dritta, precisa, tagliente. Un tratto che unisce il punto di partenza e quello dell'arrivo nel modo più semplice ed efficace possibile. Ma quando la mia linea retta si interseca alla sua, iniziano curve, strani angoli, come delle deviazioni dal tracciato, che allungano la strada, certo, ma la rendono anche maledettamente più affascinante.

**Nate**: Aliiiiii!
Sei viva?

Deglutisco. Non so davvero cosa fare.

**Alison**: Potrei non esserlo stasera, visto che a casa sto congelando.

Gli mando un messaggio di tutt'altro argomento per prendere tempo e, senza pensarci, gli invio anche un mio selfie così come sono: imbacuccata nella coperta. Persino il naso è arrossato.

**Nate**: Di nuovo problemi con la caldaia?

**Alison**: Avrei bisogno dell'intervento del mio Superman preferito...

**Nate**: Sei carina con me solo quando ti servo.

**Alison**: Non è vero!

**Nate**: ... Esattamente come un ruffianissimo gatto.
Arrivo.

**Alison**: <3

Premo invio e gli mando quel cuoricino senza riflettere, pentendomene l'attimo stesso. Provo a cancellare il messaggio, ma 'Se l'ha già visto? Sarebbe persino peggio, se lo eliminassi...'

Il messaggio, infatti, risulta visualizzato. Fisso lo schermo, di colpo agitata. Non voglio che Nate fraintenda e quando non risulta più online, lancio il cellulare lontano, sicura di aver appena commesso un grosso errore. Nate ha manifestato più volte interesse nei miei confronti e io così rischio solo di alimentarlo.

Un paio di minuti dopo, sento dalla camera il suono di un nuovo messaggio in arrivo. Mi precipito subito a riprendere il telefono e apro in fretta la nostra chat.

C'è solo una foto ed è lui, intento a lavarsi i denti, che mi fa il medio.

Pericolo scampato.

Un'ora dopo, Nate sta armeggiando con la caldaia e canticchia qualcosa tra sé e sé, allegro. Il caffè è quasi pronto, l'odore che si sprigiona dal barattolo scalda l'atmosfera. Io sono ancora imbacuccata in un triplice strato di maglioni. Quando è arrivato ha finto di non riconoscermi, il simpatico.

Nate si volta e guardandomi con l'espressione valorosa di un soldato tornato dal fronte, mi dice: «Fatto».

«Davvero?» chiedo incredula, visto che rispetto alla prima volta ha impiegato molto più tempo.

Annuisce.

«Grazie!» esclamo felice, correndo ad abbracciarlo. Lui resta un istante fermo, poi ricambia. «Allora, per stasera?» domanda, staccandosi da me e prendendo il bollitore con il caffè.

«Ci sono» decido. Ormai è troppo tardi per chiedere a Lea di cambiare turno, anzi, è troppo tardi in generale: dovrei iniziare tra pochissimo.

«Nate...» inizio a dire.

«Cosa c'è?»

«Mi dai un passaggio fino all'Holmes?» chiedo. Le labbra che si stirano in un sorriso implorante.

«A te e a tutti i tuoi maglioni, intendi? La mia moto è solo per due» ridacchia, passandosi la lingua sul labbro per togliere una goccia di caffè.

«Ah-Ah» ribatto. Mi sfilo i primi due. «Contento?»

Lui mi studia per un istante, poi sposta lo sguardo. «Forza» dice, indossando la giacca. «Ho lezione anche io tra poco».

Il tragitto sullo scooter è brevissimo e mi fa recuperare quasi del tutto il ritardo. Smonto goffamente e gli porgo il casco.

«Ci vediamo stasera» dice. «Ti scrivo dopo». Abbassa la visiera e se ne va, infilandosi nelle vie poco trafficate di Ferlington e sparendo in fretta alla mia vista.

Corro all'interno, togliendomi il cappello dalla testa. Il locale è piuttosto pieno, come sempre all'ora di pranzo. Samuel, in cassa, alza gli occhi su di me. Mi squadra, poi fa schioccare la lingua e mi rivolge un sorriso arrogante.

«Non dirmi che ti piace davvero uno come Nate Lawrence» esordisce, senza neanche salutarmi. La sua voce è altezzosa e profonda. «A me ricorda un cazzo di golden retriever».

Non gli rispondo, mi limito a scoccargli un'occhiata di sufficienza. Mi dirigo nello spogliatoio per cambiarmi con la certezza che sarà una lunga giornata.

'Ma, per stasera, ne varrà la pena'.

*

Lea irrompe all'Holmes con un vestito nero, accollato e lungo fino ai piedi che mi ricorda la signorina Rottermeier e un'espressione contrita sul viso. I suoi occhi sembrano lacrimosi e tira su con il naso. Sam e io ci scambiato l'unico sguardo non furioso dell'intero pomeriggio nel vederla così poco *Lea*. Lui mi fa segno di seguirla, visto che si è infilata nel magazzino.

Busso, ma non mi risponde. Mi schiarisco la voce.

«Sì?»

«Lea, tutto bene?»

La porta si apre.

«Sì» mente.

«Non si direbbe...» tento, avvicinandomi a lei. «Sei vestita con un solo colore».

«Non ti piace il mio outfit? È ispirato a te» dice, con tono più leggero.

«Io non mi vesto come Morticia Addams» protesto.

«Ma come una pronta ad andare a un funerale sì».

Alzo gli occhi al cielo, se ha forza di prendere in giro il mio abbigliamento la situazione non può essere così grave, giusto?

«Scusa. Sono un po' nervosa e... malinconica» spiega.

«È successo qualcosa?»

«Ho sentito una persona con cui non parlavo da anni e la conversazione ha portato a galla vecchi ricordi... alcuni belli, altri decisamente no».

«So cosa intendi» commento, passandole una mano sulla spalla e pensando per un istante a mio padre, alle due versioni di lui che ho conosciuto: l'uomo piacevole e presente, e il mostro sformato dalla dipendenza e dalla depressione.

Lea appoggia la testa a me e sospira. «Affidarsi agli altri è sempre una scommessa» dice poi.

Annuisco.

Dopo un attimo, si asciuga gli occhi e mi guarda riconoscente. «Grazie». La sua mano mi sfiora la guancia, vi indugia un attimo. «Sto meglio, ora».

«Alison!» ringhia la voce di Samuel.

«Vai, presto» mi incita Lea. «Ora vi raggiungo».

Torno in fretta in sala e i miei occhi incrociano subito quelli scuri di Nate che, per una volta, non sembra affatto felice. Accanto a lui, c'è Meredith, stretta in una mantella beige, i capelli castano chiaro dritti sulle spalle, il trucco leggero che le illumina perfettamente il viso: è talmente bella che sembra finta. Samuel si sta allacciando il cappotto con il ghigno vittorioso sul viso.

«Finalmente» dice Meredith. «Stavamo per andare senza di te» mi sorride, falsa, e noto che lei non ha alcun adorabile spazietto tra i denti.

«Stavo solo aiutando Lea» mi giustifico.

«Non ti preoccupare, Ali» mi rassicura Nate. «Avete finito?»

'Avete?'

Samuel annuisce e capisco che stasera non solo dovrò avere a che fare con Meredith, ma anche con lui. La sorella di Nate si gira verso la porta, frustando l'aria con i suoi capelli freschi di parrucchiere e Samuel si affretta ad aprirgliela. Guardo Nate di sottecchi che scrolla le spalle rivolgendomi un'espressione rassegnata e confermando i miei sospetti. La prospettiva della serata, di colpo, è meno rosea.

«L'ha invitato, Merry» spiega. «Non lo sapevo».

Sto per inventarmi un mal di testa improvviso, quando Lea si avvicina con il mio giubbetto. «Non prendere freddo, mia cara. Ci vediamo domani».

# Capitolo 15

*Astronomy*
Conan Gray

«C'è qualche problema?» chiedo, raggiungendoli fuori dal locale e provando a usare un tono gentile. Samuel e io ci odiamo, Meredith non è certo un mostro di simpatia, tanto vale non gettare altra benzina sul fuoco e porre delle basi decenti per la serata, no? Soprattutto dal momento che sembrano tutti tesi.

Gli occhi di Meredith si posano su di me. «Nate non ha prenotato il taxi» pronuncia, infastidita.

«Sono stato impegnato, Merry. Te l'ho scritto» risponde.

«Stamattina presto non avevi lezione, potevi farlo» insiste, e io mi sento un po' colpevole, perché Nate era corso ad aiutare me.

«Non possiamo andare con i mezzi?» chiedo, senza sapere qual è la destinazione finale del nostro viaggio.

«È fuori città» spiega Nate. «Ma ora risolviamo. Provo a cercare un Uber».

«Io ho un'auto».

Tutti si voltano a guardarmi. «*Tu* hai un'auto?» domanda scettico Samuel.

«Perfetto!» esclama Nate. «Ali e io andiamo a prenderla, voi aspettateci qui».

«Fate in fretta, però» ribatte Meredith alzando il mento.

Supero Nate, con passo veloce. «Non ti preoccupare, *io* non andrei senza di voi... Anche se vorrei».

Nate, sogghignando, mi oltrepassa e inizia una corsetta leggera. «Bella risposta, ragazza nuova».

«Devi spiegarmi perché tua sorella mi odia».

«Non ti odia, ha solo un carattere... *particolare*».

'Particolarmente feroce, vorrai dire'.

«Ehi, rallenta» protesto, vedendolo accelerare il passo.

«No, Meredith ha ragione: dobbiamo davvero fare in fretta».

Nate mi afferra per la mano e mi trascina al suo fianco, portandomi a correre alla sua stessa velocità. Quando arriviamo davanti alla porta rosa sono in un bagno di sudore.

«È più di tutto lo sport che ho fatto in vita mia» dico, senza fiato.

«Forza, Ali» mi riprende lui, ridendo. Entriamo in casa.

«Devo cambiarmi».

«Non c'è tempo» scuote la testa.

«Ma puzzo!»

«Allora starai vicino a me così ti sentirò solo io».

Sospiro, prendo le chiavi dell'auto e torniamo all'esterno. Lo conduco fino alla Mini e mi metto al volante. Nate si accomoda sul sedile accanto al mio.

«Vintage» dice, guardandosi attorno, spostando gli specchietti, girando le manopole della radio, aprendo il cassetto del lato passeggero e facendo precipitare gli oggetti accumulati al suo interno sul tappetino.

«Nate, dovresti davvero imparare a stare fermo» borbotto, aiutandolo a raccogliere le mappe, le biro e le cartacce per metterle vie.

«No. E poi si scoprono un sacco di cose guardando nella macchina di una ragazza. Per esempio...» brandisce un volantino e se lo fa girare tra le mani. «Recentemente sei stata a... Top Whitens? Dove diavolo è?»

Sbuffo e glielo tolgo dalle mani, rimettendolo nel cassetto. «È uno dei luoghi che hanno ispirato *Cime tempestose*» spiego.

«Ma non ci sono andata, ci sono passata vicino mentre venivo a Londra».

«Immagino sia una tappa imperdibile dell'intero patrimonio turistico britannico» sghignazza.

Gli do un pugnetto sulla coscia, vicino al ginocchio. «Concentriamoci, Nate».

Guido a ritroso fino all'Holmes, dove Samuel e Meredith ci stanno aspettando. Lei ha le braccia conserte e mi beo della sua espressione d'orrore quando accosto davanti a loro.

«Montate» dice Nate, allegro.

Samuel apre a Meredith la portiera, lei mi guarda dubbiosa. «Sei sicura che ci porterà a destinazione?»

«Un mese fa l'ho guidata dalla Scozia a Londra senza problemi» dico fredda, tralasciando il piccolo problema risolto da Lucas.

Lei contrae le labbra, ma poi entra, seguita da Samuel.

«Si può mettere un po' di musica?» chiede Meredith, mentre metto la freccia per entrare nel traffico.

«La radio non funziona bene» li informo.

«Ovviamente...» brontola Meredith, sospirando in modo tragico.

«Ci provo io» fa Nate.

«Dimmi dove dobbiamo andare, così avvio il navigatore».

«No» mi sorride furbo lui. «La scorsa settimana, mi hai guidato *tu*, stavolta ti guido io».

«Ma Nate...»

Scuote la testa, deciso e iniziando a girare la manopola delle stazioni. «Alla prossima a destra, subito dopo a sinistra».

Mi arrendo e seguo le sue indicazioni. Dietro di noi, Meredith e Samuel parlano fitto di viaggi e di mostre, citando nomi di artisti che non ho mai sentito. Mi concentro sulla strada, ignorando i loro discorsi e loro fanno altrettanto con me e Nate. In mezz'ora, ci lasciamo alle spalle le luci di Londra per inoltrarci nei sobborghi che circondano la città.

«Basta» dico, indicando con il mento la radio. «Non ci riuscirai mai, arrenditi».

«Non mi piace arrendermi» mugugna.

«Mia madre sapeva farla partire in un secondo» ricordo.

«Sapeva?»

Annuisco. «È morta alcuni anni fa».

«Mi dispiace, Ali».

Scrollo le spalle. «L'ho superata, più o meno».

«Tuo padre?»

«Tasto dolente» confesso, tenendo lo sguardo fisso sull'orizzonte. Non ne voglio parlare, non ora, con Meredith e quello stronzo di Sam seduti sui sedili posteriore. Nate coglie il messaggio e non fa altre domande. Dopo un po', sento il suo palmo accarezzarmi il ginocchio. Un gesto dolce, tranquillizzante. Il contatto improvviso, però, mi fa sussultare. Di solito, non amo che le persone mi tocchino, ma questa mattina ero stata io ad abbracciare Nate e anche l'espansività fisica di Lea non mi disturba.

'Forse, semplicemente non avevo ancora incontrato le persone da cui mi *piace* essere sfiorata' penso, mentre lui toglie la sua mano e io vorrei riportarla lì, invece.

«Nate» lo chiama sua sorella. Osservo con la coda dell'occhio Nate voltarsi e prendere dalla mano di Meredith qualcosa.

«Ho mal di testa» spiega, buttando giù una pastiglia con un sorso d'acqua. «Oggi i bambini mi hanno fatto impazzire».

«Non so davvero come tu ci riesca» commenta lei.

«Lo preferisco alla tua carriera. Seguire le orme di mamma e papà non fa per me».

Meredith fa per dire qualcosa e capisco da come stringe le labbra che sarà qualcosa di spiacevole.

«È ancora molto distante?» chiedo io precedendola. «Sto guidando da quasi un'ora».

«Farebbe differenza se lo sapessi?» mi chiede Nate. E io non trovo una risposta intelligente da dargli. Perché no, non farebbe alcuna differenza. Dovrei comunque continuare a guidare fino al nostro arrivo. Sbuffo, riflettendo che a volte, parlare con lui, è un po' come parlare con qualcuno che abita un'altra realtà, che *fa cose* di un'altra realtà e che mi porta in posti di un'altra realtà... Il panorama accanto a noi, infatti, è cambiato. Il buio è assoluto e la strada deserta si infila in una faggeta; quando ne usciamo, la sensazione di essere nel nulla si fa totale.

«Siamo arrivati» decreta Nate.

«Giusto in tempo» commenta Meredith.

Io non dico niente. Lascio che i miei occhi esplorino la visione che ho davanti: ogni cosa attorno a noi è blu notte e l'unica illuminazione deriva dai piccoli faretti che delimitano la strada a una carreggiata che si inerpica su una piccola collina. Come incastonato dell'esatto centro, un edificio moderno con una cupola circolare si erge davanti a noi.

«Parcheggia lì» indica Samuel, irritandomi con il suo ordine. Per il solo capriccio di dargli contro, posteggio più lontano.

«Ci perderemo l'inizio!» contesta Meredith.

«Togliti i tacchi, Merry, così facciamo prima».

Lei sbarra gli occhi, scioccata. «Nathaniel Lawrence, se ti sentissero mamma e papà...»

«La scorto io, signorina» si propone Samuel, abbassandosi per caricarla in spalla.

Alzo gli occhi al cielo, infastidita dal comportamento stucchevole di Sam. Nate mi si affianca.

«Hai capito dove siamo?»

Ci rifletto. «Direi che è qualcosa che ha a che fare con le stelle, giusto?»

Annuisce. «È l'Osservatorio Scientifico. È chiuso al pubblico da qualche anno e quando riaprono le serate sono sempre affollatissime, ma Meredith ha conosciuto un ragazzo che lavora qui e allora...»

Lo seguo all'interno, ma nella grande stanza in cui ci ritroviamo, la luce è manchevole come fuori. Riesco comunque a distinguere i binocoli super tecnologici e altri marchingegni dall'aria estremamente costosa. Meredith si lascia depositare da Samuel davanti a una tenda blu e lo ringrazia con un sorriso. La scosta delicatamente e sparisce al di là.

«Ci sono venuto anche qualche anno fa» mi dice Nate. «Con mio padre. Secondo lui ho un discreto talento per le Scienze».

«E secondo te?» chiedo, studiando la sezione a destra dell'enorme stanza, che un tempo doveva essere allestita a museo: ci sono ancora strumenti astronomici, ampolline e totem informativi.

«Abbastanza, ma la musica è il mio elemento» commenta, leggero. È normale che io riesca a vedere il suo sorriso anche se, effettivamente, non lo vedo in questo buio ceruleo che ci circonda?

«Ragazzi!» bisbiglia Meredith, la testa che spunta dalla grande tenda blu. «Sta iniziando!»

Mi affretto a raggiungerla, con Nate un passo dietro di me. Entriamo in una stanza circolare. Una doppia fila di sedie, per la maggior parte occupate, segue l'andamento sferico della struttura e, al centro, la sfera argentea del planetario continua a girare.

«L'eterno ritorno» sussurra Nate al mio orecchio. «Nietzsche. Per lui il concetto di morte non è definitivo. Tutti noi siamo destinati a rivivere gli stessi momenti, ancora e ancora, senza poter mai interferire con il ritmo di questa ruota. Un eterno ritorno alla vita, appunto».

«Mi sembra orribile» rifletto. Ripetere eternamente la mia disavventura con Frank Kinney? Sentire per sempre le sue mani attorno al polso e le parole vergognose di mio padre nelle orecchie, no grazie.

«Vero. Ma ci sono dei momenti che mi piacerebbe poter rivivere da capo» fa lui, curvandosi su di me e indicando con il dito due poltroncine libere, sufficientemente distanziate da Meredith e Samuel.

«Per esempio, mi piacerebbe rivedere la tua faccia, la sera

in cui ci siamo conosciuti, quando Meredith ha offerto da bere a tutto il locale».

«Ecco, quello è esattamente un momento che *non* vorrei rivivere» borbotto.

«Shhh!» fa Sam rivolto a noi. Io gli rispondo con una smorfia che non so se riesce a vedere perché, di colpo, la luce nella stanza cala ancora e il buio si fa totale. Una donna in camice bianco guadagna il centro della stanza.

«Buonasera. Preparatevi al viaggio più spettacolare dell'universo» dice, e sul soffitto e sulle pareti attorno a noi viene proiettato il cielo notturno. La donna, una scienziata, inizia a spiegare cosa stiamo vedendo, indica le stelle, ci parla dei pianeti. È la lezione di astronomia più interessante della mia vita. Sembra di essere stati catapultati nello spazio e tutti ascoltiamo con attenzione. Arrischio un'occhiata a Nate: è concentratissimo e si morde il labbro carnoso. Tamburella piano, sul suo ginocchio.

«Quella è la costellazione della Lira» dice la scienziata. «Per me, la costellazione più romantica dell'universo conosciuto. Si chiama così perché le stelle che la compongono formano un disegno che ricorda, appunto, una lira, lo strumento prediletto di Orfeo che suonò finché non si ricongiunse con la sua Euridice. Quando morì, le Muse che l'avevano ascoltato decisero di consacrare la sua lira al mondo e la posero nel cielo».

«Struggente» commento, ripescando nei cassetti della mia memoria ciò che sapevo del mito di Orfeo ed Euridice: lei che muore, lui che cerca di strapparla agli Inferi, ma il desiderio e l'amore tra loro sono talmente forti, che un attimo prima di riuscirci, Orfeo si volta ed Euridice viene risucchiata di nuovo e per sempre nell'ombra.

«È vero. Sei mai stata innamorata così di qualcuno?»

Scuoto la testa. «Mai. Non credo che sia possibile, è solo letteratura».

«Tu dici?» domanda Nate, con tono pensoso. La scienziata fa una pausa e tutti ci mettiamo a guardare la volta celeste sopra di noi. Le dita di Nate scivolano dal suo ginocchio al mio. È un gesto lento, ne avverto la sua tensione.

Dovrei allontanarlo, dovrei proprio. Ma non riesco.

«Perché mi hai portata qui, Nate?» gli domando nell'orecchio.

«Perché volevo compagnia... e anche perché mi avevi detto che ti mancava vedere le stelle» risponde, senza sbilanciarsi troppo, ma sento dell'incertezza nella sua voce. «Stai a guardare».

Seguo il suo dito che punta con discrezione alla scienziata. Ha lasciato il centro e si è messa sul lato, dove noto una pulsantiera.

«A volte guardiamo gli schermi così a lungo che dimentichiamo che la bellezza riprodotta è fittizia. Il mondo e l'universo, invece, hanno ancora così tanto da dirci, così tanto per stupirci che è un peccato non starli ad ascoltare...» e così dicendo, preme un bottone.

Un rumore metallico invade la stanza, facendomi sobbalzare. Nate aumenta la pressione della mano sul mio ginocchio, come a dirmi di non spaventarmi. Appoggio di nuovo la schiena alla poltroncina e poi, imitando i miei vicini, sollevo la testa.

La sala esplode in un 'Wow' a cui partecipo anche io.

Il planetario si è scoperchiato, trasformandosi a tutti gli effetti in un osservatorio e sopra di noi c'è il cielo stellato in tutta la sua magnificenza.

«La notte è limpida, siamo fortunati» commenta la scienziata. Chissà quante volte ha visto questo spettacolo, eppure, nella sua voce colgo la dolcezza che si riserva a ciò che ha un posto speciale nel nostro cuore. «Vedete la sagoma di Orione? È lì, attraversata dalla Via Lattea».

Osservo a bocca aperta e occhi sgranati la sceneggiatura celeste, riempiendomi gli occhi del bagliore delle stelle. Non so per quanto tempo resto immobile a guardare i milioni di puntini che scintillano nel cielo. Anche Nate sembra rapito e, stranamente, è fermo e silenzioso. Il suo viso è rilassato, sereno e anche dentro di me si fa largo una sensazione di pace.

«Vorrei sentirmi sempre così» sussurro.

«Anche io» risponde, piano. «Sai cos'ho sempre trovato affascinante delle stelle? Che sono ad anni luce l'una dall'altra, eppure a noi sembrano vicine, quasi come se potessero toccarsi soltanto allungandosi un po'. A volte è così anche con le persone, non ti sembra?»

«Quando le stelle si toccano, però, finiscono per distruggersi a vicenda... E anche questo vale per le persone».

«Sì, ma non sarebbe comunque un meraviglioso finale?»

Mi volto e mi scontro con i suoi occhi scuri, che mi attirano nelle profondità della sua anima, mi dicono cose che non ha il coraggio di pronunciare ad alta voce e che, di sicuro, io non ho il coraggio di ascoltare. La verità è che preferisco rimanere una stella solitaria, ma intatta, piuttosto che illuminare ciò che mi sta intorno e, nel farlo, rischiare di distruggermi, come è successo a mio padre dopo la morte di mia madre. Ciò che sento per Nate anche in questo momento è diverso da qualsiasi cosa abbia mai provato. È un sentimento ribelle che sfugge alle maglie del mio controllo, un'emozione che mi terrorizza pur attraendomi. Mi obbligo a distogliere lo sguardo e lui allontana la mano dal mio ginocchio.

«Sai, mia madre mi diceva sempre che se un giorno mi fossi mai sentita persa senza di lei mi sarebbe bastato alzare lo sguardo e cercare la stella più luminosa del cielo. E se l'avessi vista, avrebbe significato che lei era lì con me» abbasso lo sguardo al ricordo.

«Credi che le persone a cui vogliamo bene ci guardino davvero da lassù?» domanda.

«Non lo credo, *lo so*».

Ripenso alla promessa che mi aveva fatto e, d'un tratto, sento la sua voce, chiara e nitida nelle orecchie.

'Promettimi che avrai coraggio'.

'Promettimi che vivrai con ogni briciola della tua anima'.

# Capitolo 16

*Hold Tight*
Jake Bugg

Come potrei iniziare?

Una ragazza di città, che cerca di sbancare nel mondo della musica suonando le vecchie canzoni scritte da sua madre, incontra un giorno un giovane scrittore fallito che deciderà di portarla nel suo magico mondo di storie e follie. Sembra una trama avvincente, ma non credo sia possibile scrivere di amore quando l'amore non lo si conosce. A cuori che conoscono solo il dolore non è concesso di amare.

Rimugino sui soliti file aperti e decido di accantonare la storia della ragazza musicista e del ragazzo scrittore: il personaggio maschile mi sta già antipatico, forse perché mi ricorda Samuel. Quasi animato da volontà propria, il puntatore del mouse clicca, invece, sul documento su cui avevo sfogato tutta la mia creatività qualche giorno fa, prima della serata all'Osservatorio. Leggo qualche parola qua e là e, lentamente, la frustrazione che nell'ultimo periodo provo ogni volta che mi ritrovo davanti al pc, si dissolve.

'Non è male' penso, quasi stupita, quando arrivo in fondo alla pagina. 'Manca ancora qualcosa, ma non è male'.

Mordicchio la matita abbandonata su un tavolino azzurro dell'Holmes, mentre rifletto. La protagonista di queste pagine cammina tra i miei pensieri da così tanto che la conosco come se fosse una sorella, ma per la prima volta mi sembra abbia acquisito più spessore, più personalità, pare che abbia trovato finalmente la strada per uscire dalla mia mente ed entrare nella realtà. Chiudo gli occhi, provo a immaginarla seduta davanti a me, mentre cerca di raddrizzare la sua vita. Mi sembra quasi di vederla, di poter sentire il suo respiro, di poterla quasi toccare. Galvanizzata dalla visione, batto sulla tastiera con le palpebre socchiuse, perché non voglio infrangere questo momento di preziosa ispirazione, come se vedere e percepire la concretezza del resto del mondo potesse distruggere il contatto che ora sento con lei, come se potesse scivolare via dalle mie dita. La osservo schiudere le labbra, capisco che sta per dirmi qualcosa e io mi tendo sulla sedia, pronta a trascrivere le sue parole...

«Ali!»

Apro gli occhi e la ragazza viene inghiottita da una nebbia opalescente.

Nate si accomoda al tavolino senza chiedermi il permesso. Toglie la giacca sotto la quale indossa solo una felpa decisamente troppa leggera per la temperatura esterna e mi sorride. Poi, davanti alla mia faccia seccata capisce di aver commesso un passo falso. «Non dirmi che ti ho interrotta» mormora, serio.

«Mi hai interrotta». Lo fulmino.

«Mi dispiace. Non dirmi che era un momento importante».

«Era un momento importante».

«Ops» fa lui, con espressione rammaricata. «È meglio se ti offro un caffè?»

«Ritenta».

«È meglio se ti offro una birra?»

Annuisco. «E patatine».

«Ai suoi ordini, signorina Moss».

Nate balza in piedi, raggiungendo con il solito passo vivace il bancone dove Sam lo saluta con un freddo cenno del capo. Studio la scena, osservo con attenzione il modo in cui si appoggia con i gomiti sul legno lucido, la mano sinistra con cui si ravviva i capelli mentre attende che Sam riempia i boccali, gli occhi che guizzano ovunque, la scarpa con cui tamburella sul poggiapiedi di ottone del banco. Per qualche motivo, dopo la serata all'Osservatorio, non mi perdo neanche un dettaglio di ciò che fa.

Ripenso a quel momento, al suo profilo, al naso a patata rivolto all'insù, agli occhi luminosi, lucidi di una lacrima quando li aveva rivolti a me. Si era portato il lembo della manica del maglione al viso per asciugarseli.

«Scusa, mi sono commosso».

La mia mano è corsa alla sua e l'ha fermata. Non volevo che cancellasse i segni di un'emozione tanto bella, tanto pura, che poteva essere affiorata solo dalle profondità di un animo sensibile.

«Mi sono commossa anche io» gli ho detto per tranquillizzarlo. Ed era vero: l'immensità del cielo sopra di noi era uno spettacolo così sconcertante che mi aveva quasi provocato una vertigine. «Tutto questo...» ho ripreso a dire. «Questa vastità mi fa sentire piccola, inutile, trascurabile».

«È vero» ha concordato Nate. «Ma se a volte ci sforzassimo di cambiare prospettiva, potremmo invece renderci conto che in realtà non siamo piccoli, perché siamo parte di qualcosa di più grande di noi. Penso che sarebbe più difficile sentirsi soli, sentirsi schiacciati». Ha preso fiato. «Credo che fosse questo, esattamente questo, questo cielo che ci ammalia e ci sconfigge che cercavano gli artisti di due secoli fa, quando parlavano del sublime: le cose così belle da fare quasi male».

'Come quando hai accanto un ragazzo meraviglioso, ma sai di non poterlo baciare' ho pensato. Ho riportato gli occhi al cielo, giusto un attimo prima di vedere una stella cadente attraversare la notte.

«Esprimi un desiderio, Nate» ho sussurrato nel suo orecchio.

«Perché? Hai visto una...?»

«Esprimi un desiderio, presto!» l'ho interrotto, insistendo perché il ricordo della scia di luce non svanisse dalle mie iridi prima che lui l'avesse fatto.

«Ma Ali, non funziona così» ha riso. «Solo chi l'ha vista può esprimere un desiderio».

«Cambiamo le regole: vale anche per chi si tiene per mano».

Nate mi ha guardata e, dopo un secondo, ha stretto un po' più forte la presa intorno alle mie dita. Una scarica di brividi elettrici mi ha percorso la schiena. Abbiamo chiuso gli occhi e affidato alla volta celeste un sogno per il futuro. E da quel momento, fino a quando le luci della sala si sono riaccese e le stelle sono scomparse, le nostre mani sono rimaste intrecciate.

Sbatto le palpebre per ritornare con i piedi per terra, anche se da giorni non faccio che indugiare su quella notte in cui ho capito che dietro al sorriso allegro e affabile di Nate si nasconde molto di più. Un *molto di più* che mi piacerebbe scoprire, che mi piacerebbe studiare come i bambini studiano meravigliati le cose nuove, che mi piacerebbe proteggere come si proteggono le cose fragili. Ma il suo è *un molto di più* a cui dovrò resistere, per non generare nuovo dolore.

Due ragazze sulla trentina che vengono all'Holmes tutti i giorni per un drink prima di cena entrano e salutano Nate e Sam, e si accomodano a un tavolo libero poco distante dal banco. Quella con i capelli più scuri indica Nate all'amica, una rossa che mi ricorda un po' Cheryl Blossom di *Riverdale*, che scuote la testa arrossendo violentemente al punto che il suo viso diventa un tutt'uno con la chioma fulva. L'amica allora sospira e balza in piedi, mentre la rossa tenta di trattenerla. Si avvicina a Nate, che non si è accorto di niente, e gli allunga un bigliettino che lui mette in tasca, accompagnando il gesto con un sorriso che travolge le mie terminazioni nervose. Poi prende i bicchieri e torna al mio, anzi *nostro*, tavolo stando attento a non rovesciare neanche una goccia.

«Ecco» dice, servendomi la mia birra con un'espressione così drammaticamente buffa che quasi mi fa ridere davvero. Prende un lungo sorso, poi si pulisce il labbro su cui è rimasta della schiuma con la lingua, un movimento lento e non calcolato che mi provoca una capriola nel basso ventre.

«Serata fiacca» commenta, e in effetti l'Holmes è abbastanza vuoto, motivo per cui Lea mi aveva scritto un messaggio per dirmi di prendere la serata libera, ma io ero già uscita di casa. Sarei potuta tornare indietro, ma la prospettiva di passare la serata da sola non mi allettava per niente. Mi sarei annoiata e la noia è una pessima compagna, una di quelle che ti incitano a commettere qualche sciocchezza, soprattutto quando hai abbandonato tuo padre e la tua vita obbligandoti a non guardare indietro. Mugugno qualcosa in risposta a Nate che continua a parlare di cose che non ascolto, e abbasso lo schermo del pc, rassegnata: chiaramente, non è passato per un saluto veloce e non si schioderà da quella sedia. Gli rivolgo un'occhiata truce.

«Cosa c'è?» chiede, appena se ne accorge.

Insisto con la mia espressione rabbiosa. «Ti sei seduto anche se hai visto che stavo scrivendo».

«Dai, Ali, non ti ho volevo distrarre» si difende Nate che, ora, sembra sul punto di ridere. «E poi, mi hai mandato tu un messaggio per invitarmi».

«No» scuoto la testa. «Io ti ho scritto che Lea mi aveva dato la serata libera e che quindi mi sarei bevuta qualcosa all'Holmes».

«L'invito era implicito» insiste lui.

Sollevo un sopracciglio, lo guardo scettica.

«Non potevo tollerare l'idea di saperti qui a bere tutta sola».

«Quindi dovrei credere che sei corso a salvarmi?»

«In qualità di compagno di bevute, ovviamente. Sono o non sono il tuo Superman?» chiede con un sorriso scherzoso, rigirando contro di me le mie stesse parole.

Sbuffo e prendo anch'io un sorso di birra. Finiamo la prima e passiamo alla seconda, mentre Nate mi racconta che il ragazzino a cui ha fatto due ore di lezione di pianoforte, oggi, ha tentato di mordergli un dito mentre gli insegnava una scala.

Mi piego in due dal ridere quando Nate si mette persino a mimare la scena, facendo il verso al bambino, dichiarandosi molto spaventato da questa tendenza al cannibalismo e concludendo la sua pantomima con un tragico «Accidenti, non ho più l'età».

«Ma se avrai giusto un paio di anni più di me» intervengo, cercando di recuperare un contegno.

Lui riduce i suoi occhi a una fessura. «Non sai quanti anni ho?» domanda, serio.

Scuoto la testa.

«Sei davvero antipatica, Alison Moss. Ne ho ventidue, dovresti saperlo visto che eri alla mia festa di compleanno. Ora che ci penso, non mi hai nemmeno fatto il regalo».

«Ah, giusto, la serata in cui ho rischiato che tua sorella mi facesse licenziare» gli ricordo con un sorriso tirato.

«Merry è piuttosto... istintiva. Ha agito senza pensare, non voleva certo farti un dispetto, neanche ti conosceva».

«Perché adesso che mi conosce invece è uno zuccherino...»

«Uno zuccherino non lo è neanche con me, quindi di cosa ti lamenti?»

Roteo gli occhi, perché Meredith nella mia testa ormai è sistemata sotto la casella 'Più lontane siamo, meglio stiamo' e il mio sguardo cade su una coppia poco più grande di noi seduta vicina al pianoforte, a ridosso della vetrina.

«Guarda quei due» dico a Nate, che volge il capo nella direzione che gli ho indicato. Li osserva come li ho osservati io e, quando si raddrizza, mi chiedo se sia giunto alla stessa conclusione.

«Vai» gli dico. «Raccontami la loro storia».

Nate si passa un dito sul mento, riflettendo. Inclina un po' la testa per non farsi notare e io seguo la traiettoria del suo sguardo fino alla ragazza con la maglietta a righe che gesticola e sorride, forse nel tentativo di divertire il tipo che gli sta davanti. Lui ha il cellulare accanto al bicchiere di vino e, di tanto in tanto, getta un'occhiata fugace allo schermo. Vede la ragazza, ma non la guarda. Lei parla, parla, ma lui non interviene mai.

«Direi che è un primo appuntamento che sta andando molto male» decreta Nate e io annuisco.

«Anche per me». Dovrei essere stupita dal fatto che Nate abbia pensato alla stessa cosa a cui ho pensato io, eppure non lo sono. Più tempo passo con lui, più scopro un'affinità tra le nostre menti che mi stuzzica e inquieta al tempo stesso. «È davvero un maleducato» aggiungo.

«Vero. Se fossi io al posto di quel tipo, non esiterei a fermare questa raffica di parole con un bacio» dice. I suoi occhi si posano per una frazione di secondo sui miei, poi si abbassano sul boccale.

«E se fossi io, quella ragazza» dico «riprenderei a parlare perché lui lo possa fare di nuovo».

Nate rialza lo sguardo, mi cerca con le iridi scure, ma io scappo, perché non ho il coraggio di prendermi la responsabilità di ciò che ho appena detto. Per mia fortuna, Sam suona la campanella con cui chiama l'ultimo giro di bevute. Deve aver deciso di chiudere prima, visto che siamo rimasti solo noi e la coppia mal assortita. Ingolliamo il liquido ambrato che ci manca e Nate insiste per offrirmi le due birre, per poi alzarsi senza lasciarmi il tempo di prendere la borsa e precederlo. Così, mentre lui è in cassa a pagare, io esco e respiro l'aria fredda di Londra. I profili dei primi alberi di Natale iniziano a potersi scorgere dalle finestre illuminate e il senso di colpa si riapre nel mio cuore. Cosa farà mio padre da solo questo Natale?

«Ehi, mi ha scritto Lea». Nate mi raggiunge, con il cellulare in mano. «Le ho detto che siamo insieme e ci ha invitati a fare un salto a casa sua. Ti va?»

Annuisco e ci incamminiamo fianco a fianco fino al punto in cui Nate ha lasciato lo scooter. Dopo che abbiamo indossato i caschi mette in moto. Mi stringo a lui con l'obiettivo di proteggermi dall'aria fredda, ma non posso negare che poter abbracciare la sua vita mi fa sentire come se potesse esistere solo quest'istante, come se il resto del mondo si fermasse, almeno per un po'. Nascondo il viso e chiudo gli occhi, ritornando a immaginare quella ragazza di cui sto provando a scrivere, le sue fragilità, le preoccupazioni che l'avvinghiano, finché alle sue spalle, un po' fuori fuoco, fa la sua comparsa un nuovo personaggio, un personaggio che brilla per lei, un folle innamorato dell'amore. Mi perdo nella fantasia, cerco di capire come possano questi due incontrarsi, trovarsi e riuscire a tenersi, e quando rialzo lo sguardo riconosco le casette a tre piani che precedono l'unico luogo dove il mio cuore è capace di riposare e sentirsi a casa. Scorgo un trio di ragazze che si tengono a braccetto e le vedo infilarsi nell'imboccatura di Cornelia Street. La mia curiosità si fa subito incontenibile, mi avvicino all'orecchio di Nate e lui si inclina un po' all'indietro.

«Hai detto qualcosa, Ali?»

«Facciamo una deviazione» e gli indico le nostre spalle. Lui capisce, controlla negli specchietti che non ci siano intralci e torna indietro. Ci infiliamo nel vicolo stretto a bassa velocità, ma il rombo del motorino si fa più forte grazie al riverbero dei muri scrostati che ci svettano ai lati. Vedo le tre amiche di poco prima, si girano verso di noi per un attimo e poi tornano a fissare il murale, fanno qualche foto, parlano tra loro, eccitate. Scendo dallo scooter, con la sensazione chiara e forte che qualcosa è cambiato. Mi avvicino alla parete e vedo subito che è più piena che mai di fogli, biglietti e disegni, e noto, con un'impennata dei battiti cardiaci, che la maggior parte si assiepano attorno allo scambio tra me e Byron. Anche l'attenzione delle ragazze è tutta rivolta a quel punto.

«Scusate» mormoro, provando ad avvicinarmi per poter vedere meglio. Loro si fanno da parte senza protestare, ora intente a fare altro. Una sta frugando nel suo zaino tra le chiacchiere concitate delle altre.

«Eccolo! Ve l'avevo detto che non l'avevo dimenticato» esclama quella dello zaino, estraendo un foglio riposto in una cartellina plastificata.

«Bene, attacchiamolo! Tra poco passa l'autobus» risponde un'altra. Adesso sono io a spostarmi per permettere alle ragazze di appendere al muro il loro biglietto, operazione che svolgono con grande cura. Appena hanno finito, controllano il risultato.

«Credete che Catherine lo leggerà?»

«L'importante per me è che lo legga Byron! E, magari, che mi chiami... Dio mio, è così romantico».

«Ehi, vi dispiace scattarci una foto per Instagram?» chiede sempre quella dello zaino rivolta a me e Nate. Annuisco, un po' confusa dalla situazione, e premo qualche volta sul pulsante bianco della fotocamera. Le ragazze controllano in fretta, inquadrano il loro foglio e poi scappano via ridendo, senza nemmeno ringraziare.

«Emma, ricordati di usare l'hashtag '#ByronCornelia'!» le sento dire mentre affrettano il passo per poi sparire dietro la curva a gomito. Osservo il punto in cui le loro sagome sono sparite per un lungo istante, cercando di capire che cosa sia appena successo.

«Questo posto è diventato famoso» lo dice Nate, riportandomi al presente. Mi giro e lo vedo intento a studiare il murale. La sua espressione, come capita di tanto in tanto, è indecifrabile. Si avvicina a qualche foglio e lo legge lasciando che io faccia altrettanto, partendo da quello che hanno appena affisso le ragazze.

*Cara Catherine, caro Byron,*
*abbiamo seguito su Instagram la vostra discussione su cosa sono la vita e l'amore... e lasciatevelo dire: siete pazzeschi! Ci avete fatto riflettere molto. Grazie alle vostre parole, una di noi si è finalmente dichiarata al ragazzo che le piace dai tempi delle elementari. Non è andata come sperava, ma è andata. E questo ci ha portate qui, oggi, a lasciarvi il nostro messaggio. Abbiamo fatto quasi due ore di mezzi pubblici per riuscirci, quindi speriamo che lo leggiate e che possa esservi utile. Il riassunto è che a volte, semplicemente, vita e amore non coincidono, ma coesistono. Nel senso che è importante che, anche quando non si è innamorati, anche quando si viene rifiutati, anche quando si viene abbandonati o feriti,*

*si resti aperti alla possibilità dell'amore, perché secondo noi, Byron, hai ragione tu: è lui il motore di ogni cosa. Catherine, ti auguriamo di trovare la fiducia e il coraggio necessari per crederci. Grazie per aver messo a nudo paure che tutti abbiamo, ma che ci vergogniamo di mostrare.*
*Viva Cornelia Street!*
*Un abbraccio*

*Martha, Valentine e Emma*

Sbatto le palpebre più volte, incredula, cercando di capire se è vero ciò che vedono i miei occhi, se è vero ciò che ho appena finito di leggere. Passo a un altro biglietto, più breve, ritagliato da una carta da pacchi di Amazon e poi al successivo, e dopo ancora a un altro: sono tutte risposte alle mie domande o a quella di Byron, argomentazioni, consigli. Uno in realtà è un semplice 'Byron, sposami!'. Nate vi passa un dito sopra con l'ombra di un sorrisetto e poi aguzza lo sguardo per leggere un biglietto semplicissimo, appeso proprio sotto a quello di Catherine, cioè al mio, con la domanda peggiore di tutte, quella che ogni giorno mi trapana l'anima, che pretende una risposta che non so dare, nonostante tutti gli sforzi di Byron.

'Io so amare?'

Nate me lo porge. Lo leggo.

'Anche io me lo chiedo spesso'.

E poi Nate me ne allunga un altro, un Post-it pasticciato.

*~~Latte~~*
*~~Banane~~*
*~~Uova~~*
*Anche io. Credo di avere troppa paura di un'altra delusione. Non sei sola, Catherine.*

E così ancora, me ne passa almeno cinque, tutti brevi, tutti che dicono una sola cosa: che questa faccenda dell'amore non per tutti è naturale, non per tutti è facile. Ma, soprattutto, che non sono l'unica ad averne un terrore senza confini. Leggo e rileggo in modo febbrile questi scampoli di carta diventati pezzi di confessioni condivise e, forse, tasselli di qualche fragile e nuova speranza. Sono folgorata, incredula, non me ne capacito. Inizio a fotografarli a uno a uno, con l'aiuto di Nate, più silenzioso, più assorto nei suoi pensieri.

«Catherine» dice dopo un po'. «Come la protagonista di *Cime tempestose*». Si mette un paio di dita davanti alle labbra in segno di riflessione. «Un attimo, non dirmi che sei stata tu... che sei stata tu ad aver dato il via a tutto questo?»

Mi mordo il labbro, indecisa se raccontare la verità. Sentirmi al centro di qualcosa del genere mi imbarazza, ma vorrei anche che Nate sapesse, che conoscesse la vera Alison e potesse apprezzarne le sue sfumature.

«Sì» dice la mia bocca, prima che la mente abbia stabilito il da farsi.

Nate sorride come se gli avessi detto la cosa più bella di questo mondo. «Non ci credo».

«Perché sorridi?»

«Perché sono ancora più sicuro che tu sia una persona davvero speciale, Alison 'Catherine' Moss».

Arrossisco e gli restituisco i biglietti che mi ha passato per poi concedermi di fare l'unica cosa che avrei davvero voluto fare una volta arrivata qui: cercare una risposta di Byron. Devo scostare un mucchio di fogli per trovarlo, perché il solito cartoncino nero è stato sommerso dai messaggi di chi ci ha letto.

Le parole scritte con l'inchiostro bianco sono pochissime, ma le leggo con il cuore che pompa sangue più velocemente nelle vene.

*Sei ancora sicura che l'amore distrugga più di ciò che crea, Catherine?*
*Guarda tu che cosa hai creato.*

Un sorriso incerto mi compare sul viso. Perché Byron ha ragione, anche se molte parti di me, infettate dal passato, cercano di rifiutare questa verità.

Ho lasciato il mio primo biglietto in questo posto perché ero spaesata e turbata dalle parole di Lucas e annegavo nel ricordo di mio padre e mia madre insieme. La paura che ho confidato a questi sconosciuti non è svanita, ma forse si potrà trasformare.

A Cornelia Street le persone conoscono l'amore e forse è da qui che dovrei cominciare. Guardo le centinaia di lettere appese, cercando di immaginare quelle voci che hanno tanto da dire, ma che nessuno ascolta. Nessuno ascolta R. che non sa come ritrovare la strada di casa, nessuno ascolta le scuse di A. e nessuno legge la passione non corrisposta di F. A nessuno importa delle persone che ci circondano, tranne che a noi, noi che veniamo qui, a Cornelia Street, per trovare qualcosa che abbiamo perso o forse mai avuto.

«Cosa fai?» domanda Nate, vedendomi cercare nella borsa.

«Scusa, ci metto solo un secondo, poi andiamo da Lea».

Il suo sguardo indugia sulla penna che stringo tra le mani. «Non ti preoccupare, Ali» dice pacato. «Fai con calma».

Si allontana di qualche passo, dandomi un po' di intimità.

Stavolta so cosa scrivere, stavolta è facile.

*A tutti voi che siete passati da qui e mi avete risposto: grazie.*
*Penso che sia sufficiente il fatto che vi siate presi il tempo di impugnare la penna per scrivermi per non farmi sentire sola e sconfitta, per dimostrare a me e a voi stessi che sì, siete capaci di amare. Forse non nell'accezione più romantica del termine, ma forse semplicemente serve tempo e coraggio, forse semplicemente 'non ancora'.*
*A Byron: vuoi spiegarci come si fa?*

# Capitolo 17

*Delicate*
Taylor Swift

Nate guida piano nel buio della sera, un'oscurità leggera rotta dalle luci delle case e da quelle dei lampioni. Il nostro silenzio è spezzato dal rumore del suo scooter che avanza e dai suoni delle vite che ci scorrono accanto. Chissà a cosa starà pensando la signora che si è appena accostata a noi al semaforo, con la busta della spesa tenuta in bilico sulla pedana del suo motorino viola; chissà cosa starà succedendo dietro le tende velate di quella grande finestra da cui si intravedono delle figure in movimento. Chissà se l'uomo che ci ha appena suonato il clacson perché Nate non è ripartito appena è scattato il verde – sembra un po' distratto, in effetti – è così teso perché è in ritardo per il compleanno di suo figlio. Quanto spesso siamo rigidi e severi nel giudicare gli altri pur non sapendo che cosa stanno passando?

Deglutisco pensando a me e al momento in cui ho visto il muro di Cornelia Street così trasformato, un momento denso di emozioni che fatico a chiamare per nome. Sono stata davvero io a creare quello scambio di consolazioni e rassicurazioni tra estranei? Uno scambio così prolifico e al contempo così spontaneo? Gli occhi mi si inumidiscono e non so neanche il perché. Inspiro un paio di volte, provo a concentrarmi sul recuperare la calma e l'allegria che avevano dominato la mia serata finora. Quando arriviamo davanti alla casa di Lea, Nate mi toglie il casco senza dire una parola, il suo sguardo sfugge al mio, sembra assorto.

«Tutto bene?» gli domando.

«Sì, certo» risponde, ma il suo tono non mi convince. Sarebbe sbagliato insistere data la mia situazione? Stiamo cercando di essere amici e gli amici si lasciano spazio, non pretendono, ci sono quando serve.

Suono il campanello e nel momento in cui la porta si apre lo stuolo di gatti di Lea si precipita ad accogliere i visitatori. Prendo in braccio quello che mi pare si chiami Dasher, un tipo tendente al sovrappeso con una grossa testa color cioccolato.

«Buonasera ragazzi!» ci saluta Lea che, per l'occasione, indossa una sorta di vestaglia-kimono sui toni del senape e del grigio, è scalza, e con i capelli arrotolati in cima alla testa, tenuti fermi da uno spillone.

«Serata sushi?» domanda Nate.

«Sì, Will però ha avuto una sciocca emergenza» muove la mano, infastidita, come se dovesse scacciare una mosca. «Ho cucinato per tutta la sera e lui corre a salvare un collega rimasto chiuso in ufficio» brontola, chiaramente scocciata.

«Sono certa che avrebbe preferito rimanere con te, Lea» la consola Nate.

Mi siedo sul tappetto sottile e colorato e altri gatti mi raggiungono, desiderosi di coccole, anche se non sono del tutto sicura che in realtà non vogliano attaccarmi e torturarmi come se fossi una loro preda.

«Be' se non altro, prima di andare via ha avuto almeno la decenza di sco...»

«Lea!» protesta Nate, bloccandola e tappandosi al contempo le orecchie.

«Che c'è?» chiede lei.

«So dove vuoi andare a parare, ma non ho intenzione di ascoltarlo. Sei come una madre per me!»

«Oh, Nate, ti assicuro che la cara signora Lawrence fa le stesse cose che faccio io».

«La-la-la-la-la» grida.

«Qual è il problema?» domando, alzando la voce per farmi sentire.

«Nate non vuole che si parli di sesso».

«No» la ferma lui. «A me piace moltissimo il sesso e adoro quando una ragazza ne parla apertamente, ma odio la crudezza dei tuoi dettagli, come quando mi hai raccontato come sei venuta in una posizione a tenaglia con quel tipo di Manchester...»

«Diavolo, me lo ricordo!» Ride. «Avevo preso lezioni di yoga solo per riuscirci. Ti ho mai raccontato invece di quando ero a Cuba, a una festa, e c'era questo ragazzo che sembrava timidissimo, impacciato... Appena ci siamo lasciati un po' di gente alle spalle mi ha presa sulla spiaggia e il suo c...»

«La-la-la-la» ricomincia a gridare Nate. «Basta, Lea, ti prego placa gli ormoni!» la supplica, ridendo un po' intanto.

Lei sbuffa, indispettita da lui e da come la sua serata non sia andata secondo i piani. Sembra calmarsi e mi tranquillizzo anche io perché l'argomento non è certo uno dei miei preferiti. Non sono mai stata una ragazza che aveva un gruppo di amiche con cui condividere le prime esperienze e direi che la 'tenaglia', che già dal nome mi sembra qualcosa che non vorrei provare, suona come qualcosa che sul letto singolo di Lucas non ho provato. Gratto Cupid in mezzo alle orecchie, mentre Nate mette un po' di musica da un giradischi sistemato su una cassettiera. E proprio quando sto per accogliere Cupid sciolto in una cascata di fusa tra le mie braccia, sento una lingua schioccare alle mie spalle. «E a te, Ali, piace il sesso?» domanda Lea.

Io divento rossa nell'esatto istante in cui le parole raggiungono le mie orecchie e la gola mi si secca completamente.

«A-a me?» chiedo balbettando, senza alzare lo sguardo.

«Sì, raccontaci qualcosa di scandaloso, ragazzina. Alla tua età io e la mia migliore amica facevamo follie in tutti i locali di Londra. Non tornavamo a casa finché non avevamo baciato qualcuno, come dite voi giovani... limonato?!»

Mi schiarisco la voce, imbarazzata. «Ci devo pensare un attimo...»

«Brava, tu fallo, mentre Nate mi aggiorna sulla sua vita sentimentale».

«Quale vita sentimentale?» scherza lui, concentrato a spulciare la collezione di vinili.

«Oddio, non cercare di eludere le mie domande anche tu».

«Ma non è avanzato del sushi, piuttosto? Abbiamo mangiato solo un po' di patatine» domando.

Lea balza in piedi e dalla mia posizione capisco che sotto al kimono indossa molto meno di quel che dovrebbe indossare.

«Idea: a ogni confessione, avrete diritto a uno dei miei manicaretti».

'No!'

«Andata!» concede Nate, mentre cambia disco e fa partire qualcosa di più lento e soul.

'Perfetto, rimarrò a stomaco vuoto, allora'.

«Cominciamo da Nate. Stai uscendo con qualcuna?» domanda Lea, mentre noi ci sentiamo al tavolo.

«No».

Lea gli posa su un piattino un trancio di sashimi, prelevandolo da un grande vassoio che si tiene vicina al petto, quasi temesse che noi poveri affamati ci avventassimo su di lui senza prima divertire la sua curiosità. Nate lo affoga nella salsa di soia e lo ingurgita mugolando.

«Ali. Stai uscendo con qualcuno?»

«No, proprio no» mi affretto a rispondere e Lea inizia a scrutarmi.

«Cosa c'è?»

«Hai risposto con troppa veemenza» mi spiega Nate, sporgendosi sul mio orecchio. «Ora l'hai fatta insospettire».

«Zitto, tu» ordina Lea. «Perché 'proprio no'?»

«Di' la verità, è l'unico modo per far finire questo strazio» suggerisce esausto Nate, sporgendosi verso di me.

«Vero» conferma Lea con un sorriso.

Incrocio le braccia e abbasso lo sguardo. «Le relazioni non fanno per me».

«Troppo vaga» insiste lei.

Sbuffo. «Ho messo da poco fine a una storia... è successo quando lui mi ha detto di voler fare sul serio».

«Hai spezzato il cuore a un povero scozzese?» fa Lea, con la mano sul suo, di cuore, come se anche i suoi muscoli stessero soffrendo.

«Temo di sì. È stato abbastanza traumatico anche per me, comunque».

«Mi dispiace, ma qui chi lascia non ha diritto a lamentarsi» mi riprende Lea, poi mette nel mio piatto due nigiri al salmone.

«Ehi, perché a lei due?» protesta Nate.

«Perché mi ha detto cose più interessanti. E come mai Nate Lawrence non sta uscendo con nessuna?»

«Perché, devo sempre uscire con qualcuno?»

«Be', di solito hai sempre qualche folle amore per la testa... Qualche ragazza che ti stanca dopo un paio di settimane, un mese quando va bene. Mi sembra atipico che tu non sia infatuato di qualcuno».

Nate si trattiene dal ridere. «È così che mi vedi? Come un cucciolo di cane alla ricerca di qualcuno che lo accarezzi e che, quando si stanca, passa alla persona successiva?»

Lea versa un bicchiere di vino e me lo passa. «Sì, più o meno. Scodinzoli tutto allegro per il tuo nuovo giochino e poi te lo dimentichi sotto al divano».

«Forse perché nessun giochino è quello giusto... Che metafora infelice, però, Lea».

«Già, non mi è uscita bene. Colpa di Will che mi ha fatta venire una sola volta».

Ridiamo tutti.

«Comunque no» riprende Nate. «Al momento nessuna novità, anche se...» si muove un po' sulla sedia ed estrae dalla tasca dei pantaloni un foglietto. Lo riconosco subito: è quello che l'amica della ragazza con i capelli rossi gli ha dato all'Holmes.

«È il numero di Sarah» spiega.

«Ho presente, quella che viene sempre con l'amica brunetta, vero?» medita Lea. «Chiamala».

«Forse lo farò più tardi, ora voglio sentire le risposte della ragazza nuova».

Mi giro verso di lui per scoccargli un'occhiataccia e trovo i suoi occhi scuri piantati sulle mie labbra, cosa che mi riporta immediatamente al bacio travolgente che ci siamo dati settimane fa, e a cui ho provato con tutte le mie forze a smettere di pensare. «Ti è rimasto un chicco di riso» dice però Nate e io capisco che il suo non era uno sguardo lussurioso, ma solo imbarazzato per me. Mi affretto a pulirmi con il tovagliolo.

«Oltre al ragazzo a cui hai spezzato il cuore, di chi dobbiamo preoccuparci?» mi chiede Lea.

«Di nessuno» esalo, perché sapevo che avrebbe toccato questo tasto. Era inevitabile e mentire non ha alcun senso. Ora che so che Nate ha avuto molte esperienze e che Lea ha storie da riempirci un libro, non ha senso accampare bugie, mi scoprirebbero subito e sarebbe solo una figuraccia peggiore. «Lucas è stato l'unico ragazzo che ho avuto».

«Qualche cotta, qualche flirt...?» riprova Lea, il cui colorito si fa via via più terreo.

«Niente. Ve l'ho detto: non sono interessata. Le relazioni non fanno proprio per me e poi, anche se l'avessi voluto, non avrei mai avuto il tempo».

È Lea, ora ad abbassare lo sguardo e a sistemarsi meglio sulla sedia. Sto usando un tono troppo duro? L'ho offesa?

«Perché? Se posso chiedere...» domanda Nate.

«Tra la scuola, il lavoro, la casa e mio padre da accudire non uscivo mai. Lucas veniva ogni giorno a prendere il pranzo o uno spuntino nel negozio in cui lavoravo e così abbiamo iniziato a frequentarci, ma non stavamo mai insieme molto... Siamo andati avanti così per tre anni, finché qualche mese fa mi ha chiesto di andare a vivere insieme».

«E tu sei scappata?»

«No, prima gli ho spezzato il cuore, poi ho aspettato qualche mese e gliel'ho spezzato di nuovo andandomene. Non c'è giorno in cui io non ci pensi, in cui non pensi a quanto dolore gli ho causato per potermi sentire libera. Ho preso quello che mi aveva dato e l'ho scagliato a terra come se non valesse nulla, come se non avesse alcuna importanza». Sospiro. «Passami tutta la bottiglia, Lea» dico, decisa ad affogare i miei sensi di colpa.

«Tuo padre è malato, Ali?» domanda Nate, cauto.

«Sì» rispondo senza esitazione. «È un alcolista e probabilmente soffre di una grave forma di depressione che si rifiuta di curare».

Intorno a me cala il silenzio.

Lea, senza dire una parola si alza e mi abbraccia, strofinando delicatamente la sua mano sulla mia spalla. Sento il calore del suo corpo trapassare il tessuto leggero del kimono e investirmi. Sento il profumo dei suoi capelli, sento la morbidezza della pelle delle sue braccia. È un abbraccio lungo che non ricambio subito, forse perché il suo affetto mi ha presa alla sprovvista, ma lei non si sposta di un millimetro e, alla fine, le mie braccia si intersecano alle sue. Lei mi stringe forte e, per qualche motivo, mi viene in mente mia madre, anche lei mi dava abbracci come questi, quelli che nella loro semplicità riescono ad aggiustare qualcosa.

Mi scocca un bacio sulla guancia. «Hai avuto una vita difficile, bambina mia, ma ora non sei più sola».

Quando si stacca, vedo che ha gli occhi pieni di lacrime che si affretta ad asciugare. «Te lo prometto con tutta me stessa».

Io le sorrido, mentre sento un pezzo di ghiaccio dentro di

me staccarsi e precipitare al suolo, infrangendosi in un milione di schegge.

«Grazie» mormoro voce rotta.

Lei scuote la testa, come a dire che non vuole i miei ringraziamenti, poi mi versa nel piatto la metà degli uramaki rimasti.

«Ehi!» protesta Nate, allungano le bacchette verso il mio piatto. Le scaccio con un colpetto.

«Rispondi bene alla prossima domanda e vedrai che avrai anche tu la tua porzione» lo stuzzico.

«Vi odio un po'» borbotta Nate.

«Giusto» fa Lea, tirando su con il naso, ancora un po' scossa. «Ultima domanda per entrambi. L'ultimo bacio che avete dato, a chi, e voto. Onesti!»

Mi blocco con il boccone a mezz'aria, avvampando, perché no, non posso rispondere, non posso, non posso, non posso.

«A una ragazza fuori da una biblioteca» replica però Nate, e io sento le guance diventare incandescenti. «Indossava un vestito che le faceva un corpo da urlo e la sua bocca, appena truccata, mi aveva fatto desiderare di farlo fin dal primo momento in cui l'avevo vista. Non so come sono riuscito a resistere alla tentazione tanto a lungo...» Prende un sorso di vino. I suoi occhi cercano i miei e io mi sciolgo, non so se per l'imbarazzo o perché mi sta confessando cose di me che non sapevo pensasse.

«Voto al bacio» riprende a dire, «sette».

«Caspita, solo sette?» sbotto, senza riflettere. Lea mi guarda interrogativa. «Insomma» mi schiarisco la gola e provo a inventarmi qualcosa, «da come ne ha parlato pensavo fosse almeno da otto».

Nate scuote la testa. «No» dice deciso. «Ha rovinato tutto subito dopo».

«Detesto quando lo fanno» commenta Lea. «Ali?»

«Sì, infatti, sentiamo com'è stato l'ultimo bacio di Ali. *Onesta,* mi raccomando» mi punzecchia Nate, lanciandomi un'occhiata maliziosa che mi fa avvampare.

«Era un ragazzo che mi ha portata a una festa» inizio, indecisa su come continuare. Nate è riuscito a non dire il mio nome, facendo in modo che solo io capissi che stava parlando di me. «Divertente, dolce e premuroso, piuttosto figo...» ammetto, controllando di sottecchi l'espressione di Nate che è, ovviamente, soddisfatta. «Ci siamo scambiati un solo bacio, uno solo, ed è stato come se i fuochi d'artificio mi scoppiassero nella pancia».

Lea applaude. «È bellissimo quando è così! Devi chiamarlo allora».

«Non posso. Era tutto bellissimo, Lea, ma era anche... maledettamente pericoloso. È» mi correggo, «maledettamente pericoloso. So di non essere capace di affidarmi a qualcuno e non voglio soffrire, né voglio che lui soffra quando inizierei a comportarmi da stronza in fuga. Non se lo merita» aggiungo.

Deglutisco, stando bene attenta a non guardare Nate in viso. Non gli ho mai parlato così apertamente del mio rifiuto, né della stima che ho di lui. Ci scambiamo messaggi tutti i giorni e sono io, spesso, la prima a scrivergli. Rido ai suoi messaggi quando non siamo insieme e delle sue battute quando, invece, lo siamo. Ma io non posso offrirgli più di questo: un'amicizia. E credo che lui l'abbia capito.

«Be' con questa risposta ti sei aggiudicata tu l'ultima porzione di dolce, Ali» dice Lea, con espressione pensosa e soddisfatta al tempo stesso. Si alza per iniziare a sparecchiare e noi facciamo altrettanto. Sfioro la mano di Nate mentre raduniamo i piatti e lui, dopo un secondo, la ritrae senza guardarmi.

Sparisce in cucina e io resto sola in salotto, pregando di non aver commesso una stupidaggine nel rivelare gli aspetti oscuri della mia vita. Mi stringo nelle braccia perché è come se di colpo sentissi freddo, ma un cellulare che squilla ad altissimo volume mi fa sobbalzare per lo spavento. È proprio alle mie spalle, su una mensola carica di libri, lo porto a Lea riconoscendo la cover di Poirot.

«Oh!» esclama lei asciugandosi le mani bagnate in uno straccio. «È ora di dare da mangiare ai Vixenini!»

«I *che*?» chiedo.

«I Vixenini! I cuccioli di Vixen» spiega. Apre il frigo e prende un microscopico biberon. «Ali, se non sbaglio a te piacciono i gatti, vero?»

«Sì» confermo, chiedendomi come abbia fatto a indovinare.

«Tieni» mi allunga un altro biberon minuscolo che al tocco mi raffredda i polpastrelli. «Aiutami. Tu sparecchia, invece, Nate, grazie, a dopo!»

Ignorando le proteste di Nate, Lea fa strada in una camera che ha la duplice funzione di zona studio e stanza hobby, in cui scorgo dei ferri da maglia appoggiati su una pila di documenti, un pirografo abbandonato su una tavola di legno su cui è scritto solo 'Holm' e mancano le ultime due lettere, alcuni sassi dipinti con i pennelli ancora sporchi di vernice ormai secca e un mucchio di altre cianfrusaglie, compresa una poltroncina che Lea deve aver scuoiato, perché di lei resta solo il telaio. Appena apre la porta, sento un miagolio sommesso e vedo Vixen, con il suo manto nero, lucido, lasciare il grosso cestino in cui era accoccolata per venire verso di noi.

«Vai, goditi una pausa» dice Lea, accucciandosi su di lei e guardandola con occhi colmi d'affetto. «Sono arrivate le baby sitter». Vixen porge la testa seguendo la carezza di Lea poi imbocca il corridoio.

Lea si accovaccia sulla cesta e saluta i Vixenini, che sono quattro, e passa delicatamente un dito sulle loro teste microscopiche. «Ali, ti faccio vedere come devi tenere il biberon. Prendi un gattino».

«Ma sono piccolissimi» dico, un po' spaventata. «Non gli farò del male?»

«No, presta solo attenzione» mi sorride, rassicurante, mentre lei ne prende un altro. «Ecco, è molto semplice: appoggialo vicino alla bocca, tieni un po' ferma la testa e inclina il biberon leggermente di più».

Eseguo, cercando di fare del mio meglio.

«Così, brava. Quando riconoscono l'odore del latte di solito mangiano da soli...» e, infatti, il gattino che ho tra le mani apre gli occhi e inizia a bere il latte. Lo osservo affascinata, lo guardo impegnarsi e affrettarsi a raccogliere le gocce che gli sfuggono con la sua linguetta ruvida. Ha una macchia grigia intorno a un occhio. Ci vuole un po', prima che finisca di mangiare e, intanto, Lea e io chiacchieriamo e ridiamo, le dico che i suoi vestiti sono tutti incantevoli e lei ringrazia suggerendomi di ampliare il mio guardaroba, un consiglio che ovviamente mi entra da un orecchio ed esce dall'altro.

«Tornando al discorso di prima...»

Mi blocco, sento il corpo irrigidirsi nel mio solito atteggiamento difensivo.

«Volevo dirti un'ultima cosa. So che non deve essere stato facile per te, ma l'amore è delicato, Alison, ed è anche forte al tempo stesso. Si spezza, ma si può aggiustare, diventa fragile, ma volte si rafforza con le stesse parole che l'hanno ferito. L'amore è il principio di tutto, di un sorriso, di una carezza, persino di un litigio, a volte. Non sempre io l'ho riconosciuto e quei momenti sono gli unici rimpianti che ho. Vorrei che a te non capitasse lo stesso...» serra le labbra, rivolgendo lo sguardo a un punto lontano. «Apprezzo che tu ti sia aperta con me e Nate stasera, davvero».

Deglutisco e mi sforzo di sorriderle. Le sue parole mi si sono conficcate al centro del petto.

«Tornerai da tuo padre per Natale?» mi chiede dopo un breve momento di silenzio.

«No, non voglio» ribatto secca.

«D'accordo, allora sarai mia ospite».

La fisso sorpresa. «Lea, non vorrei disturbare...»

Lei agita una mano. «Sciocchezze. Te l'ho detto, Ali: non

sei più sola» mi sorride. «Ho come la sensazione che sarà un bel Natale».

«Posso partecipare anche io a questa sessione di assistenza felina?» domanda Nate all'improvviso. È sulla soglia della porta, con le maniche della maglia ancora arrotolate sugli avambracci.

«Non ti vogliono» dico, fingendomi stizzosa. «Lo sentono che tu ami i cani».

Mi fa la linguaccia e si accovaccia accanto a noi.

«Tu cosa farai per Natale? Sto pensando a un pranzetto con pochi intimi...»

«Vado dai miei a Budapest, torno dopo Capodanno» risponde Nate.

«Giusto, dobbiamo ricordarci di sospendere il karaoke e la serata musica live...» iniziano a parlare fitto di dettagli tecnici, dei calendari dei prossimi eventi, di tutto, mentre il mio gattino finisce di bere il latte e crolla addormentato nel palmo della mia mano. Accarezzo il manto bianco, la macchietta dell'occhio. È caldo, rilassato, non sa di essere fragile, non sa che basterebbe pochissimo per spezzarsi.

# Capitolo 18

*Underneath the Tree*
Kelly Clarkson

Cammino spedita attraversando Hyde Park, ancora avvolto in un tranquillo silenzio. Niente di strano visto che è il venticinque dicembre, è mattina, fa un freddo cane e io e la persona da cui sto correndo siamo, insieme a Will, probabilmente, gli unici poveri disperati incaricati loro malgrado di svolgere le commissioni dell'ultimissimo secondo.

Guardo l'ora: dieci e ventisei.

'Devo proprio sbrigarmi!'

Arrivo al Winter Wonderland con il fiatone e bagnata di sudore lungo la colonna vertebrale. Mi guardo attorno, le attrazioni che compongono il luna park che ogni anno occupa una sezione del parco sono tutte spente. Seguo le imprecise indicazioni di Lea e dopo pochi minuti sento di essermi persa. Decido di chiamare Will che, trafelato quanto me, mi guida al telefono fino a una grande casa di legno con la porta aperta. Riattacco quasi senza salutarlo ed entro riflettendo distrattamente sul fatto che la casetta ricorda vagamente quella in cui Hänsel e Gretel rischiano di finire mangiati da una strega cannibale. Forse dovrei essere più cauta, dopotutto mi trovo da sola in un posto sconosciuto e deserto, mantenere alta la vigilanza non sarebbe una cosa tanto sciocca. Ma il mio cervello è di tutt'altra idea, troppo occupato a portare a termine questo incarico di fondamentale importanza, e quindi, appena mi ritrovo nello spazio che separa un banco da bar che pare uscito da uno chalet sulle Alpi e una sfilza di tavoli di legno di varie dimensioni, chiedo ad alta voce: «C'è qualcuno? Sono Alison, mi manda Lea!»

Un'imprecazione mi raggiunge da dietro una porta semi aperta, poi una donna vestita con abiti tradizionali tedeschi, treccine comprese, fa la sua apparizione brontolando.

«Dovevi essere qui mezz'ora fa» si lamenta e dal tono capisco che è piuttosto furiosa.

«Mi scusi tantissimo, non riuscivo a trovare il suo chiosco e Lea...» mi dilungo in spiegazioni inutili che sono certa la signora non stia ascoltando.

«Sì, sì, va bene. Comunque, eccolo, è questo» dice e intanto fa rotolare da dietro al banco un grosso fornello in alluminio luccicante. «E questa è la pentola in terracotta» borbotta, alzando un grande tegame rosso. «Adesso come te li porti via?»

«Io?» chiedo sbarrando gli occhi. «Veramente, Lea mi aveva detto che qualcuno mi avrebbe dato un passaggio».

La donna scuote il capo, le treccine vanno qua e là. «Il passaggio è già passato. Sei arrivata in ritardo e io ora devo chiudere».

'Maledizione!'

«D'accordo, d'accordo, troverò una soluzione».

Lei fa spallucce, decisa a lavarsene le mani e io porto fuori fornello e pentola, digrignando i denti per lo sforzo.

«Riportatemelo domani mattina presto. E stai attenta che non te lo rubino!»

Annuisco e in un rinnovato bagno di sudore chiamo Will per spiegargli la situazione.

«Vengo io, dammi mezz'ora. Un'ora al massimo».

«Un'ora?» chiedo con tono lugubre.

«Sono dovuto tornare da Harrods. Serve un altro albero di Natale».

«Un altro?!»

Lui mugugna qualcosa. «Lo sto già caricando, finisco tutto e arrivo».

Mi rassegno alla prospettiva di starmene per un'ora con le mani in mano e un set da fonduta formato gigante su cui vigilare. Scorro le storie di Instagram, annoiata, finché mi imbatto in quelle di Meredith. È una fotografia di lei e Nate che indossano cerchietti con corna da alce e pigiami natalizi. Meredith lo sta strattonando per la maglietta e indicando qualcosa alla sua destra. Mi blocco sull'immagine e studio a fondo i particolari. Lo spazio tra i denti di Nate non si vede, ma si vede benissimo qualcos'altro. La maglietta con un biscotto di Natale sul petto, per esempio, che, complici anche i pantaloni a scacchi a vita *troppo* bassa, lascia scoperto un lembo di pelle soda e lascia intravedere gli addominali e l'inizio della zona pelvica. Osservo la foto finché non resisto più: la voglia di parlargli è tale che esco subito da Instagram e apro WhatsApp. Ignoro il gruppo che Lea ha creato per il pranzo di Natale e che, di giorno in giorno, ha visto l'aggiunta di nuovi membri: al momento siamo oltre trenta persone, motivo per cui ieri Lea ha deciso di spostare il banchetto da casa sua all'Holmes; motivo per cui, il cibo che avevamo preparato non era sufficiente e mi ha spedita a prendere questo assurdo set da fonduta dalla sua amica; motivo per cui, Will si ritrova da un'altra sua amica che gestisce la Tea Room di Harrods per prendere in prestito un secondo albero di Natale.

Apro la chat di Nate e gli mando i miei auguri.

Fisso lo schermo mordendomi il labbro, sentendo un filo d'ansia serrarsi attorno alla gola.

Lui visualizza subito, ma non risponde. Attendo altri infiniti secondi, ma nulla.

Sospiro, pensando al fatto che il nostro rapporto si è un po' raffreddato dopo la cena giapponese da Lea e le mie confessioni, ma da qui a non rispondermi nemmeno a dei semplici auguri mi pare eccessivo. Trattengo il fiato, ma quando il suo contatto risulta offline mi decido a lasciar perdere.

Sbuffando, trascino il maledetto set da fonduta fino a una panchina fuori dal Winter Wonderland e mi siedo. Mi guardo attorno, studio annoiata il chiosco che fa sandwich alla composta di mele, e che è chiuso, ovviamente. Gli alberi attorno a me muovono i propri rami scossi dal vento, producendo un suono quieto. Un gruppetto di bambini fa capolino da una delle entrate del parco. Sono cinque o sei e appena vedono lo spiazzo libero davanti alla fontana che zampilla acqua lasciano le mani dei genitori e si lanciano in giochi sfrenati. Uno guida un monopattino, un altro prova a darsi qualche spinta sullo skate: sono i loro regali di Natale, probabilmente. Nel vedere la loro gioia e la loro energia un po' del malumore che mi ha procurato questa mattinata mi scivola via. Continuo a osservarli e noto piccole somiglianze tra loro che mi permettono di capire che sono fratelli e cugini che si rivedono oggi dopo tantissimo tempo, perché questo è il giorno in cui si dovrebbe stare con i propri cari, a dispetto degli impegni e delle incomprensioni. Come ogni volta in cui la mia mente è libera di vagare ripenso a mio papà. Qualcuno gli avrà fatto trovare un regalo sotto l'albero? Qualcuno l'avrà invitato a mangiare qualcosa o starà solo, davanti al camino, a studiare la fotografia di mia madre con il vetro che lui stesso ha spaccato un paio d'anni fa, travolto da un impeto di rabbia?

Prendo il cellulare, vado sul suo contatto. Le mani mi tremano per la paura di quello che sto per fare.

«Mi scusi, posso sedermi accanto a lei?»

Alzo lo sguardo e mi ritrovo davanti una bambina, la riconosco: è una di quelle che compongono il gruppetto scatenato. È bionda, indossa dei paraorecchie rosa e mi studia attenta con le iridi chiare da dietro un paio di occhialini tondi.

«Oh, ma certo» dico, scansandomi un po' di lato per permetterle di sedersi.

La osservo mentre posa un libro illustrato e poi, con qualche movimento un po' goffo ma determinato, si siede e inizia a leggere.

Resta in silenzio per tutto il tempo, solo di tanto in tanto stacca la sua attenzione dalla pagina e butta un'occhiata frettolosa ai fratelli e ai cugini che ora si lanciano un pallone da calcio, poi torna alla sua lettura e, dal ritmo con cui gira i fogli, deduco che la storia che sta leggendo le piace molto. La spio, cercando di non farmi vedere, attirata a lei come l'ago di una bussola viene attirato a Nord, perché mi è bastato un'occhiata per capire che lei è diversa dagli altri bambini. Lo sento nettamente perché i diversi si riconoscono sempre.

Quando ero piccola, non giocavo quasi mai con le mie coetanee. A loro interessavano le scarpette nuove e le tiare di plastica, a me immaginare mondi. A volte mi sforzavo di integrarmi, mostravo le mollettine che mi aveva comprato la mamma, ma nel tempo in cui loro sgranavano gli occhi e mi chiedevano se potevo prestargliele, io mi ero già annoiata. Il problema era che non sapevo arrendermi a questa realtà, non sapevo accettare il fatto che io non trovassi divertenti le cose che loro amavano, che non riuscissi a sorridere per davvero nel provare uno smalto, nel cambiare d'abito una Barbie o nel sognare davanti alla tv di incontrare il mio cantante preferito. Perché non potevano piacermi le stesse cose che piacevano a loro? Perché non potevo essere come loro? Mi affannavo per nascondere questa mia diversità, per non essere la bambina dispari, quella che porta disordine, scardina l'equilibrio. Il risultato, però, lasciava a desiderare: nonostante i miei sforzi, io restavo quella diversa, perché il mio interesse era posticcio. Mi adattavo controvoglia e, intanto, soffrivo, sia per la mia recita costante, sia perché mi sentivo come se l'essere vista e apprezzato com'ero veramente non mi fosse concesso. Era come se mi trovassi al di qua di un muro invisibile, altissimo, in grado di separarmi dal resto del mondo. Chi l'aveva costruito? Io, con il mio rifiuto di essere semplicemente me stessa perché mi sentivo sbagliata rispetto alle altre, o loro che più vedevano il mio impegno più mi escludevano?

Nei giorni di neve, poi, quando le maestre decidevano di allungare un po' di più l'intervallo per permetterci di giocare, io prendevo Pines, il cagnolino di pezza che i miei genitori mi avevano regalato per il mio terzo compleanno, e mi sedevo con un libro illustrato e i miei pensieri a farmi compagnia. Parlavo a Pines delle mie idee e di come avrei voluto essere bella e coraggiosa come le principesse che vedevo disegnate sulle pagine e che io cercavo di proiettare nelle figure adulte che mi mostravano gentilezza. Mamma mi rassicurava e mi diceva che il fatto di non essere come gli altri voleva dire che ero speciale. Ed essere speciali è una cosa bella. «Io non penso di essere speciale» protestavo. Lei mi riportava i capelli dietro le orecchie, con un gesto calmo e dolce. «Sai, nemmeno Cenerentola pensava di essere una principessa». Poi mi toccava il nasino arrossato: «Se tu, Alison, non pensi una cosa, non significa necessariamente che quella cosa non sia vera». Il ricordo della sua voce tranquilla e sicura si mescola a quello del murale di Cornelia Street. Nelle ultime settimane, lo scambio tra me e Byron è aumentato e anche quello delle persone che hanno iniziato a raggiungere il vicolo per leggere le nostre parole. Qualcuno ha creato un profilo Instagram che raccoglie i biglietti che vengono lasciati in Cornelia Street, raggruppati anche dall'hashtag '#ByronCornelia'. Mi sono chiesta chi avesse avuto quest'idea che mi è sembrata bellissima. I post che hanno più like sono quelli miei e di Byron, ma la cosa più interessante sono i commenti. Alcuni utenti danno la loro opinione, anche se contrastante e ogni volta si scatena un prezioso dibattito. Io non partecipo mai, mi limito a guardare che cosa alcune parole nate dalla paura siano riuscite a fare.

Il cellulare che ho appoggiato sulla panchina vibra e la bimba sobbalza per lo spavento. «Scusami» le dico con un sorriso. Lei mi mostra i suoi dentini con un sorriso e torna subito al suo libro.

Rispondo a Will che sta vagando in mezzo agli alberi cercando di capire dove mi trovo. Glielo spiego sperando di essere chiara anche se non conosco Hyde Park così bene, poi per fortuna lo vedo in lontananza. Mi alzo, sistemo cappello e giubbotto e poi cerco lo sguardo della bimba. Quando riesco a incrociare i suoi occhi le sorrido.

«I libri sono importanti, lo sai?»

Lei annuisce.

«E insegnano anche tante cose» aggiungo. «Non ne possono insegnare una, però...»

«Quale?»

«A vivere e, quindi, ad amare. A volte, nelle storie ci si perde e ci si dimentica che arrivano dalla realtà, che qualcuno le ha vissute. Nei romanzi, alla fine, i principi sono sempre follemente innamorati delle loro principesse e viceversa, ma non è così semplice in realtà. Sono le persone a spiegarci l'amore e, a volte, per raggiungerlo bisogna intraprendere una grande avventura, spesso pericolosa e difficile, ma con una destinazione fantastica».

Le indico i suoi familiari, impegnati in una strana competizione con skateboard e biciclette a rotelle. Vorrei dirle che il mondo è più grande di quel che pensiamo e che in quel mondo ci sono persone che ci guardano e ci fanno sentire viste e che l'unico modo per incontrarle è chiudere il libro e farsi coraggio. La saluto con la mano, trascinando la pentola e lasciandole la libertà di scegliere cosa fare.

Non avevo mai visto l'Holmes così addobbato. Sembra di essere finiti dentro al sogno di un elfo di Santa Claus sotto anfetamine. Lea e Sam – già, c'è anche lui oggi, e naturalmente io scoppio di gioia – hanno creato due file di tavoli, una per il buffet e l'altra per sedersi a mangiare, unendo tutti quelli del locale, poi hanno usato delle tovaglie simili che non so quale amico di quale negozio ha ceduto per l'occasione. L'albero di Harrods è stato piazzato al centro, chiude un po' lo spazio, ma è semplicemente fenomenale, quindi non importa. Quello che avevamo addobbato per l'Holmes prima dell'idea di questo folle pranzo, invece, è stato usato per decorare il bagno. Quando me lo sono ritrovata davanti, più o meno intorno alle cinque del pomeriggio, con la pancia piena di cibo e con un paio di giri di brandy offerti da alcuni amici di Lea a ballarmi nello stomaco, mi è quasi preso un colpo. Ho dovuto ingaggiare una lotta all'ultimo sangue con i rami per riuscire a fare pipì. Adesso sono seduta in poltrona con un piattino colmo di dolci di ogni tipo perché ogni invitato era tenuto a portare qualcosa, anzi 'Qualsiasi cosa!' come ha scritto Lea stamattina alle sei, svegliandomi. E così, mi ritrovo a mangiare il *Christmas pudding* e le *mince pies*, insieme ai buonissimi *melomakarona* portati da un ex fidanzato greco di Lea e all'alcolicissima *black cake* preparata da una coppia di anziani amici cubani di Will che sta tenendo banco, chiaramente alticcio, dal capo tavola.

«Quindi la teoria delle lenti colorate di Kant...»

«Non era Schopenhauer?» chiede Sam con il solito fare spocchioso.

'No, non era Schopenhauer, lo so persino io' penso.

«No, era Kant» conferma infatti qualcuno.

«Dicevo, ho capito che la teoria delle lenti colorate di Kant è verissima quando ho incontrato Lea».

«Perché hai dovuto indossare degli occhiali per proteggerti dai suoi pericolosi abbinamenti di colore?» domanda qualcun altro.

Lei gli fa la linguaccia. Will ride e prova a proseguire. «No, perché stare con lei è esattamente come indossare delle lenti colorate tutto il giorno: la mia percezione del mondo è condizionata dal colore di quelle lenti, che vi assicuro, sono sfavillanti. Quindi propongo un brindisi per questa donna che ha dato a tutti noi sbandati, oggi, un posto in cui riunirci, un luogo in cui essere noi stessi e molto più di un motivo per sorridere».

Alzo il calice e incrocio il suo sguardo commosso durante il brindisi. Lo champagne discreto è finito da un pezzo e, infatti, questo non è altro che un liquido dal colore giallo spento le cui bollicine più che frizzare si artigliano alla gola. Lo butto giù tutto e torno ai miei dolci.

Il telefono su cui sono seduta vibra.

**Nate**: Buon Natale, Ali.

Vedere il nome di Nate sullo schermo mi provoca un piccolo scompenso all'altezza del cuore. Mi ero quasi dimenticata del messaggio rimasto in sospeso, dei miei auguri caduti nel vuoto. Rinuncio momentaneamente al bis di *black cake* per concentrarmi meglio. Fisso il display, per un istante, prima di entrare nella chat. Cos'è questa cosa che sento e a cui non so dare un nome? Sono felice che mi abbia scritto? Sono arrabbiata perché ci ha messo troppo? Ma perché dovrei essere felice o arrabbiata? Diamine, è Nate.

Visualizzo, lui è ancora online. Non so cosa rispondere, ma so che *voglio* rispondere.

**Nate**: Come sta andando da quelle parti? C'è già stato il primo ubriaco?

**Alison**: No, ma è solo questione di tempo, perché probabilmente sarò io.

**Nate**: Davvero?

**Alison**: Gli amici di Lea ci vanno giù pesante...

**Nate**: Già. Devo la mia prima sbronza a un tipo greco che continuava a versarmi ouzo.
Poi se n'è pentito.

Mi nascondo un po', inquadro l'autore dei *melomakarona* e la mando a Nate.

**Nate**: Non ci credo, è proprio lui!
Ma quanta gente ha invitato Lea?!

**Alison**: Dovevamo essere una trentina, ma qui continuano ad arrivare persone.

**Nate**: Non lamentarti: io sono da solo, in camera, con una bottiglia di vodka (ottima devo dire, l'URSS ha fatto qualcosa di buono) dopo il pranzo di Natale più noioso della storia.

**Alison**: Come mai?

**Nate**: È stato un pranzo ufficiale, con politici e altra gente di passaggio.

**Alison**: Regali?

**Nate**: Un paio di cuffie nuove da Merry e qualche vinile da mio padre e mia madre.
Tu?

**Alison**: Una sciarpa, regalo di Lea.

**Nate**: Fammi vedere come ti sta.

Sorrido tra me e me, un po' imbarazzata, poi acciuffo la sciarpa da dietro la schiena e apro la fotocamera inquadrandomi dalle labbra fino al collo.

**Nate**: Pessima.

**Alison**: Non ti piace?

Chiedo, agitata. Credevo che mi stesse bene, anche se quando l'ho vista di questo rosso quasi accecante, non sono stata sufficientemente entusiasta nel ringraziare Lea che l'ha fatta a mano.

'Lo sapevo, sono il nero e il grigio i miei colori'.

**Nate**: Non è la sciarpa a essere pessima, ma tu.

**Alison**: Io?

**Nate**: Lo sai quanto mi piacciano le tue labbra. E in questa foto sono deliziosamente sexy, così tanto che avrei voglia di toccarle.

Deglutisco, di colpo accaldata per il cambio di registro di Nate.

'Stai al gioco' sussurra una vocina decisamente perfida e molto maliziosa che vorrei far tacere all'istante.

Scuoto la testa, cercando di ritrovare la lucidità appena smarrita. Mi accorgo che si sono formati vari gruppetti di persone. Alcuni chiacchierano, altri sono pronti a distruggersi a carte o a qualche gioco da tavolo.

Rileggo le parole di Nate e mi ritrovo a pensare a ogni singolo istante in cui ho provato attrazione per lui.

'Cosa rispondo?'

Serro le labbra e inizio a scrivere.

**Alison**: Se ti piacciono così tanto forse dovr...

«Alison, cara» mi chiama Lea e io fermo i polpastrelli. «Ti devo proprio presentare una persona!» la vedo avvicinarsi, trascinando con sé una ragazza, una tipa un po' pallida che indossa occhiali dalla grande montatura nera.

«Lei è Natalie, è un'editor e lavora per una serie di case editrici. Le ho detto che stai lavorando a un romanzo».

Guardo prima Lea come a dirle 'Ma come diavolo fai a sapere del romanzo che sto scrivendo?' e poi Natalie, rendendomi conto che non sto certo facendo una grande figura. Allungo la mano verso di lei, sperando non sia troppo umida di sudore e la stringo.

«In realtà» dico, «non sto scrivendo un romanzo-romanzo».

Natalie mi guarda un po' stranita. «E quindi...?»

«Non so ancora se rientrerà nella categoria 'racconti brevi' o diventerà una storia capace di espandersi ulteriormente... è un testo a cui sto lavorando per le selezioni della AWS».

«Ah! Ho insegnato lì l'anno scorso» dice, sorridendo. «Fai leggere il tuo lavoro a Lea, se lei lo troverà buono – ha un giudizio quasi impeccabile – mi piacerebbe prenderlo in considerazione».

Il mio cuore si ferma.

Il mondo inizia a tremare.

«Sul serio?»

«Certo, nessun problema. Tra l'altro se poi lo presenterai alla Aster Writing School mi avvantaggerò semplicemente con il lavoro...» Si gira, guarda qualcosa alle sue spalle e poi torna da me. «Ti va di fare coppia con me a briscola?»

«Briscola?»

«È un gioco di carte italiano, non ti preoccupare, è super facile. Chi vince questo torneo, decide il tema del party di Capodanno».

«Stiamo insieme anche a Capodanno?» chiedo, confusa, divertita e agitata per il rapido e inaspettato evolversi degli eventi.

Natalie mi trascina a un tavolo dove mi svela i segreti delle stranissime carte di questo gioco e mi spiega le regole.

«Come mai proprio briscola?»

Natalie fa spallucce. «Credo che Lea avesse un ex fidanzato italiano...»

«Ma non era greco?»

«Uno greco, uno italiano, uno giapponese, vari argentini e poi un irlandese: Will. Chi l'avrebbe mai detto» sorride.

Tra una partita e l'altra, prendo confidenza con il gioco e faccio amicizia con Natalie, che sotto l'aria mesta nasconde un animo competitivo che gli avversari temono. Dopo un'ora, mi ritrovo non so come a disputare la finale.

Guardo gli occhi di Natalie che mi dicono cosa fare o, almeno, ci provano, finché ritrovandomi in una posizione scomodissima, tento il tutto per tutto.

«No, no, no» si dispera lei, ma poi i signori francesi che giocano con noi posano le carte sul tavolo.

«*C'est tuot à toi!*» borbottano.

«Abbiamo vinto!» esulta Natalie che balza in piedi e mi abbraccia, mentre un coltello tintinna su un bicchiere attirando l'attenzione di tutti.

«Natalie e Alison» tuona Lea con voce formale e profonda. «Avete vinto la tradizionale competizione di Natale. Adesso dovete dirci il tema».

Il silenzio è assoluto, scambio un'occhiata con la mia compagna di vittoria, ma lei scuote la testa. «A me bastava vincere, il tema sceglilo tu».

«Allora...» rifletto, presa alla sprovvista. «Il luna park! E potremmo festeggiare proprio al Winter Wonderland».

Gli invitati si dividono in due cori contrapposti, i 'Sì! Divertente' e i 'No, ma come ti è venuto in mente'.

Will, però, zittisce entrambe le parti sistemando sul tavolo nuove bottiglie di whiskey.

Mi alzo ridendo, cercando tastoni il cellulare e mi ricordo, all'improvviso, di non aver più risposto a Nate.

Corro alla poltrona e lo cerco tra i cuscini, quando lo trovo vedo che c'è un messaggio in anteprima, risalente a diciassette minuti fa.

**Nate**: Scusa, Ali, ho esagerato. Non volevo dire quelle cose. Cioè, volevo, ma so che tu non le vuoi sentire. Siamo solo amici, lo so. Sono un po' ubriaco e mi sono lasciato andare. A presto.

Fisso lo schermo sentendo un'improvvisa sensazione di gelo scivolarmi nel petto e cancellare parte della gioia che ho provato finora.

# Capitolo 19

*New Year's Day*
Taylor Swift

Sono le diciotto in punto e ho già riordinato tutto, pulito il pavimento e contato i soldi in cassa. Mi dirigo in fretta nello spogliatoio, dove cerco di dare un senso ai vestiti che Lea mi ha lasciato questa mattina, tentando varie combinazioni. Alcuni mi stanno troppo larghi, ma altri appartengono a una fase della vita in cui Lea era più magra di me e, così, sono costretta a strizzarmici dentro, forse se avessi un corpo diverso potrei apprezzare di più questi abiti. Forse il mio costante bisogno di vestirmi con colori scuri è dovuto al fatto che in qualche modo ho paura di risultare più attraente, o forse, semplicemente, più visibile. Dopo varie prove, opto per un paio di shorts neri a vita alta, in un tessuto spesso e lucido, abbastanza elegante, calze di lana altrettanto nere e stivali al ginocchio che, ovviamente, sono neri. Rovisto nello scatolone enorme che mi ha lasciato alla ricerca di qualcosa per la parte superiore e trovo e una maglietta su cui è affisso un Post-it con uno spillo: 'Se non te la metti ti licenzio (non è vero, ma tu credici e mettila, per favore'). La guardo con sospetto, soprattutto perché parte malissimo: è bordeaux. Faccio lo sforzo di provarla, certa comunque che sarà un disastro annunciato. È stretta e molto poco elastica, quindi devo armarmi di pazienza per indossarla e la sensazione che mi stia cacciando in una trappola di Lea mi si appicca addosso. Quando mi guardo allo specchio, capisco che il disastro c'è, si è verificato ed è di proporzioni cosmiche: sono in imbarazzo pur essendo completamente sola. È talmente striminzita che non può essere definita di certo 'maglia', ma 'top'. Un top molto scollato, per di più, che si incrocia sul seno e mi lascia le spalle e la pancia leggermente scoperte. In alcuni punti ci sono delle applicazioni con paillettes che proiettano sullo specchio la luce della lampadina che scende dal soffitto.

Sono completamente ridicola.

Mi faccio una foto e la mando subito a Lea, stando attenta a coprire il ventre.

**Alison**: Sembro Lady Gaga in visita a Disneyland.

**Lea**: Lady Gaga è sempre una dea.

**Alison**: Ma io non sono Lady Gaga!
Mi vergogno.

**Lea**: Punto 1) Tu potresti essere Lady Gaga. Tutti noi potremmo essere Lady Gaga, basta crederlo.
Punto 2) È Capodanno. Ci vuole un po' di luce, non puoi indossare sempre i tuoi cenci da brava studentessa di un collegio di suore.
Punto 3) Una lezione importante che ho imparato troppo tardi nella vita, ossia: credi che tutto il mondo stia a guardare te? Mi spiego meglio: qualcuno lo farà sicuramente, soprattutto con quelle tette, ma diamine, Ali, fregatene e diver-ti-ti come una ragazza della tua età.

Sto per ribattere che a me non importa delle ragazze della mia età, che voglio solo non morire di freddo e non sembrare la brutta versione di un pirata con questioni di identità irrisolte, ma Lea mi precede.

**Lea**: Cinque minuti e siamo lì, comunque.
Ci sono anche degli orecchini e delle collane, in un sacchetto.
Fai in fretta e soprattutto NON CAMBIARTI.

La maledico, mi guardo ancora una volta allo specchio, sentendomi pronta più per un evento carnevalesco che per una festa di Capodanno e cerco il sacchetto con i bijoux. Nel farlo, urto una scatola che cade, riversando a terra il suo contenuto: cancelleria varia. Ricaccio dentro le penne e i foglietti, imprecando, e afferrando al volo un nastro adesivo con i gattini che sta rotolando via.

Provo un paio di collane troppo vistose, che non fanno altro che peggiorare il risultato, ma proprio quando mi sto per arrendere, da un angolino del sacchetto sbuca una collanina di piccoli zirconi che si conclude con una sorta di V al centro. La indosso, sciolgo i capelli e, inaspettatamente, il look si trasforma, diventa più delicato e completo.

Sento un clacson suonare, afferro il cappotto più pesante che ho, ovviamente nero e ovviamente oversize, infilo un cappello ed esco avvolgendomi attorno alle spalle anche una sciarpa.

«Sono indecisa» mi dice Lea, scrutandomi dal finestrino abbassato dell'auto di Will. «Non so se tutti questi strati di tessuto mi piacciono, potrebbero essere un po' over-chic, o se mi ricordi mia nonna Paula».

La fulmino con lo sguardo. «Mi pare che tu sia già intervenuta a sufficienza sul mio aspetto, oggi».

«Vero» conferma Will che rimette in moto mentre io mi allaccio la cintura.

Arriviamo al Winter Wonderland in un attimo perché per strada non c'è nessuno, tranne capannelli di persone qua e là che si stanno dirigendo alle rispettive serate.

«Prima giostre o prima un drink?» domanda Lea strofinando tra loro le mani coperte dai guanti per scaldarle.

«Drink, giostra, cibo, giostra, drink» propone Will.

«E poi guardiamo i fuochi d'artificio a mezzanotte dalla ruota panoramica» aggiungo.

«Mi pare che abbiate elaborato un ottimo piano, miei prodi. All'Alpine Lodge! *Vive l'Empereur*!» grida Lea improvvisamente immedesimata in un comandante napoleonico e fende la folla di visitatori che come noi hanno avuto l'idea di passare la notte qui, a divertirsi e mangiare manicaretti da street food.

L'Alpine Lodge è il nome della casetta in stile Hänsel e Gretel in cui Lea mi aveva spedita la mattina di Natale. Il locale, adesso, è pieno di gente, ben illuminato, caldissimo e ci accoglie con un corale 'Eh!' di boccali di birra alzati a cui non so bene come reagire.

Lea quasi saltella per la gioia e mi sussurra: «È un tema bellissimo per il Capodanno! Non avrei tollerato un altro party in stile Belle Époque scelto da Sam. Anche se i profumi francesi mi stanno divinamente...»

Io le sorrido, felice che stia apprezzando la mia iniziativa.

«Ali, ciao!» mi chiama qualcuno e io riconosco la voce di Natalie, che è seduta a un tavolo tondo e basso insieme a un gruppo di persone di età molto diverse. Li raggiungo e la abbraccio per salutarla.

«Loro sono alcuni amici, editor, redattore, editor, marketing, ghostwriter...»

«Lavorate tutti nell'editoria? Wow!»

Mi dice anche i nomi, ma li perdo nell'euforia del momento.

«Togliti il cappotto e siediti con noi» mi invita Natalie.

'Togliermi il cappotto? Mai'.

«Adesso ho un po' freddo» dico, e preferisco trascorrere la serata in modalità sauna piuttosto che mostrarmi con il top di Lea.

«Come vuoi. Vino?»

«Volentieri, grazie!»

I festeggiamenti iniziano rapidi da subito, così tanto che rispettiamo il programma di Will solo fino a metà: beviamo, ci lanciamo dalle montagne russe e calchiamo la pista da pattinaggio. Non sono mai stata una brava pattinatrice anche se mamma durante le feste cercava di insegnarmi, finendo poi rassegnata a tenermi su uno di quei delfini o orsi di plastica che scivolano sul ghiaccio. Quando rientriamo e le nostre narici iniziano a essere solleticate dai profumi delle portate in avvicinamento abbandoniamo ogni progetto e ci sediamo tutti a tavola.

Lea mi spinge a rimanere vicina a Natalie e ai suoi amici, che parlano un po' di libri e un po' di tutt'altro. Sulle serie tv vado forte e racconto la mia analisi *di Gossip Girl* concentrandomi sui motivi per cui è ancora a tutti gli effetti un cult. Il tempo passa tra bicchieri e risate, balli e racconti. È una vera festa che mi fa *quasi* dimenticare la sensazione di aver sbagliato qualcosa che provo da Natale, da quando Nate mi ha scritto 'A presto'.

Anche se gli ho risposto, spiegandogli che ero stata allontanata dal cellulare, lui non mi ha più scritto. Non so cosa pensare, quindi aspetto solo il momento in cui, tra pochi giorni, lo rivedrò al Giovedì Musica Live.

«Sei pensierosa» dice il ragazzo che ho soprannominato 'Marketing' e che è qui con il suo fidanzato nonché futuro marito, che al momento è qualche sedia più in giù a discutere di geologia con quello che mi pare di aver capito essere un professore universitario.

«No» dico seria.

«Lo sei, a Capodanno lo siamo tutti. Si fanno i bilanci, si stila la lista delle persone che non fanno più parte della nostra vita e quella dei buoni propositi per l'anno nuovo. Il mio è non accettare mai, mai, mai più di pubblicizzare l'ennesimo libro sulla caccia alla volpe».

Rido.

«Il tuo qual è?»

'Vivi, Ali'.

Non so da dove arrivi, ma è la voce di mia madre. La sento

distintamente, come se lei fosse qui, come se fossimo insieme. Un brivido mi scuote nonostante mi stia letteralmente squagliando per il caldo.

«Imparare a vivere un po' di più» dico.

'Partendo da ora' aggiungo nella mia mente.

A mezz'ora dallo scoccare del nuovo anno, le coppie cominciano a riunirsi, come attratte da calamite misteriose. Il volume dei loro discorsi si abbassa, mentre quello dei single si alza. Qualcuno litiga, qualcuno si bacia vicino ai bagni e io, come sempre, osservo. Vicina, ma non dentro alla vita. Uno spettatore e non un partecipante. Se sono stata brava per tutta la sera a mascherare la sensazione di incompletezza che provo – ho ballato con Will, ho chiacchierato con degli sconosciuti come non avevo mai fatto, ho bevuto e mangiato fino alla sazietà – adesso con un po' troppo alcol in circolo e la mezzanotte sempre più vicina mi si riversa tutta addosso.

'Vivi, Ali'.

Per vivere serve coraggio e io devo iniziare a tirarlo fuori, devo capire che ogni secondo passato è passato e che, comunque vada, devo poter dire di aver fatto tutto il possibile.

Prendo il cellulare e scrivo in fretta, inviando il messaggio prima di potermene pentire.

**Alison**: Mi manchi, Nate.

Blocco lo schermo, agitata, sicura di aver appena commesso una sciocchezza.

Dove sarà? Cosa starà facendo? Starà passando la serata con una ragazza?

Dopo un paio di minuti guardo lo schermo. Il messaggio risulta visualizzato, ma Nate è offline.

'Davvero ottima idea, Ali, brava'.

Grugnisco qualcosa tra me e me per non cedere a una disperazione che non capisco, ma per fortuna arriva Lea decisamente alticcia, che mi afferra e mi trascina al suo fianco.

«Ruota panoramica a mezzanotte! Ti ricordi?» urla e io la devo sostenere perché traballa un po'.

«D'accordo, d'accordo, ruota panoramica» confermo. Usciamo, Will ci segue e io respiro l'aria fresca della notte, sperando mi aiuti a liberare i pensieri dai fumi dell'alcol, ma non credo basti così poco. Ci avviciniamo alla biglietteria e proprio quando tutti e tre siamo pronti a salire e la cabina ci si apre davanti, Lea si china in avanti e inizia a vomitare.

Will la acciuffa, le tiene i capelli per impedirle di sporcarli e poi mi guarda sconfortato. «Cavolo, credo che sia meglio non salire».

«Perché no?» chiede una voce alle mie spalle. Una voce che mi fa accelerare il cuore a una nuova velocità. Mi volto e mi chiedo se non sia preda di un'allucinazione perché Nate, Nate Lawrence, sta facendo i tre scalini che lo separano dalla biglietteria e da noi.

Lo fisso con gli occhi sbarrati.

«Ciao Ali» mi saluta con un sorriso che mi manda in visibilio.

«Sei qui».

«E dove dovrei essere?»

«A Budapest, magari?» domando. «Non dovevi tornare dopo Capodanno?»

Lui fa spallucce. «Mi stavo annoiando...» Poi si sporge verso il mio orecchio. «E mi mancavi anche tu» sussurra piano, in modo che solo io possa sentirlo.

Divento rossa, ma dentro di me ogni cosa si scalda.

«Signori» ci richiama l'addetto della ruota. «Volete ancora salire o no?»

«Andate voi» dice Lea, piegata in due.

«Io sto con te» stabilisce Will. «Ali, Nate salite, svelti!»

Nate mi dà una spintarella sui fianchi e, dopo un secondo, le porte della cabina si chiudono e lui e io ci ritroviamo da soli, sulla ruota che gira, e il vuoto che si mostra sotto di me è fin da subito vertiginoso, sembra infinito.

«Mancano tre minuti» dice, leggendo l'orario sul cellulare.

Poi alza lo sguardo su di me e i nostri occhi si allacciano e il mio respiro resta bloccato nel petto.

«Ciao» dico.

«Ciao, ragazza nuova. Sei proprio tu nascosta sotto quella sorta di... coperta?» ride.

Provo a dargli un colpetto sul braccio, ma mi ferma. La sua mano si stringe al mio polso con una delicatezza disarmante.

«Non tutti possiamo essere belli senza fatica come te, Nate» ribatto.

«Sono bello?»

Ovvio che avrebbe colto la palla al balzo. «A modo tuo» concedo.

«Anche tu lo sei» dice, senza staccarmi gli occhi. «Anche se posso dire che personalmente ti preferisco quando occupi un volume minore» ammicca.

Mi stacco dalla sua presa, sentendomi già esasperata dalle sue battute anche se siamo insieme da meno di cinque minuti, e mi levo il cappotto in un gesto rapido e nervoso.

«Contento?»

«Niente male, signorina Moss» commenta, mordendosi il labbro. Si avvicina con passo lento e mi cinge la vita. Spero che la sua presa indugi su di me, ma lui mi volta subito di spalle e indica il cielo all'orizzonte. Si allontana, sistemandosi al mio fianco.

«Credo che sia mezzanotte» dice. E, infatti, sopra di noi esplodono un milione di fuochi d'artificio.

«Buon anno, Ali» dice quasi sussurrando.

«Buon anno, Superman».

Mi sporgo verso di lui, senza avere il coraggio di guardarlo.

«Posso avere un bacio di buon auspicio?» chiedo.

Lui si volta verso di me.

Le nostre iridi si scontrano e in un attimo la mia bocca è sulla sua, in un bacio più infinito del vuoto che sta sotto i nostri piedi.

Lo bacio sulle labbra, poi cerco l'apertura della sua bocca.

Nate mi segue e le nostre lingue si intrecciano in un turbinio che mi scuote, sento il suo sapore, il suo calore.

Non so da dove arrivi questo istinto, non sono mai stata il tipo di ragazza che prende l'iniziativa, ma forse non ho mai percepito questa passione con tanta urgenza.

Comprimo il mio corpo contro il suo, voglio che mi cinga con le sue braccia, voglio sentire il suo tocco, anche se fosse solo per un istante.

Mi sposto sul suo collo, inalo il suo profumo di lavanda, traccio una scia di baci avidi.

«Ali...» ansima e le sue mani carezzano il mio sedere. Cerco l'accesso alla clavicola sotto al maglioncino che indossa, lo trovo, assaporando il sapore salato della sua pelle e l'amaro del profumo, ma appena infilo le dita nell'elastico dei jeans lui si allontana come se scottassi, come se percepisse una minaccia imminente.

«No. Non posso farlo».

Abbasso lo sguardo, frastornata e di colpo avvilita per aver frainteso tutto. La ruota riprende a girare e la mia testa con lei.

«Pensavo di piacerti» mormoro. «Non volevo...»

Lui si passa una mano tra i capelli. «Tu mi piaci, infatti, ma non credo che stasera stiamo cercando la stessa cosa».

«Cioè?» domando incrociando le braccia, per nascondere il mio corpo, per difendermi da ciò che è appena successo. Mi sento triste, arrabbiata, rifiutata. Inizio a capire che cosa deve aver provato lui.

«Sesso. Io non voglio fare sesso con te».

Deglutisco, mentre le porte della cabina si riaprono e la verità di queste parole si posa dentro di me come un macigno.

«Capisco» dico. Gli occhi iniziano a bruciarmi, il naso a pizzicarmi e il mio stomaco si stringe in una morsa.

Afferro il cappotto.

«Ali, aspetta...» prova a spiegarmi Nate, ma appena le porte della cabina si aprono io fuggo via, portando con me la mia umiliazione.

# Capitolo 20

*Liability*
Lorde

Prima della figura terribile fatta sulla ruota panoramica non aspettavo altro di rivedere Nate alla serata karaoke.

Ora che quella sera è arrivata l'unica cosa che vorrei fare è darmi malata. Il Giovedì Musica Live è saltato perché Meredith è ancora a Budapest con i genitori e così, eccomi, al momento della resa dei conti tra me, il mio imbarazzo appiccicoso come colla e Nate che ha provato a chiamarmi la mattina del primo gennaio, ma io non gli ho risposto e ho fatto in modo di non incrociarlo per il resto della settimana. Mi sembra di essere tornata ai primi tempi all'Holmes, quando evitavo Sam. Solo che Sam è uno stronzo patentato, mentre Nate probabilmente è il miglior ragazzo che abbia mai incontrato e che, infatti, è talmente di un altro livello rispetto a me che non vuole nemmeno fare sesso.

Passo per la quarta volta davanti alla porta dell'Holmes e capisco che non posso fare altro che rassegnarmi al mio destino.

Entro e Sam mi dà subito un'occhiataccia perché ho ben due minuti di ritardo. La musica è già alta e la sala è piena. Guardo in fretta la zona del pianoforte e lo vedo. Sta cantando *Creep* dei Radiohead con una coppia di ragazzi che agitano le teste, seguendo il ritmo della canzone. Nate finge di impugnare le bacchette di una batteria e le agita sul ritornello e il pubblico si scatena.

'Resisti, è solo un normale venerdì karaoke'.

Mi obbligo a distogliere lo sguardo da Nate e mi avvicino a Sam, legandomi il grembiule dietro la schiena.

«Cosa devo fare?»

Sam mi sommerge di comande e io mi sforzo di concentrarmi solo sul lavoro e di ignorare tutto ciò che accade in sala. Ci metto un po' a ingranare, ma alla fine ce la faccio. Comincio quasi a divertirmi, finché Nate comincia a parlare nel microfono.

«Questa sera abbiamo un fuoriprogramma».

Il mio cuore inchioda, mi ruoto verso di lui e aspetto di sentire cos'ha da dire, del tutto in fibrillazione.

«Di solito, come sapete, chi prenota una canzone può decidere se venire a cantarla con me o se essere un semplice ascoltatore. È una regola dell'Holmes non sollecitare mai gli ospiti e Lea è proprio una brava padrona di casa».

Un fischio si alza dal pubblico e qualcuno grida «Vai, Lea!»

«Stasera, però, si tratta di una ragazza un po' particolare. Mi è stato detto che è molto timida, ma sono sicuro che a *questa* canzone non saprà resistere».

Nate preme un tasto sul computer e la base di *Don't Go Breaking My Heart* parte a tutto volume.

Il mio cuore dall'apice sprofonda negli abissi. È una canzone bella, certo, che però per me non ha alcun significato. Un secondo dopo, noto del movimento in un tavolino poco distante dal pianoforte. Una ragazza dai capelli scuri ne spinge una dalla sfumatura fulva che si alza in piedi, le gote rossissime, e si avvicina a Nate con le spalle curve e facendo 'No' con il dito, ma Nate le scocca quel sorriso dolce e rassicurante, che ha rivolto a me troppe volte. Passa un braccio sulle sue spalle nude e dice nel microfono: «Un bell'applauso a Sarah che ha commesso il grave errore di dirmi che *questa* l'avrebbe cantata».

«Ho detto *forse*» precisa lei, impacciata.

«Ormai sei qui» dice Nate. «Tanto vale provarci, no?»

E Sarah cede e la capisco, perché non cedere a Nate richiede uno sforzo terribile che una ragazza non riesce a fare in alcune situazioni, soprattutto quando lui è felice e ti guarda come se non volesse essere in nessun altro posto. Cantano insieme, poi Nate fa un passo indietro e le cede il microfono e Sarah rivela la potenza della sua voce. Li guardo scambiarsi qualche occhiata complice. La canzone finisce e Sarah lo prende per mano, un gesto naturale, di due ragazzi che si conoscono, che si frequentano, non di due sconosciuti al bar. Un secondo dopo, lui lascia sulle sue labbra un bacio leggero che provoca un'ondata di 'Oh' in tutto l'Holmes.

Mi si gela il sangue nelle vene e capisco tutto.

E il mondo cade, silenzioso per non disturbare, dentro di me.

Di colpo, ho la consapevolezza assoluta che ho *decisamente* commesso un errore sulla ruota panoramica, e che l'ho commesso anche a casa di Lea, che l'ho commesso fuori dalla casa di Lady Longe e che l'ho commesso allo Sky Garden.

Mi sono comportata da stupida dal momento esatto in cui Nate mi ha rivolto la parola per la prima volta. Ho perso la possibilità di dare retta alla spinta che provo verso di lui, con la stessa sbadataggine con cui si perde un segnalibro o le chiavi di casa.

«Ho bisogno di un minuto di pausa» dico a Sam che ruota gli occhi al cielo.

Fuori, con la maglietta a maniche corte nera che uso come divisa, il freddo mi investe e mi aggredisce la gola.

Provo a respirare, ma il fatto di aver appena compreso il motivo del suo rifiuto mi distrugge. Nate è andato oltre, il nostro in fondo era solo un bacio. Esce con Sarah adesso, e so che me la sono cercata. Gli ho detto di no troppe volte, anche quando ogni fibra del mio corpo avrebbe voluto dirgli di sì, e quando l'ho cercato è stato troppo tardi. La colpa è solo mia.

Troppo lenta, troppo pavida.

«Ali, cosa diavolo stai facendo qui fuori al gelo?» chiede

Lea, raggiungendomi e togliendosi il suo scialle per mettermelo sulle spalle.

«Solo una piccola pausa, è tutto sotto controllo, dentro». Le dico con la bocca che a mala pena si apre, sto cercando di controllarmi, di non imprecare contro le catene invisibili che mi trattengono e che mi impediscono di vivere.

Lei si appoggia al muro di mattoni e non replica. Sta in silenzio, dopo un po' si soffia rumorosamente il naso. «Spero di non essermi ammalata. Will è a letto con l'influenza da un paio di giorni...»

Sospiro e mi ricompongo, sapendo che non se ne andrà. So, dentro di me, che a Lea non importa un bel niente di raccontarmi dell'influenza di Will. Lei è qui perché sa che sto male e vuole esserci. Che abbia capito che c'è qualcosa che non va? Che sappia cosa provo?

'Ma certo che lo sa. Lea capisce, intuisce, cura'.

«Mi dispiace» mi obbligo a commentare, per non lasciar cadere il suo tentativo nel vuoto. Fa spallucce, poi si volta a guardarmi.

«Ho letto le pagine del tuo romanzo che mi hai mandato» dice.

«E...?» le chiedo, con il cuore ora in apprensione per due motivi completamente diversi.

«Devi lavorarci ancora. Parecchio. Ma la base è buona... è una storia che ha del potenziale, sono curiosa di sapere cosa succederà».

'È una storia che ha del potenziale'.

«Mi chiedo come mai i due personaggi principali non abbiano un nome».

Sposto lo sguardo sulla vetrina, al di là c'è Nate sempre sprizzante energia.

«Non sono ancora pronta a darglielo».

«Capisco» dice Lea, e vedo che ha seguito la traiettoria del mio sguardo. «Vai a farti un giro e poi fila a casa, stasera non mi servi» dice rientrando.

«Ma è pienissimo dentro, e Sam...» protesto.

«Vai, Ali».

Ascolto il consiglio di Lea e mi incammino verso l'unico luogo che mi comprende.

Raggiungo Cornelia Street quasi in un attimo, e tiro un respiro di sollievo quando vedo che non sono da sola. C'è una coppia che sta leggendo le lettere. Registro senza farci troppa attenzione che il murale si è ampliato con nuovi biglietti, superando l'angolo e invadendo anche parte del muro vicino. Mi dirigo dritta alla posizione in cui so di trovare i miei scambi con Byron e allontano tutti i fogli per vedere se c'è qualcosa di suo.

C'è.

*Quanto rumore può fare un'esplosione,*
*quanto rumore può fare una bottiglia che si rompe.*
*Ma che silenzio fa il mio cuore che si spezza.*
*Eppure, credo sarà quello ad uccidermi.*

*Byron*

Hai proprio ragione, Byron.

# Capitolo 21

*Nobody Gets Me*
SZA

Mi sveglio con la gola in fiamme e la sensazione che un tir mi sia passato sopra la schiena. È come se qualcuno, durante la notte, mi avesse fracassato le ossa e avesse acceso un martello pneumatico nella mia testa.

Provo ad alzarmi dal divano, ma tutto gira.

'Dai, Ali' mi faccio forza e con i brividi di freddo che mi trapassano il corpo nonostante la coperta che tengo sulle spalle, raggiungo il lavandino e bevo un bicchiere d'acqua che per un istante mi dà sollievo. Mi dirigo poi in bagno strascicando le pantofole, apro l'antina del mobile vicino alla finestra e cerco un termometro. Quando avevo sistemato l'appartamento, ero certa di averne visto uno. Insisto, anche se la testa invoca pietà, e alla fine trovo un vecchio modello a mercurio. Torno sul divano, lo infilo sotto l'ascella e aspetto, controllando l'ora sul telefono. Sono le cinque del mattino e fuori è ancora buio pesto. Sullo schermo lampeggia un messaggio di Lea, risalente ad alcune ore prima.

**Lea**: Come stai?

Sta alludendo alla nostra conversazione di ieri sera, ma è un tema che non voglio ancora affrontare. Tolgo il termometro e sbarro gli occhi nel vedere quanto è alta la mia temperatura, cosa che spiega come mai mi senta così a pezzi.

Faccio una fotografia e la mando a Lea.

**Alison**: Valuta tu...

Mi accascio sul divano in un bozzolo di coperte che non riesce a contrastare del tutto il freddo che mi gela le ossa. So che dovrei assumere del paracetamolo per far abbassare la febbre, ma non ne ho proprio la forza. Gli occhi sfuggono al mio controllo, le palpebre si abbassano e cado in un sonno disturbato.

Ritorno in me non so quante ore dopo, ma adesso c'è una luce grigia, lattiginosa che filtra dalle finestre. Provo a valutare il mio stato di salute, forse va leggermente meglio rispetto alla prima sveglia di questa mattina, ma mi sento comunque uno straccio. Afferro il cellulare per dire a Lea che oggi non riuscirò ad andare al lavoro, ma quando apro la chat vedo che lei mi ha preceduta con una sfilza di messaggi da cui trapela tutta la sua apprensione.

**Lea**: Cazzo! Deve essere stata colpa mia (e quindi di Will), sono spalmata anche io sul letto come qualcosa di molto moscio e molto dolorante.
Sei da sola? Hai i medicinali in casa?
Ali, sei sveglia?
Aliiii
Vorrei poter venire a controllare personalmente, ma non sono nelle condizioni di uscire, quindi, ti prego, rispondimi.
Aliiiii, inizio a preoccuparmi.
Basta, mando qualcuno a vedere come stai.

**Alison**: Non mandare nessuno! Sono viva, Lea, anche se a pezzi.

Scrivo con fatica, poi allontano il telefono dagli occhi perché la luce me li irrita. Vorrei dell'acqua, ma è troppo lontana. Vorrei del paracetamolo, ma non credo di averne. Vorrei...

Il campanello suona e decido nell'esatto secondo in cui il rumore mi ferisce i timpani e mi rimbomba nella testa che non andrò ad aprire. Magari è il corriere di Amazon con la macchinetta del caffè che ho deciso di regalarmi. Può lasciarla sullo zerbino per quel che mi riguarda... Accidenti, se il pensiero del caffè non mi esalta come al solito significa che sono messa davvero male.

Il campanello, però, suona di nuovo. Se il corriere sta ingaggiando una gara di resistenza con me, perderà. La decina di metri che mi separano dal portoncino rosa non è assolutamente percorribile in queste condizioni. Dopo altri vari tentativi, alla fine l'addetto si arrende. 'Ho vinto' esulto, ma non faccio in tempo a richiudere gli occhi che ora è il mio telefono a squillare. Lo cerco nell'involto delle coperte in cui mi sono rinchiusa e leggo il nome di Nate sullo schermo.

'Oddio'.

La chiamata termina un secondo dopo, evitandomi così di decidere se rispondere o no. Peccato che, appena finisco questo pensiero, il suo nome ricominci a occupare tutto lo schermo del cellulare.

'Perché mi sta chiamando di nuovo?!'

Mi rassegno e decido di rispondere.

«Pronto» dico con voce impastata per la febbre e spezzata per l'ansia.

«Alison, aprimi».

«Come?» mi stropiccio l'occhio con la mano rimasta libera.

«Girando la chiave nella serratura, immagino».

«No 'Come' nel senso di 'Cosa stai dicendo'?» domando con uno sbuffo.

«Ti sto dicendo che sono fuori casa tua, mi ha inviato Lea. Ho un po' di medicine e... Ma mi puoi aprire? Stamattina fa un freddo del diavolo».

«Ma Nate, non avresti dovuto...»

«Alison, sto battendo i denti».

«Okay, d'accordo, arrivo».

Mi costringo a strisciare i piedi fino alla porta d'ingresso e quando apro mi ritrovo davanti la faccia sorridente di Nate che alza, fino a portarseli accanto al viso, un paio di sacchetti.

«Servizio di consegna a domicilio. Anche se non lavoro più con Lea continua a trattarmi come il suo tuttofare» borbotta.

«Mi dispiace» ripeto, troppo malata per poter essere imbarazzata come lo sarei stata in altre situazioni. «Non serviva, me la so cavare da sola...»

«Sì, lo sappiamo che tu te la sai sempre cavare da sola» va avanti lui. «Paracetamolo, vitamine e un antidolorifico» li indica in successione, sistemandoli sul tavolo. «E poi dei rifornimenti: che ne dici se ti faccio un fantastico brodo di verdure più tardi?»

Lo osservo con attenzione. «Cos'hai in quella vaschetta, lì dietro?»

«Niente».

«Nate...»

«Potrei aver comprato il brodo al ristorante in fondo alla strada... Ma le verdure le ho davvero e le aggiungerò con le mie manine».

Vorrei ridere, ma non riesco e non so sia per il mal di testa o perché Nate è qui, in casa mia, a fingere che non sia mai successo niente, anche se non ci parliamo da oltre due settimane.

«Non serve» provo a dire, puntando sull'educazione, visto che le domande e i dubbi che si accapigliano nel mio cervello non mi fanno pensare a niente di più intelligente. Lui sembra non sentirmi, mi porge una pastiglia e mi allunga il bicchiere.

«Tieni, vedrai che tra un'oretta starai meglio» dice. Eseguo perché sono troppo sfinita per ribattere, e dirgli che, invece, dovrebbe proprio andarsene visto che la sua presenza mi confonde e mi agita il cuore. Quando ho finito mi toglie il bicchiere e torna al tavolo alle mie spalle, lo vedo prendere una pastiglia.

«Tu stai bene?» gli chiedo con voce roca.

«Solo un po' di mal di testa, motivo per cui ieri ho annullato alcune lezioni, comprese quelle di stamattina. Lea lo sapeva e mi ha spedito qui a vigilare sulla ragazza nuova con il sistema immunitario debilitato».

«Il mio sistema immunitario sta benissimo. È solo un'influenza: tutta colpa di Lea e di Will».

«O della capatina che ti sei fatta fuori dall'Holmes in maglietta a maniche corte, ieri».

«E tu che ne sai? Mi sembravi molto impegnato a duettare con quella ragazza...»

«Sarah» conferma lui con un sorriso sornione che mi avvilisce più del previsto. «Già. Ma non è che, se sto lavorando, divento cieco e non vedo se una persona sfreccia fuori da un locale. Perché sfrecciavi fuori, a proposito?»

«Nate, sto male» mugugno, sparendo nelle coperte, così da non dover rispondere alla sua domanda.

«D'accordo, tu dormi, io ti preparo il brodo».

«Non vai via?» riprovo. «Davvero, a me non serve niente e...»

«Te la sai cavare da sola, lo so, me l'hai già detto. Ma io non ho altri impegni, Lea è molto agitata per te e a me farebbe molto piacere mettere il riscaldamento al massimo e sedermi su quel divano a leggere un libro».

«Se è questo ciò che vuoi» dico, sentendo per la prima volta da questa notte un po' di calore in corpo, almeno all'altezza del cuore.

Le medicine fanno effetto e poco dopo sono pronta a bere a piccoli sorsi il brodo che Nate continua a dire di aver preparato, mentre lui parla del più e del meno. Solo lui, già, perché la mia gola è ancora un disastro.

«Dovresti metterci una sciarpa per tenerla al caldo» dice, vedendomi sofferente.

«Ne ho una lì all'ingresso» faccio per alzarmi, ma lui mi placca e mi supera. La prende, continuando a raccontarmi della crociera sul Danubio che ha fatto con i suoi mentre era a Budapest. Me la lancia, la afferro al volo e la indosso. Nate sparecchia, chiacchierando a raffica, ma quando si gira si blocca per un istante.

«È la sciarpa che ti ha regalato Lea?»

Sollevo un lembo per vederla, visto che l'ho indossata senza prestarvi la minima attenzione e poi faccio su e giù con la testa. Lui abbassa lo sguardo, sembra di colpo più rigido e io so perché, visto che lo sono anche io. La nostra ultima conversazione prima del disastro riguardava proprio questa sciarpa.

«Confermo» dice dopo un attimo, voltandosi di spalle e iniziando a lavare un piatto che mi sembrava aver già lavato. «Ti sta bene».

Deglutisco, tesa.

«Nate...» provo a dire, la voce arrocchita.

«Ti va se ci guardiamo qualcosa in tv?» domanda lui, interrompendomi.

'No, in realtà quello che vorrei davvero fare sarebbe tornare indietro nel tempo e non comportarmi come una totale imbecille con te. Ma come faccio a spiegarti che ho così paura di provare qualcosa che ho chiuso il mio cuore a tripla mandata? Come faccio a spiegarti che, forse, un primo scatto di quella chiusura sono riuscita a girarlo grazie alle parole di persone estranee, grazie ai messaggi lucidi e affilati di uno sconosciuto e grazie ai tuoi sorrisi?'

Mi forzo ad annuire e ritorno sul divano. Nate fa altrettanto, recupera il telecomando. Lo osservo mentre si massaggia le tempie, lo sguardo che potrebbe sembrare concentrato, ma che è più vacuo del solito.

«Hai mai visto *American Beauty*?»

«È uno dei miei film preferiti» rispondo, cercando di apparire meno tesa, mentre l'immagine di Angela Hayes adagiata su un tappeto di petali di rosa rossi invade lo schermo.

«Piace anche a me» commenta Nate, premendo play. Il film parte e decido di rimandare le mie domande, i miei dubbi a un momento in cui mi sentirò meglio.

Il pomeriggio trascorre pigro, commentiamo qualche scena, ma per il resto rimaniamo in silenzio. Nate chiama Lea per aggiornarla sulla mia condizione e poi comincia a cucinare qualcosa, forse della pasta a giudicare dall'odore, e intanto canticchia, fischietta, usa la mia cucina come un'intera orchestra di strumenti musicali, riempiendo questa casa vuota di suoni nuovi, caldi, vivi.

«Tua madre era molto bella» dice d'un tratto, indicando la fotografia all'ingresso, quella in cui indossa una maglia a collo alto.

«Era anche molto intelligente e creativa. Lavorava come illustratrice».

«Come mai non rimase a Londra?»

«Incontrò mio padre, non conosco bene i dettagli della storia... forse perché non avevo l'età per sentirli. E quando l'ho avuta, be', era mio padre, a quel punto a non potermeli più raccontare».

«Mi dispiace Ali, non devi aver avuto una vita semplice».

«Le vite non sono tutte difficili?»

«È vero» conferma, con fare pensoso. «Lo sono». E sembra crederci davvero, al punto che vorrei chiedergli in che modo la sua sia stata difficile, ma Nate mi anticipa sul tempo con un'altra domanda.

«Da quanto non parli con tuo padre?»

«Dal giorno in cui ho lasciato Wyemouth. Non l'ho neanche salutato, perché temevo che se gli avessi detto che cosa avevo deciso di fare, lui avrebbe trovato il modo per convincermi a restare, avrebbe usato il senso di colpa, mi avrebbe chiesto di non lasciarlo a mia volta».

«Perché hai deciso di partire? Cioè, perché proprio quel giorno?»

Deglutisco, abbasso le palpebre. «Aveva un amico, un poco

di buono...» mi interrompo, non voglio continuare. Il silenzio cala di colpo, pesante come piombo.

«Ti ha fatto del male?» chiede, piano, Nate.

Scuoto la testa. «Non gliel'ho permesso, ma avrebbe voluto» ripenso con un brivido di panico a quel momento, l'attimo che ha cambiato tutto. Senza il ghigno sadico di quello stronzo di Frank, sarei qui, oggi, davanti a Nate?

«Però... non è stato quello, è stato ciò che ha detto mio padre quando ho chiesto il suo aiuto».

«Cosa ti ha detto?» domanda Nate stringendo i denti.

«Non voglio ripeterlo. Ma l'uomo che avevo davanti quella sera non è quello che mi ha cresciuto. La morte di mia madre l'ha devastato, ha attivato qualcosa dentro di lui, ha fatto risalire in superficie un'oscurità che si portava dentro, ma che forse, se lei non si fosse ammalata, non sarebbe mai venuta a galla e lui avrebbe continuato a essere un tranquillo uomo di campagna che il venerdì sera ci portava a mangiare *fish and chips*. L'amore, invece, l'ha distrutto».

Nate sembra pensarci. I suoi occhi si fermano nei miei per un istante che mi pare infinito. «Non è stato l'amore, Ali. È stata la depressione. L'amore non distrugge, crea. Sempre».

Mi blocco per un attimo e lo studio con attenzione mentre pronuncia queste parole, stupendomi per la somiglianza con quelle scritte da Byron e con le decine di messaggi che concordavano con lui. Mi chiedo perché per tutti loro sia così semplice credere nell'amore, è come se mi mancasse il manuale d'istruzioni, è come se non sapessi *come* si faccia.

«Ciò che hai vissuto ha distorto un po' le cose, forse. L'amore è una cosa bella» aggiunge Nate.

«Sembri un esperto».

«Mi piacerebbe esserlo» sorride.

«Forse Sarah è la ragazza che stai cercando» dico, provocandolo, ma non riesco a farne a meno.

«Forse».

Nate fa partire un altro film, stavolta si tratta dell'adattamento cinematografico de *Il cardellino* di Donna Tartt. Rimaniamo in silenzio, ognuno assorto nei propri pensieri, ognuno chiuso nella propria vita. Quando finisce, mi allunga il termometro e io misuro, sentendomi di colpo più stanca di quanto mi sia sentita per tutto il pomeriggio.

«Cazzo, Ali, hai di nuovo la febbre alta».

Mugolo qualcosa.

«Tieni».

Mi aiuta a prendere un'altra pastiglia e, rapidamente, gli occhi mi si abbassano.

Quando mi risveglio il sole è alto. Non so quante ore ho dormito, ma è mattina inoltrata e, mal di gola a parte, mi sembra di stare meglio.

Mi guardo attorno e mi accorgo con sorpresa che Nate è ancora qui, appisolato sull'altro divano, con una coperta che si solleva e si abbassa al ritmo regolare del suo respiro. Mi concedo un attimo per osservarlo, per seguire la linea curva del suo naso a patata, i capelli stropicciati dal sonno, le labbra leggermente dischiuse e mi ritrovo a sorridere, dal fatto che sia rimasto con me per tutta la notte.

Mi alzo per andare in bagno. Nello specchio vedo il mio viso sciupato dalla febbre, la crocchia di capelli in cima alla testa che sembra un unico, enorme, spaventoso, nodo. Provo a scioglierla e, anche se il risultato continua a essere penoso, è pur sempre meglio di prima. Nate mi ha vista al mio peggio e, va bene che ha chiarito che non vuole fare sesso con me, ma non voglio che pensi che sono una sorta di zombie. Vado nella stanza dei miei nonni per sostituire il pigiama a pois con qualcosa di meno infantile, ma appena entro in corridoio noto con un tuffo al cuore che c'è qualcosa di diverso. Camera di mia madre è aperta.

Le chiavi sono inserite nella toppa, come sempre, ma la porta è solo accostata.

È stato Nate, non potrebbe essere stato nessun altro. Forse cercava una coperta o il bagno o forse era semplicemente curioso. Non sapeva che non doveva farlo.

'E adesso?'

Mi avvicino, è come se al posto del muscolo cardiaco avessi un tamburo, sento il battito persino nelle orecchie. Potrei richiuderla, fingere di non aver visto, ma... posso continuare a vivere così? Fingendo? Fingendo di non provare sentimenti per il ragazzo che mi ha accudita nelle ultime ventiquattro ore? Fingendo di non avere una fottuta paura di tutto questo? Fingendo di non avere in casa mia una porta chiusa a chiave su una stanza che non so cosa celi?

No.

'Vivi, Ali'.

Bisogna avere coraggio.

Deglutisco, la gola va meglio, anche se mi brucia ancora un po'. Studio il legno, poi chiudo gli occhi e do una leggera spinta, trattenendo il fiato.

I cardini cigolano.

'Se i miei nonni hanno organizzato una cabina armadio qui dentro, va bene lo stesso' mi ripeto.

Prendo fiato e riapro gli occhi e capisco che no, non l'hanno fatto.

Le pareti sono azzurre, di un azzurro acceso, lo stesso colore che ha il cielo in una bella giornata di luglio. L'armadio di legno è rosso, il letto rosa e sopra c'è un'esplosione di cuscini. Affisso alla parete c'è un enorme poster dei Garfield, insieme a decine di riproduzioni di opere d'arte e cartelloni di altre band di cui non conosco il nome.

Mi guardo attorno, trattenendo a stento le risa e il pianto che mi stanno esplodendo dentro. Su alcune mensole ci sono dei libri, ne apro uno e mi accorgo che è un testo scolastico e, sentendomi quasi svenire, riconosco subito la grafia tondeggiante di mia madre. In un angolo della scrivania ci sono dei porta cassette stracolmi: i nastri sono quasi tutti masterizzati, leggo in fretta i nomi scritti a pennarello. Ne conto almeno otto dei Beatles e da qualche parte, nella mia mente, spunta il ricordo di mia madre che mi porta a scuola mentre ascoltiamo *Something* a tutto volume in auto.

In una bacheca di sughero ci sono foglietti, biglietti dell'autobus, una foto con lei e mio padre giovanissimi e poi un'altra con una ragazza che non ho mai visto.

Mi chino a osservarla meglio e il cuore mi si blocca di nuovo.

'Non è possibile'.

Stringo la foto tra le mani, la analizzo alla luce della lampada e il respiro mi rimane incastrato in gola.

Esco di corsa dalla stanza, mi infilo due giubbotti e le prime scarpe che mi capitano a tiro e corro fuori.

«Ali!» mi chiama Nate dall'ingresso. «Dove pensi di andare?»

«Da Lea!» gli urlo, senza fermarmi.

# Capitolo 22

*dorothea*
Taylor Swift

*Guardo davanti a me l'eccentrica ragazza che sonnecchia con la testa all'indietro, appoggiata al sedile del vagone. Sui capelli viola ha un cappello verde che ritrae il Grinch, da cui sbucano orecchie forate da almeno una decina di orecchini che dondolano seguendo il movimento della metro.*

*«Non è buona educazione fissare, Ali» mi richiama la mamma, seduta accanto a me. Colta in flagrante, distolgo lo sguardo dalla ragazza e lo rivolgo alle punte dei miei piedi nascoste dalle scarpe dalle scarpe da ginnastica, mentre una canzone di Natale si diffonde con un fruscio dagli altoparlanti. Dopo qualche secondo, però, ci ripenso.*

*«Tu fissi sempre le persone!» rimbrotto.*

*Lei sorride e, per un attimo, quella strana espressione che ha sul volto da quando si è svegliata, stamattina, sembra sparire.*

*«Hai ragione» concorda. «Non posso certo sgridarti per qualcosa che hai imparato da me... Ma noi due siamo davvero* troppo *curiose ed è un difetto... o, almeno, gli altri lo considerano tale» ridacchia.*

*Annuisco soddisfatta di aver avuto ragione e torno a guardare la ragazza, anche perché un po' invidio il fatto che riesca a dormire su questi sedili di plastica dura. Mamma mi ha fatta alzare prestissimo stamattina, anzi, in verità siamo quasi sgat-*

*taiolate via dalla camera dell'hotel in cui alloggiamo in questi giorni, anche se ci torniamo quasi esclusivamente per dormire, visto che lei sembra decisa a mostrarmi ogni angolino della città. O forse, ciò che mi attira di più nella passeggera che mi sta di fronte sono i leggings blu e fucsia che ritraggono una galassia.*

*«Ali» mi richiama la mamma, alzando il mento verso la ragazza, «qual è la sua storia, secondo te?»*

*«Possiamo fissare, quindi?» domando, gongolante.*

*Sorride di nuovo. «Solo un pochino e stando attente a non farci scoprire».*

*Ci penso qualche istante, quei leggings sono meravigliosi. «Secondo me è un'appassionata di spazio».*

*«Quindi è un'astronoma?» mi domanda.*

*«Astro...?»*

*«Una persona che studia le stelle, un lavoro bellissimo».*

*«Anche il tuo lavoro lo è» rifletto.*

*«A me in effetti piace molto».*

*«E poi i tuoi disegni sono fantastici».*

*«Grazie, amore» dice, lasciandomi un bacio sui capelli. «Ma, sai, le stelle sono importanti. Pensa ai marinai, le studiano ogni notte, sapendo, però, che non le raggiungeranno mai. Pensa a noi, che quando ne vediamo una cadere dal cielo chiudiamo gli occhi ed esprimiamo un desiderio. Hanno qualcosa di unico».*

*«Sei più strana del solito» le dico, punzecchiandola con il medio. «E poi, si può sapere dove stiamo andando?»*

*«Devo incontrare una persona».*

*«Una persona,* chi*?»*

*Sbuffa. «Non ti preoccupare, però so che ha da poco preso un gatto, magari puoi giocare con lui».*

*Mugugno qualcosa, un po' più convinta. «E perché papà non è venuto?»*

*Lei scrolla le spalle.*

*«È perché avete discusso ieri sera?» insisto.*

*«A tuo padre non piace Londra. Non si sente a suo agio, qui».*

*«Perché?»*

*«È una vecchia storia».*

'Apri, apri, apri, maledizione'.

Mi attacco al campanello con la testa che mi gira, non saprei dire se la causa sia la mia temperatura corporea forse in risalita o se è ciò che sta accadendo nel mio cervello.

«Apri, Lea!» ringhio, battendo i pugni sul legno del portoncino blindato che mi restituisce il favore infliggendomi una fitta di dolore al polso.

La serratura scatta e si apre un varco sull'appartamento.

«Ali? Ma cosa diavolo...»

Non do tempo a Lea di finire di parlare e nemmeno di aprire completamente la porta, che io e le domande che mi stanno tormentando siamo già entrate. Mi piazzo al centro della sala, registrando distrattamente i capelli di Lea aggrovigliati sulle spalle, il naso rosso e gli occhi gonfi sul viso sciupato che spunta da un maglione verde asparago.

«A cosa devo il piacere?» domanda con una smorfia tra il seccato e il divertito, poi si soffia il naso in un fazzoletto nascosto nella manica del maglione. «Sei sempre la benvenuta, lo sai, ma in questo preciso momento stavo dormendo».

«Cos'è questa, Lea?» dico, saltando i convenevoli e srotolandole davanti agli occhi la fotografia che ho staccato dalla bacheca di mia madre. Lea me la toglie di mano per guardarla meglio, poi me la allunga di nuovo. La sua espressione muta, si fa subito seria, più contratta.

«Cosa mi stai chiedendo?» dice con tono fermo.

«Perché non me l'hai detto? Perché non mi hai detto che la conoscevi? O forse... non sapevi che io sono sua figlia?»

«Non saperlo?» domanda, con tono amaro. «Siete due gocce d'acqua. Ogni volta che ti guardo mi sembra di rivederla».

La guardo incredula. La rivelazione ha il peso di una bomba che mi deflagra nel petto.

«Ti faccio un tè» mormora Lea, entrando rapidamente in cucina.

«Non voglio nessun tè» alzo la voce, riscuotendomi e inseguendola. «Voglio che mi spieghi, che mi dici che cosa c'è sotto. Non capisco niente».

«Ne parleremo quando staremo entrambe meglio, Alison» risponde, rigida, mettendo un bollitore sul fuoco.

«No» urlo. «Ne parliamo *adesso*».

«Bene» sbotta, girandosi di nuovo verso di me. «Vuoi sapere perché non ti ho detto che non solo io conoscevo tua madre, ma che ero anche la sua migliore amica? Vuoi saperlo? Perché tuo padre me l'ha fatto giurare. Altrimenti, sarebbe venuto a riprenderti lui stesso, settimane fa».

«Mio padre?» domando sorpresa.

Lea si lascia cadere su una sedia e io faccio altrettanto, ci guardiamo negli occhi.

«Ti prego, Lea, parlami» la supplico, stringendo la foto che la ritrae tra le mani. Ho corso fin qui, tenendola piegata nella mia tasca, ma senza lasciarla per un secondo. Il cuore aveva iniziato a battermi a mille nel momento stesso in cui avevo riconosciuto nello scatto Lea, una sua versione più giovane, ma altrettanto variopinta della donna che mi ha dato un lavoro, degli amici e la possibilità di trovare un po' di felicità. Accanto a lei, zigomo contro zigomo, mia madre, adolescente, felice, sana, viva. La pelle chiara arrossata dal sole. Era estate, quando l'obiettivo le aveva fermate per sempre in quel momento. Come era successo con la fotografia all'ingresso di casa dei miei nonni, anche stavolta, rivederla in una posa inedita era stato un regalo inatteso, un modo per sentirla più vicina, più presente, ma vedere Lea era stato come fare una doccia gelata.

«D'accordo, Ali» sospira lei. Si alza gli occhiali sopra la testa e mi guarda negli occhi. Noto le sue iridi lucide. «Ti racconterò tutto, ma promettimi che tu proverai a capirmi».

Lea mi studia. Nella mia testa i pensieri si confondono e

le certezze assumono la forma di domande, una su tutte: perché non me l'ha detto? Il respiro mi resta bloccato in mezzo ai polmoni mentre mi obbligo ad annuire, rigida come una statua di sale.

Lei serra le palpebre e inspira, si concentra. Noto che sta cercando di mantenere sotto controllo l'agitazione, un'agitazione che colpisce anche me.

«Io e tua madre ci siamo incontrate in un giorno di pioggia quando avevamo più o meno dieci anni. I miei genitori avevano da poco aperto l'Holmes, che non era esattamente come è ora. In quel periodo, nel locale si faceva soprattutto musica dal vivo, rock, punk, ma anche classica e un po' di jazz... L'obiettivo finale dei miei, però, era quello di creare uno spazio culturale aperto, vivace, eterogeneo ed è così che, pian piano, sono arrivati i libri, la mia passione» fa una pausa. Il bollitore inizia a fischiare e Lea va a spegnerlo.

«Mi ricordo quel pomeriggio fatidico come se fosse ieri» dice, versando l'acqua bollente in due tazze. «Pioveva tantissimo, sembrava un vero e proprio nubifragio. Tua madre e i tuoi nonni si infilarono all'Holmes per proteggersi dall'acqua che cadeva praticamente a secchiate, erano le uniche persone che avevano avuto il coraggio di uscire con quel tempaccio. Ero seduta sopra al bancone e leggevo l'ultimo numero di *Garfield* quando loro tre sono entrati, fradici come pulcini. Non sto scherzando: ai loro piedi si apriva proprio una pozzanghera». Lea ride e per un attimo mi sembra che il tempo si confonda e di poterla vedere, bambina, intenta a sfogliare un fumetto. «Mio padre preparò del tè bollente, come questo» indica le tazze «e lo bevemmo tutti insieme aspettando che spiovesse e che si asciugassero. Gli adulti iniziarono subito a parlare di noiose cose da adulti e, in fretta, il mio sguardo e quello di tua madre si trovarono. Ci sorridemmo quasi all'unisono, un po' timide entrambe, a quei tempi, e iniziammo a giocare ad acchiapparella tra i tavoli del locale deserto. Diventammo grandi amiche, ci vedevamo quasi tutti i giorni: di solito era tua madre a passare dall'Holmes dopo scuola, prima di andare a casa. Facevamo i compiti insieme, ci confidavamo i segreti e rubavamo dolcetti per merenda. Siamo cresciute insieme, una accanto all'altra... Sostituimmo acchiapparella con attente analisi di riviste per ragazze, passeggiate in centro a studiare le vetrine e chiacchiere, tantissime chiacchiere. Dio, parlavamo sempre! Tua madre era quella creativa, si iscrisse alla scuola d'arte dove ottenne voti eccellenti, io invece passavo tutto il mio tempo a spulciare mercatini di libri o a studiare vecchie critiche. Poi, la sera, lavoravamo insieme all'Holmes. Eravamo poco più che adolescenti e ci divertivamo tantissimo, potevamo ascoltare gratis tutte le nuove band e assaggiare di nascosto gli alcolici che servivamo. Sembrava tutto perfetto, avevamo persino deciso che finita l'università avremmo lavorato insieme... Sognavamo di aprire una casa editrice di libri per bambini» lo sguardo di Lea si fa vacuo. Abbassa gli occhi, toglie la bustina di tè dalla tazza e la appoggia su un piattino. Io sono come paralizzata. È la prima volta che sento questa storia, è la prima volta che sento parlare così di mia madre. Quanti dettagli mi sono persa? Quante cose non saprò mai di lei? Una morsa mi stringe il cuore e mi sembra di faticare a respirare.

«Una sera, però» riprende Lea e capisco che parlare le costa uno sforzo, «entrò un ragazzo. Non era bello, non nel senso più tradizionale del termine almeno, ma aveva un discreto talento che ti faceva dimenticare il resto. E poi era un po' timido, impacciato. Non era mai stato a Londra prima e cercava un posto in cui esibirsi... Hai capito di chi sto parlando, vero?»

Annuisco senza fiatare, tesa come la corda di un violino.

«Mio padre decise di ingaggiare Hunter Moss per qualche serata. Cantava vecchie canzoni folk un po' rivisitate, da solo e con una chitarra sgangherata, eppure, già alla prima nota il pubblico iniziava a commuoversi».

«Non lo sento suonare da anni» commento, con la gola secca e la sensazione di stare camminando su un pavimento di vetri rotti.

«Lo so...» sussurra Lea. «E so anche il motivo. Vedi, Ali, prima di fidanzarsi con tua madre, tuo padre chiese a me di uscire».

«A te?!» esclamo, senza riuscire a trattenere la sorpresa.

«Per un po', facemmo coppia. Mi piaceva, Hunter e tanto, tantissimo. Forse ne ero innamorata, forse era più una cotta: avevo giusto un paio di anni più di te, lui era così intenso e io ancora inesperta in faccende di cuore... Ma poi accadde una cosa tremenda che rovinò tutto».

Lea fa una pausa, il suo viso è una maschera indecifrabile, su cui vedo agitarsi rimorso e sofferenza. Prende fiato.

«L'Holmes era pieno zeppo e avevo lavorato tutta la sera senza fermarmi. Decisi di prendermi una pausa e uscii a fumare una sigaretta. In quell'esatto istante, vidi Hunter e tua madre dall'altra parte della strada. Parlavano animatamente, temevo stessero litigando e credo che, in effetti, lo stessero facendo. Stavo per intervenire, lei fece per andarsene, ma lui l'afferrò e la riportò a sé, baciandola. Lei lo scacciò e per un istante sperai, sperai davvero che solo lui si stesse comportando da bastardo, ma quando Hunter la richiamò e la riportò tra le sue braccia, lei cedette. Si scambiarono un bacio lungo, profondo, che non lasciava spazio a dubbi e che mi distrusse il cuore».

Deglutisco, immaginandomi la scena, immaginandomi il dispiacere di Lea, il modo in cui doveva essersi sentita nel vedere la propria migliore amica insieme al proprio ragazzo.

«Fu terribile, per me. 'Stronzi, bastardi' urlai. Tua madre provò a raggiungermi, provò a scusarsi, provò di tutto, ma io... io ero a pezzi. Quando i miei genitori mi chiesero come mai erano entrambi spariti dalla circolazione, io gli dissi tutto. Mio padre bandì Hunter dall'Holmes e lui non riuscì a trovare altri locali a Londra in cui esibirsi. La sua carriera naufragò a causa del capriccio di una ragazzina. Non aveva soldi, doveva tornare in Scozia e tua madre decise di seguirlo».

«Partirono insieme?»

Lea tossisce. «Diavolo, per parlare di queste cose servirebbe quanto meno un whisky, invece mi tocca bere una stupida tisana da vecchia».

Prova a sdrammatizzare, ma io sento che il racconto non è finito, che c'è ancora altro, qualcosa di peggio, forse.

«Partirono insieme. I tuoi nonni ne furono distrutti, ma tua madre avrebbe seguito Hunter ovunque e viceversa: si amavano terribilmente, non l'avevo capito quando li avevo allontanati. Passò qualche anno, nascesti tu. Tua madre mi scrisse, riallacciammo i rapporti, lei e io. Guardavamo *Gilmore Girls* insieme, a volte, sai? Al telefono, mentre tu eri all'asilo o facevi i compiti. Avevo trovato il modo di perdonarla, ma tuo padre non aveva trovato il modo di perdonare me: per lui, ero solo la stronza che aveva mandato a puttane i suoi sogni. Poi, a Natale, poco meno di una decina di anni fa, me la ritrovai davanti alla porta, c'eri anche tu. Iniziasti a giocare con Dasher, non so se te lo ricordi...»

Deglutisco, mentre un ricordo vecchio, quasi cancellato riaffiora nella mia mente, insieme alla sensazione di aver già accarezzato il pelo di quel gatto, la prima volta in cui ero stata da Lea con Sam.

«... E lei mi disse che aveva un cancro. Niente di grave, aggiunse. Curabile. Ma aveva voglia di vedermi. Durò poco, quella visita. Tornata a casa si operò, ma questa parte della storia la conosci anche tu».

«È guarita, è stata meglio. Ma poi il cancro è tornato» riassumo pragmatica, perché non voglio sentire Lea parlare di questo periodo. Non voglio riviverlo. Capisco che l'unica cosa che voglio, in questo momento, è sapere altro di mia madre, venire a conoscenza di nuovi frammenti della sua vita, poterla immaginare in situazioni che non ho mai vissuto... Lea, però, si morde il labbro, vedo che trattiene a stento le lacrime, le stesse che bagnano anche i miei occhi. «Mi chiese di andare a trovarla, ma io avevo paura di incontrare Hunter. Erano passati quindici anni, eppure qualcosa mi frenava. Mi vergognavo di ciò che avevo fatto e sapevo che lui mi odiava. Aspettai e aspettai, finché fu troppo tardi. Un giorno chiamai sul suo cellulare e mi rispose tuo padre, mi disse che era morta, mi disse di non cercarvi più».

Lea prende la fotografia che ho lasciato sul tavolo, la accarezza. «Quando ho visto la tua candidatura quasi non ci credevo, Alison Moss, da Wyemouth in Scozia. La foto sul curriculum non lasciava spazio a dubbi. Non avevi alcuna esperienza, ma la tua lettera lasciava trapelare una passione per i libri che mi elettrizzava e non solo... Percepivo una vena di disperazione nelle tue parole. Volevi lasciare casa tua e venire in città, anche subito, ma sapevo che non avevi esperienza e che non ti avrebbe mai assunta nessuno... E così risposi di getto, senza pensare, giustificando la mia contravvenzione alla regola di Hunter dicendomi che eri stata tu a cercarmi, non il contrario. Potevo riavere un pezzo di tua madre, potevo aiutare te, come non avevo aiutato tuo padre. E tu sei venuta davvero e mi stai dando il modo di redimermi... Ma, non mi conoscevi, non potevo dirti la verità, non subito. Ho chiamato tuo padre, ti ricordi, quella volta in cui mi hai consolata perché piangevo?»

Annuisco, ricollegando i pezzi. «Gli ho detto che eri qui, che ti tenevo d'occhio e lui mi ha convinta a non rivelarti niente, di lasciarti vivere senza il peso dei nostri fantasmi... Ma tu l'hai scoperto comunque».

'Senza il peso dei nostri fantasmi'.

«Ha detto veramente così?» domando, incredula perché, se tutto ciò che mi ha rivelato Lea mi confonde, pensare a questa affermazione pronunciata da parte di mio padre è quasi scioccante. Lui, che mi ha rovinato la vita per cinque anni, ha trasformato la mia esistenza in un inferno quotidiano, chiedeva alla persona che mi stava aiutando a trovare la mia strada di non dirmi la verità?

«Ti voleva proteggere».

«Sei sicura di aver parlato con lui?» chiedo sarcastica.

«Tuo padre è malato, ma credo che la tua partenza gli abbia dato una scossa. Si sta curando».

Le sue parole sono un fulmine che squarcia il cielo, la crepa nel cemento che distrugge la diga.

«E dovrei esserne felice?» ringhio. «Dovrei perdonarlo per tutto il male che mi ha fatto? Non poteva curarsi prima, quando avevo bisogno di lui?»

Lea si chiude nelle spalle. «La vita è difficile, Ali. A volte fa schifo, ci piazza solo muri davanti, ma se troviamo qualcuno che quel muro ci aiuta a superarlo o ci indica la strada per aggirarlo, impariamo che ci sono cose che la nostra mente non può fare, ma il nostro cuore sì».

Sfiora la mia mano, abbandonata vicino alla tazza ancora intonsa. «Non odiarmi, Ali, ti prego. Ti ho mentito perché me l'ha chiesto tuo padre, ma anche perché temevo che sapendo la verità ti saresti allontanata da me. Forse sono stata un po' egoista... Ma sono convinta che in un modo o nell'altro, questo ciclo di rancore vada chiuso... L'odio ci distrugge e basta».

'L'odio ci distrugge e basta'.

Chiudo gli occhi, pensando a Cornelia Street, pensando a quando ho scritto per la prima volta che è l'amore a distruggere e decine di persone mi hanno detto che non è vero. Continuo a chiedermi che cosa siano, quest'odio e quest'amore che fanno impazzire il mondo e le persone.

'Devi promettermi che avrai coraggio, che vivrai con ogni briciolo della tua anima. Promettimi che vivrai. Vivi, Ali'.

«Non ti odio, Lea. Non potrei mai» dico, a fior di labbra, guardando la mia capa, la mia amica, la donna che mi ha spinta a scrivere per la AWS, che mi ha presentato Natalie, che mi ha mandato Nate per curarmi, che mi ha dato un lavoro bellissimo e più occasioni di felicità e divertimento in questi ultimi mesi di quante ne ho avute negli ultimi cinque anni. Il suo viso non è più giovane e spensierato come nella fotografia in mezzo a noi, quella di due amiche che non sanno ancora che la vita riserverà loro grandi difficoltà, ma gli occhi sono gli stessi, forse persino più brillanti.

«Mi manca» sussurra, il suo polpastrello raggiunge il viso giovane di mia madre. «Avrei dovuto esserci».

«Ci sei ora» le dico e le mie braccia cingono le sue spalle.

*L'amore crea.*

# Capitolo 23

*Block me out*
Gracie Abrams

Mi stringo nel giubbotto mentre mi dirigo in fretta a casa con la testa pesante e una sensazione sconosciuta addosso. Come si suppone mi dovrei sentire in questa situazione? Lea mi ha mentito per mesi, ma l'ha fatto perché mio padre gliel'aveva fatto giurare.

E lui, lui mi ha... *protetta*? Mio padre, lo stesso che mi ha detto che gli facevo schifo, mentre un suo amico mi metteva le mani addosso? Lo stesso che sbraitava quando non l'aspettavo per cena? Lo stesso che ho dovuto recuperare più volte in giro per Wyemouth perché era troppo ubriaco per tornare a casa? Lo stesso che si è perso il mio diploma, i compleanni e ogni altro piccolo traguardo della mia vita negli ultimi cinque cazzo di anni?

Il sangue è un liquido nero che entra nel cuore e viene pompato in tutto il corpo, infettando ogni organo. Sono così arrabbiata e frustrata che quasi tremo.

'L'odio distrugge tutto'.

Le parole di Lea sono una persecuzione, si infilano in ogni pensiero, in ogni imprecazione mentale che lancio all'uomo che ha rischiato di rovinarmi la vita.

'L'odio distrugge tutto'.

'L'odio distrugge tutto'.

'L'amore crea'.

E forse ha distrutto anche me perché, quando riapro la porta di casa e vedo Nate, che fischietta davanti al fornello, esplodo.

Le lacrime che ho trattenuto per anni si affollano nei miei occhi tutte insieme. Il pianto scoppia all'improvviso e ha la potenza di una lama che mi squarcia il petto.

«Ali!» accorre Nate.

Mi accascio al suolo, stremata. Le sue braccia mi cingono, non dice una parola. Si limita a cullarmi e a dirmi che va tutto bene.

Non so per quanto piango.

Vado avanti finché la gola brucia, finché la testa inizia a pulsare e a farmi male, e poi anche oltre, finché non sento più niente e tutto viene inghiottito nel buco della mia disperazione.

Non so da quanto non piangevo così. Forse dalla morte di mia madre perché, dopo, si sono aperte le porte dell'inferno e io mi sono concentrata solo sul sopravvivere, sul far sopravvivere mio padre, l'unica famiglia che avevo. Il mio mondo si è chiuso gradualmente, senza che me ne accorgessi, e ogni cosa è diventata buia, la luce ha smesso di toccarmi, di illuminare la mia strada.

«È come se fossi tutta nera» singhiozzo. «È come se fossi vuota».

La stretta delle braccia di Nate aumenta.

«Non sei nera, non sei vuota» mi rassicura. Le sue labbra si posano sui miei capelli. «Okay, i tuoi abiti in realtà neri lo sono» aggiunge, dopo un paio di secondi. «Almeno quando non ti convinco a indossare fantastici vestitini rosa». Non so come ci riesca, ma mi strappa una piccola risata anche in un momento come questo e grazie alla piccola pausa dai singhiozzi riesco a mettere un freno anche agli spasimi dei miei polmoni.

Mi appoggio a lui, aspettando che le lacrime si asciughino. Siamo seduti sul pavimento, io a cavalcioni di Nate, con la testa incastrata tra il mento e la spalla.

«Non sono nera quando ci sei tu» confesso, dopo un po', il mio respiro sul suo collo che profuma di lavanda.

«Ali, non dirti sciocchezze. Hai presente quando mi hai tirato un pugno fuori dall'Holmes?»

«Sì» dico, arrossendo un pochino al ricordo. «Cosa c'entra?»

«Ecco, in quel caso mi hai fatto vedere le stelle. E ti assicuro che le stelle sono molto luminose».

Gli rifilo un pugno sul braccio. «Io sono seria e tu mi prendi in giro?»

«Il problema è proprio questo. Tu sei *troppo* seria, Alison Moss. Dovresti imparare a lasciarti andare, la vita a volte può sorprenderti... tipo quando la mia mi ha sorpreso con il suddetto pugno sul naso».

«Continua a non sembrarmi un gran bell'esempio».

«Come no? Siamo usciti insieme quella sera».

«Ti ho accompagnato a prendere del ghiaccio».

«Era un appuntamento» insiste Nate.

«Non lo era, non ho mai acconsentito a uscire con te perché tu non me l'hai mai chiesto».

«E se te lo chiedessi ora?»

Il mio battito accelera, sospiro.

«Io...»

«Calmati, Ali» dice, mettendomi una mano sulla schiena. «Sto scherzando, non c'è bisogno di fuggire via a gambe levate».

«Non volevo fuggire» borbotto, sentendo il viso incandescente.

«Allora voleva farlo solo il tuo cuore» ride lui, ma è una risata strana, che non comprendo. Poi ruota un po' la testa e posa le labbra sulla mia fronte con un gesto che mi fa sciogliere e avvampare al tempo stesso.

«Scotti di nuovo» dice, a bassa voce.

'Stava solo controllando se avessi la febbre' realizzo, con un moto di delusione.

«Alziamoci da terra, ti prendo il termometro».

*

Il resto della giornata scorre in modo quasi surreale. La febbre si è alzata, ma di poco e con il paracetamolo in corpo mi sento quasi rinata. Mentre mangiamo della pizza consegnata a domicilio, faccio un riassunto a Nate della mia conversazione con Lea. Lui mi lascia il tempo di dargli dettagli forse inutili, non mi interrompe mai e sembra ascoltare con grande attenzione le mie parole.

«Sono d'accordo con Lea, comunque. L'odio porta solo ad altro odio. Lea ha odiato tuo padre e l'ha ferito, lui ha odiato lei e, in mezzo, c'era tua madre che ha perso due volte» considera Nate, con la bocca piena.

«Be', ha anche rubato il fidanzato alla sua migliore amica...» commento, senza ancora sapere come collocare dentro di me questa nuova informazione su mia madre, un lato di lei che non conoscevo e che stona un po' con tutto ciò che sono abituata a pensare. Ma che, per certi versi, l'ha resa di colpo umana, reale più di quanto non lo sia stata negli ultimi cinque anni. Più il tempo passa, più tendo a idealizzarla, lo so. E la rivelazione di Lea, invece, sapere che mia madre si è comportata come una normale ragazza innamorata, l'ha riportata sulla Terra, vicina a me.

«Le persone 'non si rubano', Ali. Vanno dove vogliono» dice Nate. «Non si è comportata da stronza o da bastarda perché lei *era* una stronza o una bastarda, ma perché quei due erano innamorati, di un amore senza appello, senza confini, senza leggi».

Deglutisco. «Non credo mi piacerebbe provare una cosa così».

Nate chiude il cartone della pizza. «Lo so» dice. «E così ritorniamo al punto iniziale: dovresti proprio imparare a lasciarti andare, ragazza nuova, sei troppo seria».

Gli faccio una linguaccia e poi mi tuffo sul divano, lui mi segue. Si massaggia la tempia. «Hai ancora mal di testa?»

«Pochissimo, forse sono riuscito a evitarmi la febbre, però» sorride, allunga una mano e dallo zaino prende un flacone arancione. «Vitamine» spiega. Gli lancio il telecomando e guardiamo *Appuntamento con l'amore*. Dopo pochi minuti, Nate lascia il suo divano per sedersi con me. «Ho freddo» dice, brandendo un lembo della mia coperta e infilandosi al di sotto. Le nostre gambe si intrecciano, sento il calore del suo corpo e, pian piano, il mio si rilassa. Esausta, mi addormento.

Mi sveglio stropicciandomi gli occhi e mi rendo subito conto di tre cose: la prima è che fuori è buio, devono essere almeno le otto, il che significa che ho dormito per quasi quattro ore; la seconda è che sto *davvero* molto meglio, mi sento più fresca e più riposata; la terza è che Nate non è più sul divano.

«Nate?» chiamo, ma poi sento lo scrosciare della doccia in bagno e mi tranquillizzo. Ma solo per un istante, perché subito dopo poi mi agito e sento una fitta al basso ventre per un motivo completamente diverso: ossia l'immagine che ha fatto capolino nel mio cervello di Nate, nudo, nel mio bagno.

'Ali, devi proprio finirla con questa storia' mi sgrida la mia vocina interiore, sempre ligia a indurmi a ragionare. 'Nate è stato chiarissimo, niente sesso tra voi due, mai, mai, mai'.

Sospiro e poi mi alzo, desiderando a mia volta di potermi buttare sotto al getto bollente per tornare a essere minimamente presentabile. Al che, ora, mi ritrovo a pensare a me e lui, *insieme*, dentro la vasca da bagno.

'Smettila!' mi rimprovera la vocina e io cerco davvero di darle retta. Decido di piazzarmi ai fornelli, rovistando nel frigo e nella dispensa alla ricerca di qualcosa di dignitoso da cucinare, qualcosa per ringraziare Nate di essere stato con me per tutto il weekend, ma non trovo niente che faccia al caso. Non faccio la spesa da almeno una settimana e si vede. Alla fine della mia ricerca, trovo del pane in cassetta, qualche fetta di formaggio e del prosciutto avanzato. Preparo dei toast che cuocio nel forno il cui timer ticchetta in modo ansioso e allegro al tempo stesso.

Dopo venti minuti, Nate esce dal bagno in una nuvola di vapore.

«Ehi, non mi aspettavo di vederti sveglia» dice, passandosi l'asciugamano tra i capelli umidi. Io mi sforzo di non sgranare gli occhi davanti ai suoi muscoli, che mai avrei indovinato sotto ai vestiti. Il corpo di Nate è asciutto, la pelle soda, qua e là individuo delle lentiggini che gli decorano la pelle chiara come se fosse stato un pittore a metterle a una a una. Non ha i muscoli scultorei che avevo visto nella foto di Sam, per esempio, ma la linea dei suoi addominali è definita e lo stesso vale per quella dei pettorali. È il corpo di un ragazzo normale, che non passa il suo tempo in palestra, ma che, magari, ogni tanto si allena a casa. È semplice, come lui. Naturale, come lui.

'E bello da togliere il fiato'.

Si volta di profilo e io noto il tatuaggio dell'arco che avevo intravisto quella volta nello spogliatoio dell'Holmes, quando la sua maglietta si era bagnata e avevo potuto scorgere la presenza dei tratti neri dell'inchiostro. Ora ce l'ho davanti e studio la freccia che punta verso l'alto, l'arco teso fino al punto di scoccarla. Sto per chiedergli che cosa significhi, ma sento la gola secca. Me la schiarisco.

«Ho preparato la cena» dico, cercando di avere un tono neutro.

«Oh» fa lui, infilandosi una maglietta che prende da una delle borse con cui è arrivato a casa mia, ieri mattina. «Sei stata gentilissima, ma devo andare» dice, spruzzandosi addosso un profumo. Un aroma di lavanda, il *suo* aroma di lavanda, mi invade i sensi, attentando ai miei ormoni, ma la delusione per la sua partenza è più forte del resto.

'Prima o poi doveva capitare' prova a consolarmi la vocina, ostentando una saggezza che non possiedo realmente.

«Allora incarto la tua parte, così te li porti via. Io non posso mangiarmi certo tutto questo cibo» dico, con voce atona, togliendo la teglia carica di toast dal forno. Sulla carta da forno, il pane si è dorato perfettamente e il formaggio cola dai bordi.

«Non credo ne avrò bisogno, Ali» risponde lui. «Sto uscendo a cena».

«Ah» ribatto secca, perché è ovvio che sta uscendo a cena, è Nate, avrà duecento amici con cui vedersi di domenica sera invece di stare a casa con la ragazza che l'ha rifiutato e che poi quando lui ha smesso di inseguirla gli ha chiesto di fare sesso con lui, dopodiché è stato praticamente obbligato dalla donna che ha fatto in modo che la suddetta ragazza potesse avere la possibilità di essere qui, a Londra, con lui, a occuparsi della stessa, influenzata, per quasi quarantotto ore, rischiando per altro di ammalarsi a propria volta.

Lo capisco, è ovvio che voglia andarsene, ma perché a me fa così male vederlo prepararsi per la sua serata?

Torna in bagno e lo sento infilarsi dei jeans.

«Scusa, sono anche in ritardo» dice.

«Non importa» provo a rispondere, con il tono informale e tranquillo di una ragazza per niente delusa. Solo amici, giusto? Devo comportarmi da amica, posso farcela.

'Quei toast me li mangerò davvero tutti per compensare e magari mi ordinerò anche una dose doppia gelato' penso, avvilita, e sto già pensando di partire all'attacco del primo quando il suo cellulare inizia a squillare.

«Puoi guardare chi è, per favore?» urla dal bagno. «Esco tra un attimo».

Lo cerco in fretta sul divano, seguendo la suoneria a tutto volume.

«Trovato!» esclamo, ma quando leggo il nome sullo schermo il mio umore crolla ancora un po'. «È Sarah».

Nate esce, ora completamente vestito, ma un secondo prima di passargli il telefono la chiamata si interrompe.

«Benissimo, ora sì che sono dei guai» commenta tra sé e sé, poi sbuffa. «Grazie, Ali».

Le nostre dita si incrociano mentre gli allungo il suo cellulare e io indugio un secondo di troppo nel protrarre il contatto. Alzo lo sguardo, come attratta da una forza magnetica, e cerco nelle sue iridi qualcosa... O, forse, lo supplico di cercare nelle mie qualcosa che non so dire ad alta voce, perché nemmeno io so cos'è.

«Sei pronto?» gli chiedo, poi sbatto le palpebre e abbasso lo sguardo. «Stai molto bene». E dico la verità, i jeans scuri sono gli stessi che ha avuto in questi due giorni, ma sopra indossa un maglione grigio, dall'aspetto un po' vintage. Un nodo mi si stringe alla gola. Possibile che solo poche ore fa ero tra le sue braccia e lui mi consolava sul pavimento, e ora esce con la sua ragazza?

«Ti piaccio solo perché ho usato i tuoi colori preferiti» scherza, ma stavolta non riesco a sorridere. «Tutto bene?» chiede, studiandomi.

«Sì» mi sforzo di dire. «È solo che...»

«Che cosa?»

Si avvicina e mi sistema una ciocca di capelli dietro l'orecchio. Mi ritrovo nei suoi occhi neri. Come fanno due occhi così scuri a sfavillare?

«Cosa c'è, Ali?» insiste, con tono più perentorio. «Sei ancora turbata dall'incontro con Lea?»

Mi mordo il labbro, non so cosa dire. «No, no, non è quello» butto fuori. «È solo che...»

«Cosa?»

Sospiro. «Niente, lascia stare».

Nate deglutisce, la sua mano si stacca dai miei capelli. Si gira per indossare il suo giaccone, mentre resto impalata a guardarlo con il cuore che si crepa un po' e la malinconia, la nostalgia di lui, che non è ancora andato via ma già non è più qui, che si infila in quelle stesse crepe.

«Ciao» mormora.

«Ciao» sussurro.

Apre la porta, stringo i denti. Fa un passo fuori e fa per tirarsela dietro, ma poi la riapre di colpo.

«Dio, Alison!» esclama. «Io non ti capisco».

«In che senso?» domando, stupita.

Si avvicina a grandi passi e me lo ritrovo ancora davanti, a pochi centimetri da me.

«Perché non mi dici di fermarmi? Perché devi essere sempre così... così...» sbotta e per la prima volta da quando lo conosco, sembra irritato, cosa che per qualche motivo irrita anche me.

«'Così' come? Sentiamo» domando con le mani sui fianchi e il tono battagliero.

«Spaventata! *Così spaventata.* Vuoi che resti?»

«Non voglio che resti» dico, stringendo le labbra.

«Invece sì, ma non riesci ad ammetterlo perché hai paura di fidarti, di affidarti a chiunque, me compreso! Io ti piaccio, perché non lo puoi accettare?»

«E anche se l'ammettessi cosa cambierebbe? Tu sei stato chiaro: non vuoi fare sesso con me».

«Certo che non voglio fare sesso con te, Alison! Io ti voglio *tutta*, voglio ogni parte di te, non una scopata e basta!»

Le sue parole mi bloccano. Le ha dette veramente o me le sono immaginate?

«Sei tu a non volere me, piuttosto» mi rimbecca. «Intendo in un senso che vada oltre quello fisico. Tu vuoi che ti baci, vero? Forse vuoi pure che ti spogli, che ti prenda, qui, su questo divano. E credimi, sarei felice di farlo. Ma poi, Ali? Dopo? Io non credo che mi sarebbe sufficiente» confessa. «Perché ne ho baciate di ragazze, ma quando ho baciato te è stato diverso e quel 'diverso' mi sta assillando».

Ho gli occhi sbarrati, lo so, come so che probabilmente ho un'espressione da sciocca sul viso, ma il mio cuore sta per uscire dal petto e correre dal suo. La testa, però, non demorde e separa, analizza, studia ogni parola che ha appena pronunciato perché stenta a credere che Nate abbia davvero detto queste cose.

«Forse...» provo a dire, ma sono troppo sconvolta e non riesco ad andare avanti.

«Forse?» chiede lui, e il suo volto è incredibile. Gli occhi scintillano, le labbra sono a un passo dalle mie, l'espressione serena di sempre ha ceduto il posto a una più accesa, la mascella contratta e il corpo proteso in avanti, in attesa.

«Forse c'è qualcosa di più» mi ritrovo a dire, quasi forzandomi, liberando la verità dalle barricate che proteggono il mio cuore.

«Allora chiedimi di restare, Ali» dice Nate che ora è vicinissimo. «Chiedimi di restare e io chiamo Sarah, le dico che è stato bello, ma non posso continuare a vederla se so di avere una possibilità, anche minuscola, con te».

Inghiotto la saliva, cercando di capirci qualcosa, ma la verità è che sono confusa, che è stata una giornata densa e che io non posso, non posso, non posso...

'Non posso'.

Nate aspetta un paio di secondi, poi abbassa lo sguardo e fa un passo indietro. Rimette distanza tra noi. Sul suo volto leggo ora i segni di una delusione cocente.

«Sono stanco di questo gioco di inseguimenti, Alison» mormora. «Buona serata». Si volta e torna alla porta con passo deciso.

E io mi odio, mi odio perché non sono capace a dirgli ciò che voglio, mi odio perché ha ragione, sono troppo spaventata, mi odio perché non ho la forza di fare nemmeno quello che ho promesso a mia madre, provare a vivere, provare ad avere coraggio.

'L'odio distrugge tutto'. Le parole di Lea mi tornano in mente e, non so come, prendono il sopravvento. La parte del mio cervello che non controllo è più sveglia di quella che tengo sotto stretta vigilanza.

«Resta, Nate. Non andartene».

# Capitolo 24

*"Slut!" (Taylor's Version)*
Taylor Swift

Nate copre la distanza tra noi e in un battito di ciglia le sue labbra sono sulle mie. Il suo bacio mi toglie il fiato, la paura, l'ansia, semplicemente: tutto. Ogni pensiero, ogni angoscia prima si piegano e poi si disintegrano sotto al tocco deciso della sua bocca che stavolta non è morbida, non è calma, ma cerca e prende con un'urgenza di cui anche le sue mani sono vittime innocenti. Mi cinge la vita, mi trascina a sé, mi stringe come se non volesse più lasciarmi andare e io, intanto, mentre mi avvinghio a lui, mentre bacio ogni centimetro della sua pelle che mi capita sotto le labbra, sento qualcosa dentro crollare, schiantarsi al suolo. Un muro alto e impenetrabile che lui sta abbattendo per far entrare, finalmente, la luce. Schiudo la bocca, lasciando che la sua lingua guizzi dentro alla mia e mi insegni una danza che, forse, prima di questo momento, non avevo mai realmente imparato. Abbandono ogni remora, mi dimentico di ogni 'se', di ogni 'ma' e mi arrendo a lui, realizzando che è proprio *questo* ciò voglio, ciò che cerco. Smettere di pensare e, semplicemente, vivere.

Nate mi prende il viso tra le mani, lo rivolge all'insù per sopperire alla differenza fra le nostre altezze e io allaccio le braccia attorno al suo collo, poi mi lascia, i suoi baci mi percorro la gola mentre le sue dita affondano nelle mie natiche, marchiando la mia pelle. Di colpo, mi tira su. Avvinghio le gambe alla sua vita per non cadere e i nostri occhi si cercano, si incontrano, si parlano. Nel nero delle sue iridi leggo una bramosia che lui non si sforza affatto di contenere e che invade il mio basso ventre come un'ondata di marea, mentre mi fa sedere su un mobile alto e mi spinge contro il muro alle mie spalle. La sua bocca si avventa di nuovo sulla mia, le sue dita trovano uno spiraglio e si infilano sotto al doppio strato di maglione e felpa che indosso. Il suo tocco sui fianchi mi fa rabbrividire, le sue mani sono come arroventate sulla mia pelle. La scarica elettrica che mi attraversa ha la potenza di un terremoto e mi fa desiderare di più. Cerco un modo per toccare il corpo che ho provato a non desiderare. Provo a levargli il maglione e lui fa un passo indietro, squadrandomi.

«Cosa c'è?» chiedo, con voce roca, riprendendo fiato.

«Non sai quante volte mi sono immaginato questo momento».

Mi lancia un sorriso sghembo che ha la forza di una palla demolitrice per le barriere del mio cuore e si ravviva i capelli, scostandosi un po'. «Comunque...» Si sistema un po' il maglione. «Non mi vorrai portare a letto senza neanche offrirmi la cena» dice, indicando con un cenno del capo la cucina e avvicinandosi di nuovo a me. Ci metto un attimo a capire a cosa stia alludendo, ma poi mi ricordo i toast.

«Non ho la minima intenzione di cenare, ora» borbotto, afferrando delicatamente la sua cintura per portarlo nell'esatto punto in cui era prima e ricominciare da dove ci siamo interrotti.

Nate riprende a baciarmi, ma sento che qualcosa è cambiato, non c'è più la stessa voracità di prima e le sue labbra sono tese in un sorriso che mi manda su di giri e al tempo stesso mi innervosisce.

«Perché sorridi?» mi chiede.

«Sei tu quello che sorride» ribatto.

«Allora siamo in due. Tu perché?»

«Non lo so» rispondo, e sono sincera, perché è come se semplicemente non potessi farne a meno, è come se non comandassi più nulla del mio corpo.

«Io sorrido perché sei brava a baciare, ragazza nuova» dice, dandomi un bacio che mi manda in visibilio, poi, mordendomi il labbro, si scosta ancora. Lo guardo con esasperazione.

«Non cerco una storiella, Alison» spiega, con tono più serio.

«Sì, mi pare che questo punto l'avessi già chiarito».

«Quindi, ho intenzione di fare le cose per bene».

Mugugno qualcosa, perché è un pensiero maledettamente dolce, ma, diamine, mi sembra di andare a fuoco e al tempo stesso di essere su un altro pianeta.

Nate mi bacia ancora, poi mi guarda dritto negli occhi. «Credimi, è difficile anche per me, ma ne varrà la pena».

«Smettila» brontolo, allontanando scherzosamente la mano con cui mi sta accarezzando.

«Di fare?»

«Di essere perfetto» lo fulmino.

Lui ride.

«Vieni, ragazza nuova. Mangiamo qualcosa».

I toast si sono raffreddati, ma a nessuno dei due pare importare. Li mangio meccanicamente, mentre provo a tranquillizzare i miei ormoni e a darmi un contegno. Mi convinco che abbia ragione, che sia meglio aspettare, che sia meglio se prima mi faccio una doccia, per esempio, e mi levo di dosso gli ultimi due giorni di brividi di freddo e sudore, come avevo pensato all'inizio di questa serata.

«Stai bene, Ali?» domanda, e io non so se si riferisce alle mie condizioni di salute generali o alla situazione della mia psiche attuale.

Lo guardo con occhi ridotti a due fessure. «Sì, perché?»

«Sei un po' rossa» mi sorride soddisfatto.

Gli faccio la linguaccia.

Lui si pulisce la bocca e prende il cellulare. «Esco un attimo, devo fare una chiamata».

«Devi avvisare la tua ragazza?»

«Non è la mia ragazza, è una con cui sono uscito qualche volta». Si sporge su di me e mi bacia: «*Tu*, da questo momento preciso, sei la mia ragazza. Segna la data e appuntati l'ora».

«Non siamo mai usciti insieme e ora sarei la tua ragazza?» lo punzecchio, sentendo dentro al petto un calore inedito.

«Appena ti sei ripresa ti porto in un posto, per rimediare» dice, sorridendomi.

«Hai organizzato in questi ultimi cinque minuti, per caso?»

«Ci penso da un pezzo, in realtà».

Mi strappa un sorriso, lui con la sua verità semplice e luminosa, senza bisogno di nascondersi dietro giochetti o pose, senza bisogno di proteggersi. Nate accetta ciò che la vita gli dà, mentre lui si offre e basta, così com'è. La sua autenticità è disarmante, come potrei non adorarlo mentre mi bacia sulla nuca prima di allontanarsi? La gioia che mi accende dentro è funestata dal pensiero che ora deve uscire e parlare con un'altra. Non sono gelosa, ma a disagio. Mi dispiace per lei, mi dispiace che per causa mia Nate la lasci perché la verità è che Nathaniel Lawrence è un tesoro più unico che raro e non oso immaginare cosa si provi a perderlo.

'Per perderlo devi averlo' suggerisce la vocina, tornata alla carica non appena la situazione ormonale è rientrata. Averlo significa avere cura di lui. Averlo significa aprirsi a lui. Significa confidare in lui, accettarlo così com'è nella speranza che lui faccia altrettanto con me. Significa lasciarsi andare, abbassare le difese, impegnarsi. Significa acconsentire alla possibilità di essere ferita un'altra volta, di essere delusa un'altra volta, di morire un po' un'altra volta.

Deglutisco, non so se sono pronta.

Non so se sarò in grado di farlo.

'Ma ci proverò'.

Raccolgo i piatti sporchi e quando li metto nel lavello sento la voce di Nate provenire dall'esterno. Mi scosto, perché non voglio sentire che cosa sta dicendo a Sarah, non voglio invadere la sua privacy.

Vado in bagno e mi butto sotto il getto bollente della doccia.

L'acqua lava via i residui degli ultimi giorni passati a letto, mi si abbatte sulle spalle con forza, sciogliendo i muscoli tesi a causa delle settimane incerte appena trascorse. Dalla sua assenza mentre era in visita ai genitori, al disastro che ho fatto sulla ruota panoramica, tutti gli spigoli vengono smussati e l'imbarazzo si riassorbe.

'Stiamo insieme' mi ricorda la mia testa, mentre afferro un asciugamano e lo uso per tamponarmi i capelli. Mi asciugo con il phon e dentro di me si fa largo la consapevolezza che sì, stiamo insieme.

Nate e io.

Lui il ragazzo di città, tutto sorrisi e cuore aperto, io l'ingenua della provincia, sempre vestita a lutto.

Mi sembra impossibile, eppure se non sto sognando, le cose stanno veramente così.

Esco con addosso l'accappatoio, non posso rimettermi i vestiti che ho usato in questi giorni e mi dirigo in camera dei nonni, ma sento la porta d'ingresso richiudersi.

«Nate?»

«Dove sei?» domanda.

«Mi sono fatta una doccia» mi blocco. «Ora mi vesto, perciò... prenditi il tuo tempo se ne hai bisogno» provo a dire, ma l'invito risulta troppo formale e io mi sento una stupida.

«Se hai detto che 'ora' ti vesti, significa che 'ora' non sei vestita» commenta, facendo capolino dal corridoio.

Ha lo sguardo deciso, si appoggia allo stipite della porta e mi osserva.

«Non ti ho mai vista con addosso meno di otto maglioni, ma devo essere deluso anche stavolta» considera, studiando l'accappatoio un po' troppo grande in cui so di sparire.

«Ti ricordo il vestito rosa?» chiedo.

«Quello non conta... e poi, non puoi certo dire che fosse provocante».

«Ti piacciono i vestiti provocanti, Nate?» lo stuzzico, ricorrendo a un coraggio che non sapevo di avere.

«Ne hai, Ali? Oltre al completo che indossavi a Capodanno intendo, quei pantaloncini...»

Ovviamente non ho vestiti sexy, ma la tensione di questo momento è talmente alta che mi manda in fibrillazione e non voglio che si esaurisca. La verità è che farmi vedere nuda mi terrorizza, ma non posso permettermi di rovinare anche questo momento.

«Posso organizzarmi» dico, vaga, giochicchiando con il cordoncino dell'accappatoio. «Facciamo una scommessa» propongo.

«Tu perdi sempre le nostre scommesse, Alison».

«E chi ti ha detto che voglia vincerla, infatti?»

Nate si morde il labbro, attirato dalla prospettiva.

«Dimmi tutto, ci sto».

«Trova la canzone perfetta per questo momento, che piaccia a entrambi e che ci ricorderemo sempre».

«E se vinco?»

«Vedrai» azzardo.

Lui si passa una mano tra i capelli. «Non è semplice, lo sai?»

Deglutisco, impaziente.

Sparisce per un istante e mi avvicino per richiamarlo, ma lui compare subito dopo.

«Questa» decide, e dal suo cellulare escono le note di *Daylight*.

Lo guardo commossa e incredula, mentre la voce di Taylor Swift riempie gli spazi silenziosi di questa casa, mentre i suoi occhi si fanno lucidi come i miei. Perché niente sarà più lo stesso, per davvero.

Ha vinto. Lo sa lui, lo so io. Lo capisce da come lo sto fissando, grata e felice.

Mi avvicino a Nate e slaccio l'accappatoio abbandonando il timore.

«Ali...»

Resto nuda davanti a lui. Non c'è imbarazzo, come se questo corpo di cui sono sempre stata insicura, davanti al suo sguardo fosse meraviglioso. Prendo, la sua mano e la appoggio sui miei fianchi, il suo tocco mi fa rabbrividire.

Sospiro.

Nate mi trascina a sé e mi bacia e a me sembra di volare tanto i suoi baci sono capaci di portarmi in un'altra dimensione, di annullare la realtà. Le sue mani mi accarezzano la pelle, il suo naso affonda tra i miei capelli, inspira il mio profumo.

«Basta» dice, allontanandomi, frustrato e divertito. Nel cavallo dei suoi pantaloni scorgo un rigonfiamento. «Vado via, perché se resto qui non ce la faccio a resisterti».

# Capitolo 25

*Hits Different*
Taylor Swift

Cammino avanti e indietro sul pianerottolo di casa. Fa freddo, ma quasi non lo sento. Sono pronta da almeno mezz'ora, in largo anticipo sull'orario concordato, perché non resisto più, perché sono agitata, perché voglio vederlo.

Io e Nate ci siamo scritti ininterrottamente per tutta la settimana (ho scoperto che i suoi genitori si chiamano Lucien e Keira; mi ha raccontato che ha studiato per qualche anno a Budapest, ma la scuola non faceva per lui, anche se non andava male; mi ha parlato della sua prima chitarra e della prima volta in cui lui e Meredith si sono esibiti insieme e hanno stonato per tutto il tempo), ma non siamo mai riusciti a vederci o, meglio, quasi 'mai'. Nate doveva recuperare le lezioni di pianoforte che aveva trascurato tra le vacanze di Natale e la mia influenza, e io riprendere assolutamente a scrivere. Ci siamo detti che giovedì sera, avremmo bevuto qualcosa insieme prima dello spettacolo degli Hoax, ma Meredith è arrivata in moto con lui e poi gli è stata incollata per tutto il tempo, probabilmente anche per avere una scusa per ignorare Sam, visto che fino a pochi giorni fa si frequentavano ufficialmente e poi lei l'ha mollato per non si sa qualche motivo. Venerdì, invece, al karaoke c'era il pienone e io non ho avuto modo di prendermi neanche una piccola pausa fino alla chiusura. Ma è stato a quel punto, mentre

Sam portava fuori i sacchi di spazzatura e Lea e Will archiviavano alcune fatture che Nate e io abbiamo avuto tre interi minuti per noi. Non ho neanche preso fiato, in quella manciata di secondi che avevo a disposizione per la foga e il bisogno che avevo di baciarlo. Quindi, se ora sono così impaziente, mentre lo aspetto, sono del tutto giustificata. È sabato mattina e Nate mi ha detto che sarebbe passato a prendermi alle nove. Sono le otto e cinquantotto e io sto già pensando di chiamarlo e di chiedergli dov'è, ma poi vedo uno scooter sbucare dal fondo della strada e lo riconosco. Parcheggia davanti alla porta rosa e smonta, conducendolo nel piccolissimo cortile d'ingresso. Si toglie il casco e sistema i capelli schiacciati.

«Buongiorno» sorride, facendomi sciogliere.

«Ciao».

Si avvicina e mi bacia lentamente, con trasporto. Mi è mancato da morire.

«Sei sicuro che non vuoi entrare...?» gli chiedo a fior di labbra, quando si allontana.

«La vuoi smettere di attentare alla mia innocenza, Ali?»

«Come se tu avessi un'innocenza. Lea mi ha raccontato di quella volta in cui ti ha trovato nello spogliatoio dell'Holmes...»

«Ti ha raccontato di quella volta perché non sa di tutte le altre» dice, ridendo e io gli rifilo un pugnetto.

«Risparmia le forze per quando torneremo, Ali» sorride ammiccante.

«Allora sbrigati, prima andiamo e prima torniamo» dico seria, e lui scoppia a ridere.

«Vedrai, quando arriveremo non vorrai più andare via. Infatti, mi chiedo se non sia stato un azzardo...»

«Perché, dove andiamo?»

Nate scrolla le spalle. «Fai troppe domande, ragazza nuova, ed è difficile risponderti».

«Ma se non lo fai mai! Eludi sempre le mie domande».

Sbuffa e indica la porta rosa. «Ci serve la Mini».

*

Lo osservo guidare. Ha insistito perché lo facesse lui e io ho acconsentito anche se di solito sono molto gelosa della macchina di mia madre. Percorriamo una strada spoglia, fuori Londra, in un silenzio tranquillo, spezzato dal solito tamburellare di Nate.

«Mi dispiace che non funzioni la radio» mi scuso.

«Non è un problema, anche se un viaggetto così, con la musica, è tutta un'altra cosa» commenta e, anche se ci ha già provato la sera dell'Osservatorio ricomincia a trafficare con le manopole.

«Deve esistere un modo...» borbotta.

Scuoto la testa. «Le ho provate tutte, funziona solo quando le pare, in modo inspiegabile».

Nate gira il volume di colpo sullo zero e poi al massimo, senza successo. Dopo qualche tentativo, dà una botta alla radio e, all'improvviso, un ronzio si diffonde nell'abitacolo, seguito dalle chiacchiere di un cronista che arrivano ben definite ai nostri timpani.

«*Il Chelsea Football Club è dodicesimo in questo campionato...*»

«Come hai fatto?» domando con gli occhi sbarrati, abbassando un po' il volume.

«Tocco del musicista» dice.

«Ah, e dire che a me sembrava più una mossa di karate...» commento, e stavolta è lui a rifilarmi un pugnetto.

«Cerca qualcosa di interessante» dice, e io inizio a fare zapping tra le varie stazioni finché non mi fermo su una di musica folk.

«Ascoltiamo questa, si addice al viaggio» mi sorride.

Io mi blocco e lascio che la canzone in onda ci culli mentre bruciamo i chilometri verso nord, sempre più lontani da Londra e qui, in questo momento, ripenso a mio padre e mi chiedo con una punta di panico se non sia giunta l'ora di provare a chiamarlo. Ma poi, Nate appoggia una mano sulla mia coscia e io mi tranquillizzo subito.

*

Ci vogliono più di quattro ore, ma alla fine Nate spegne il motore.

«Siamo arrivati?» domando un po' sorpresa perché, guardandomi attorno, non vedo niente se non una distesa di colline dolci, attraversate da ruscelli pigri. Alberi sparuti ed erba alta. In lontananza, scorgo un gregge di pecore.

«Vuoi per caso uccidermi e abbandonare il mio cadavere dove nessuno lo ritroverà mai?»

«Ah-ah» finge di ridere. «Voglio regalarti un pezzettino del tuo sogno e del tuo libro preferito».

'Del mio libro preferito?'

Bastano queste parole a riportarmi sull'attenti e a farmi osservare la distesa di campi da un'altra prospettiva, ossia quella di Emily Brontë, perché nei profili frastagliati dei rialzamenti, nel terreno soffice e gonfio d'acqua, nel cielo che sembra caderci addosso e che procede all'orizzonte carico di nubi, nel vento feroce che si abbatte a folate contro la carrozzeria dell'auto riconosco la descrizione della brughiera in cui Catherine si perdeva, distrutta dall'amore per Heathcliff e incapace, al tempo stesso, di accettare di ricambiarlo.

«Tu mi hai portata a Top Whitens?» chiedo, allibita.

«Non esattamente» fa lui. «Perché la strada finisce un po' prima. Ma vedi? È laggiù» e indica un rudere di pietra raggiungibile attraverso un sentierino che serpeggia attraverso i campi.

«L'ultimo che arriva offre la cena» dico, uscendo dall'auto senza neanche aver infilato del tutto il giubbotto, ma non mi importa perché l'energia che mi investe di colpo e che attiva tutti i miei sensi mi fa scattare in avanti. Il vento mi aggredisce alla gola, ma è esattamente ciò che desidero e percorro le poche centinaia di metri che ci separano dalla meta come se avessi le ali ai piedi, mentre Nate chiude l'auto e si affretta a seguirmi.

Il sentiero è invaso dalle piante d'erica e dalle felci, perché siamo in bassa stagione e non è battuto come d'estate. Mi sembra quasi di avere uno di quei vestiti ampi e assurdamente lavorati che si impigliavano nei rovi al tempo delle sorelle Brontë. Quando arrivo in cima, con il fiatone e il cuore in piena tachicardia, resto incantata dal panorama. Il cielo, in lontananza si scurisce sempre di più, mentre chiudo gli occhi e mi immagino Emily passeggiare tra queste colline erbose e aspre. Percepisco con intensità ogni mio respiro e ho come la sensazione che l'aria che entra nei miei polmoni sia più pura che mai.

«Ne è valsa la pena» dice Nate, raggiungendomi. Si mette alle mie spalle e mi cinge la vita. «Sembra di stare davvero in *Cime tempestose...*»

«Come facevi a conoscere questo posto?»

«Me ne hai parlato tu, la sera dell'Osservatorio, quando ho fatto cadere il volantino...»

«E te ne sei ricordato?»

Annuisce.

«Questo però non è un primo appuntamento, è tipo un dodicesimo appuntamento, Nate».

«Mi piace renderti felice, Ali».

Mi volto un po', le nostre bocche si incontrano e a me non sembra vero.

«Mi conosci meglio di chiunque altro» commento.

«Anche tu».

«Non so un sacco di cose di te, in realtà, sei molto riservato su alcuni aspetti della tua vita, sai?»

«Ha parlato la signorina 'No'» mi provoca.

«Ho paura dei legami, e sai perché».

«Infatti».

«E per il resto abbiamo tempo, giusto?» dico, allungando il collo verso di lui per baciarlo. Sfioro le sue labbra e mi chiedo quando è nata questa familiarità tra noi, questa confidenza in cui la mia timidezza e l'imbarazzo si dissolvono e resta solo il cuore che decelera, il respiro che si fa profondo e la mente che si sgombra da ogni pensiero o preoccupazione.

«Giusto».

# Capitolo 26

*Wonderland (Taylor's Version)*
Taylor Swift

Vago per la brughiera, immaginandomi di vedere Heathcliff e Catherine che corrono, liberi, mentre l'erba alta viene piegata dal vento e il sole cala, colorando di rosso le nuvole nel cielo. Mi pare di sentirla sottopelle, la loro passione struggente e tenace mentre si attirano e respingono, come due calamite ostinate a opporsi alla loro natura. Mi volto e vedo Nate seduto su una piccola zona in piano. Ha steso una coperta e aperto un thermos di tè che si è portato da casa. Studia l'orizzonte e, anche se temo si stia annoiando, non dà alcun segno di insofferenza. Non mi mette fretta, lascia che mi goda il momento. Lo raggiungo dopo aver seguito per qualche minuto il corso di un ruscello minuto e furibondo, e mi siedo accanto a lui studiando ancora una volta il rudere di pietra che si dice abbia ispirato Emily Brontë per la creazione della dimora della famiglia Earnshaw.

«Grazie, è bellissimo qui».

«Capisco perché ti piaccia» annuisce. Si stende e appoggia la testa sulle mie gambe.

«Dormi?» chiedo, accarezzandogli i capelli soffici.

«Ho guidato per quattro ore, me lo merito» sorride, con gli occhi chiusi. «Tu, intanto, dovresti fare una cosa».

«Cosa?»

«Prendi il libro che c'è nel mio zaino e leggi ad alta voce».

Lo afferro senza alzarmi perché non voglio che Nate si allontani, non voglio perdermi neanche un secondo di questa vicinanza con lui e inizio a rovistare nella miriade di cose che porta con sé. Trovo dei plettri, degli spartiti arrotolati, merendine e sotto a una sciarpa spiegazzata, un libro. Lo prendo, ma appena vedo il titolo sulla copertina mi blocco.

'No'.

Una sensazione di panico inizia a serpeggiare dentro di me e a stringere il mio cuore nella sua morsa.

«È ora di scoprire il finale del tuo libro preferito, Ali» dice.

Deglutisco, le mani mi tremano un po'.

«Non posso farlo».

«Puoi» mi incoraggia. La sua mano scivola nella mia. «Puoi, sei pronta. E vedrai che non ti deluderà, come non ti ha delusa tua madre».

Ci penso un attimo, cercando di regolare la respirazione.

«Era anche il *suo* libro preferito» sussurro.

«Sarà un modo per sentirla più vicina» mi rassicura. «E, se avrai bisogno di me, io sarò qui, al tuo fianco. Anzi, con la mano libera potresti per favore ricominciare ad accarezzarmi i capelli?»

«Vedi? Hai una componente felina» scherzo.

Lui fa una smorfia e mi prende la mano per piazzarsela sulla fronte. «Al lavoro, signorina Moss. E legga bene». Chi avrebbe mai pensato che quando fossi stata capace di leggere il finale di *Cime tempestose* l'avrei fatto ridendo?

Nate, con la sua spontaneità, ha alleggerito la pesantezza di un momento che odorava di morte, di perdita, di tutto e l'ha trasformato nell'occasione di un nuovo inizio.

Sfoglio le pagine fino a quella che non ho mai avuto il coraggio di girare e, schiarendomi la voce, la supero.

Leggo per un'ora, senza mai fermarmi, mentre Nate a tratti ascolta e a tratti dorme. Le sue palpebre restano chiuse per tutto il tempo, dandomi l'opportunità di precipitare nella lettura e di assistere all'ultimo strazio di un amore che non aveva avuto il coraggio di esistere, un amore tanto assoluto che non poteva rimanere aggrappato alla realtà e, quindi, si è realizzato in un altro mondo, un mondo lontano, fatto di spiriti come sono Catherine e Heathcliff che, alla fine, riescono a vagare insieme per la loro brughiera. L'ansia mi assale, ma è un'ansia buona, da pericolo scampato.

La paura di Catherine, del resto del mondo e di ciò che lei stessa sentiva, le aveva precluso la felicità ed era ricaduta anche sulla sua famiglia e sulle persone che la circondavano. Stava per accadere lo stesso a me, senza che me ne accorgessi.

«Indugiai là presso, sotto quel cielo benigno; guardai le falene svolazzare tra l'erica e le campanule, ascoltai il lieve sospiro del vento tra l'erba, e mi stupii che si potesse immaginare un sonno meno tranquillo...»

«... per quanti dormivano in quella terra di pace» pronuncia Nate insieme a me.

Inspiro, sento una lacrima scendere e mentre il sole comincia a calare anche se è ancora presto, la vedo rimbalzare sulla guancia di Nate, ancora steso ad occhi chiusi. Il suo sguardo si muove sul mio viso e con un dito raccoglie la mia seconda lacrima, me l'asciuga.

«È un bel finale» dice, con voce roca.

«È il finale giusto» aggiungo.

Restiamo in silenzio qualche altro minuto, mentre la luce del pomeriggio si fa meno nitida e mentre qualcosa torna al proprio posto dentro di me.

Nate si alza e scuote le gambe. «Mi sono infreddolito, ti va se andiamo nel pub del villaggio?»

Annuisco, lui mi aiuta ad alzarmi e percorriamo a ritroso il sentiero, mano nella mano.

Un soffio d'aria gelata mi fa accapponare la pelle. Dura un istante, ma ho l'impressione di vederli, i due amanti disperati, ora finalmente liberi, che ci guardano con benevolenza.

*

Il pub è minuscolo e caldissimo, e l'uomo dietro al banco versa birre gelate senza neanche chiedere l'ordinazione ai clienti. Ci sediamo in un tavolino traballante, di legno liso, Nate su una sedia e io su una panca che ha visto giorni migliori. Mi guardo attorno, studiando le bottiglie impolverate, le insegne di liquori fuori produzione da anni e le luci gialle che avvolgono il locale buio in un'atmosfera intima e antica. Bevo mezza pinta in un attimo e Nate fa altrettanto, chiediamo all'uomo qualcosa da mangiare e lui, dopo un po', ci serve dei sandwich con salmone affumicato che sono la fine del mondo.

«Come stai?» domanda Nate quando ho smesso di ridere dopo che mi ha raccontato di quando, da ragazzino, ha nascosto un calzino per coppia a Meredith.

«Benissimo» rispondo. «Perché?»

«Ne hai passate tante nell'ultimo periodo».

Scrollo le spalle. «Sì, ma... Non so, forse sapere che Lea e mia madre si conoscevano, che mio padre l'ha chiamata, che c'è una rete tutt'intorno a me per quanto in certi punti possa essere delicata, che ci sono storie che non so e che mi permettono di capire meglio che cosa sia successo ai miei e alle loro vite... Forse in realtà mi ha aiutata a capire che l'unico modo di vivere è provarci, anche se poi si sbaglia».

«Quanta saggezza» sorride, prendendo un sorso. «Ma concordo con te. Parte tutto dal provarci».

«Ed è per questo che ci hai provato con un bel po' di ragazze?» domando, senza saper resistere alla curiosità.

«Ti interessa così tanto?»

«Be', intanto... sì, perché *si capisce* che hai decisamente più esperienza di me...» arrossisco.

«Non erano così *tante*» borbotta Nate. «E poi da cosa si capirebbe?»

Arrossisco e nascondo il viso nel bicchiere. «Mi hai portata qui, come *primo appuntamento*. Di solito si mangia qualcosa e si va al cinema, Nate».

«Avresti preferito così?»

«No!» mi affretto a dire, temendo di essere fraintesa. «È solo che ho la sensazione che tu sappia come conquistare una ragazza».

Lui sembra pensarci un po' su. «Lo voglio prendere come un complimento, ma credo che non sia così. Finora, ho solo cercato di stare bene con le ragazze con cui sono uscito. Adesso non è che 'cerco' di stare bene, ma 'riesco' a stare bene. Grazie a te, Ali».

«Ma perché proprio io?»

«Non lo so» ammette e io mi sento un po' delusa. «Non lo so davvero. L'ho anche cercato su Google».

«Sei serio?» chiedo.

«Certo. Ho letto che basta un quinto di secondo per far scattare la reazione chimica che porta una persona a desiderarne un'altra, è una questione di un milione di fattori. Per esempio, forse la testata che mi hai dato quella sera all'Holmes mi ha stordito al punto che ho iniziato a guardarti mentre lavoravi, completamente in ansia, e a volerti aiutare. Oppure, mi hanno convinto le tue gambe, non lo so».

Arrossisco ancora un po' perché, diamine, Nate è davvero bravo a dire cose serie, ma a presentarle in modo che appaiano leggere e naturali.

«Deduco che, quindi, mi hai aiutata per interesse, in quell'occasione».

«Certo, poi c'è tutta la faccenda che hai dei mondi meravigliosi dentro e vorrei esplorarli tutti, anche se mi basta guardarti negli occhi per farlo, ma la verità è che volevo chiederti di uscire dal primo momento in cui ti ho vista».

«Ma non l'hai fatto».

«Tu guardavi con occhi ammirati Samuel e io cercavo, *cerco*, la ragazza giusta, non una da portarmi a letto mentre pensa a un altro».

Mi sforzo di non farmi prendere dal panico per le sue parole.

«Non ti sto chiedendo di sposarmi, Ali» ride Nate. «Smettila di preoccuparti».

«Ma perché cerchi con così tanto impegno l'amore?»

«E cosa dovrei cercare, scusa?»

Usciamo dal locale dopo parecchie birre, una delle quali si è infranta a terra dopo che Nate aveva provato a imitare il balletto di Ashlee Simpson al Saturday Night Live. È sera inoltrata, Nate non sembra aver accusato affatto l'alcol, mentre io mi sento un po' troppo su di giri. Mi avvinghio al suo braccio caldo mentre raggiungiamo la Mini, parcheggiata in fondo alla strada. Appena la apro, crollo sul sedile, stanca ma felice e ancora elettrizzata per gli eventi della giornata. Inizio a godermi la prospettiva di stare al fianco di Nate per altre quattro ore. Lui infila le chiavi e gira, ma la Mini non emette alcun suono di gradimento.

Riprova.

«Ali...»

'Ecco, lo sapevo che non poteva filare tutto liscio'.

«Aspetta, fammi provare» dico, sporgendomi su di lui. Allungo le gambe per superare il freno a mano e mi ritrovo sulle sue, schiacciata contro il volante.

«Premi la frizione» gli ordino.

Provo a cambiare marcia e a girare di nuovo la chiave, ma niente da fare. Nessun rumore, nessuna spia di accensione, nessun segno di vita.

«Perfetto» esalo.

«Dobbiamo chiamare un meccanico» dice Nate, scostandomi i capelli dal collo.

«Sì, dovremmo» sussurro, chiudendo gli occhi mentre sento le sue labbra scivolare sulla mia pelle, che si tende al suo tocco delicato. La sua bocca si avventa sul mio collo e mi sfugge un gemito.

Le sue mani si abbassano, si insinuano sotto al cardigan che indosso e si spingono fino al reggiseno.

«Nate...» sospiro.

«Lo so, ora smetto» invece non smette e io non voglio che lo faccia. Con i pollici si apre un varco sotto la stoffa e inizia a sfregare la pelle, io mi mordo le labbra e mi porto sul suo collo.

«Basta, spostati subito» dice e, forse perché non si fida di me in questo caso, lo fa lui stesso. Mi solleva e mi allontana ridendo.

«Okay» dico, con il respiro accelerato. «Dobbiamo risolvere il problema».

«Infatti, concentriamoci sul problema» concorda, e anche nella sua voce avverto un certo affanno. Si sistema i pantaloni e prende il cellulare.

«A quest'ora non troveremo nessun meccanico aperto» commento.

«Giusto... quindi...»

«Cerchiamo un bed and breakfast» azzardo.

I suoi occhi saettano sul mio viso, a caccia di qualche conferma. Io gli sorrido.

«Ce n'è uno a pochi metri» dice, bloccando il cellulare.

«L'hai già trovato?»

«L'ho visto giorni fa, mentre facevo indagini sulla zona» confessa.

«Hai manomesso tu, la mia auto, Nathaniel Lawrence?» domando, aprendo la portiera.

«No, ma non nego che apprezzo che sia successo».

# Capitolo 27

*Vertigo*
Khalid

Non abbiamo vestiti né altri oggetti personali se non quelli contenuti nella mia borsa e nello zaino di Nate. La signora Wilson, la proprietaria, ci ha lasciato una coperta in più e qualche asciugamano, indicando il bagno che completa la stanza, e si è congedata rifilandoci un'occhiata giudicante che ci ha fatti scoppiare a ridere non appena ha richiuso la porta.

«È perché sei un po' ubriaca e biascichi» ha detto Nate.

«O forse è perché tu ti sei complimentato per questa carta da parati a tema betulle per dieci minuti» ho rilanciato.

«Sono educato».

«Sei un opportunista, Nate».

«Ho visto l'opportunità di fare colazione gratis domattina? Sì, certo, e ho provato a coglierla, giudicami per questo».

Rido di nuovo, ma quando smetto, realizzo davvero dove siamo. In una camera, con il più piccolo letto matrimoniale che abbia mai visto, da soli.

Mi mordo il labbro.

«Agitata?» chiede, premuroso. «Ali, non sentirti obbligata da questa situazione...»

«Ho una confessione» dico, bloccandolo. «La Mini non parte una volta su tre, Nate. E credo di essere capace di risolvere il problema senza l'aiuto di un meccanico» in fondo, ho visto Lucas farlo almeno venti volte...

Faccio qualche passo verso Nate che è in piedi, rivolto verso di me, appoggiato con le mani al davanzale della finestrella.

«Hai giocato sporco, Alison?»

«Sei tu il bravo ragazzo» scherzo, scrollando le spalle. «E sei tu ad avermi conquistata lentamente, una risata alla volta, una parola giusta alla volta. Non ho paura, adesso» aggiungo, perché voglio che sappia che è tutto vero anche per me, che non è come la sera sulla ruota panoramica.

«Io un po'» dice lui. «Ma è una paura buona. Come quando il carrello delle montagne russe si ferma in cima a una discesa e tu sai che stai per essere catapultato di sotto e non vedi l'ora, ma ne sei anche istintivamente terrorizzato».

Poso una mano sulla sua guancia, è calda. «Sei speciale, Nate, e mi fai sentire come se lo fossi anche io».

«Lo sei».

I suoi occhi si chiudono e la sua bocca raggiunge il mio palmo, ma poi si ferma.

«Voglio spogliarti. Qui, ora».

Mi avvicino al suo orecchio e sussurro «Fallo».

Mi bacia, spingendomi all'indietro, finché non raggiunge l'interruttore che spegne il lampadario al centro della stanza e lo preme, ma il buio non è totale, perché la luce di un abat-jour rischiara la camera quel che serve per ammorbidire i contorni delle cose e per gettare ombre accoglienti su ciò che ci circonda.

Poi, le sue mani riprendono da dove si erano interrotte in auto, poco fa. Sciolgono i bottoni del cardigan e lo fanno passare sopra le mie spalle, lasciandolo cadere ai piedi. Sospiro, sento una leggera agitazione divampare dentro di me. Lui sembra notarlo.

Prende i lembi della maglia.

«Posso?» chiede, leggero, premuroso.

Annuisco e alzo le braccia con il cuore impazzito e, in un secondo resto con il solo reggiseno davanti a lui.

La sua bocca ritorna al mio collo, mi morde la clavicola, come se la pretendesse, e nel mentre le sue mani afferrano l'elastico dei leggings e li tirano giù. Li scalcio via un po' goffamente e inciampo, ma lui mi prende e vengo accolta dal suo petto.

«Sei proprio Superman, allora» dico, con un filo di voce.

Sento le sue labbra stirarsi in un sorriso. «Per te, sempre».

Le dita di Nate scivolano sui miei fianchi, provo un brivido improvviso, quasi difensivo, che scaccio subito chiudendo gli occhi e baciandogli la guancia in più punti. Le sue dita sembrano danzare sulla mia pelle che è tutta in estasi, mentre si avvicinano alla mia zona intima e l'eccitazione cresce. Mi cinge e mi porta al muro, continuando a baciarmi. Cerco la sua bocca, mordo il labbro, provocandogli un gemito di dolore che gli fa serrare la presa sulle mie cosce, gesto che scatena una scarica di elettricità in tutto il mio basso ventre. Sento il gusto caldo e salato della sua pelle.

Ci baciamo con foga via via maggiore ed è come se non esistesse nient'altro, solo lui, solo noi, in questa stanza e il resto del mondo diventa un ricordo lontano.

«Voglio sentire il tuo profumo» sussurro nel suo orecchio e lo sento deglutire.

Lo obbligo a scostarsi un po' e Nate cede controvoglia, con una scintilla di desiderio a fargli luccicare gli occhi. Gli levo la felpa col cappuccio verde scuro e la t-shirt senza scritte. Il calore del suo corpo mi investe e adesso sono io a toccare e accarezzare la sua pelle come se volessi scoprirla centimetro dopo centimetro.

«Ali...» ansima. «Smettila di tormentarmi» ride, riportandomi con la bocca alle sue labbra e togliendomi il fiato con un bacio che mi uccide.

Slaccio il bottone dei suoi pantaloni cargo e lui mi dà una leggera spinta, con cui mi stacca e mi fa cadere sul materasso morbido.

«E tu saresti quello educato?» protesto, sorridendo e guardando incantata i capelli che gli ho già scompigliato, il petto nudo e scorgendo attraverso i boxer neri la sua erezione.

«Non sempre, signorina Moss» concede, togliendosi i pantaloni con un gesto rapido che manda in fibrillazione il mio cuore.

Gli afferro la mano e lo trascino su di me. Nate mi copre con il suo corpo e sento il suo respiro affannato quanto il mio mentre mi guarda.

Prende il mio volto tra le mani e mormora due parole, solo due: «Sei bellissima» appena il mio cervello registra queste parole mi commuovo.

«Tu lo sei» sussurro con voce roca, mentre riprendo a baciarlo dolcemente, ma non ci vuole molto prima che tutto ritorni a essere bollente e ingestibile, e che il mio reggiseno finisca da qualche parte lontano, insieme al resto dei nostri indumenti.

La sua bocca scivola sul mio petto, concentrando la sua lingua sul mio capezzolo, lo morde e lo stringe tra la lingua e i denti per poi continuare sempre più in basso, finché non raggiunge il mio centro. Stringo le lenzuola già sfuggite ai loro angoli mentre il piacere abbatte le mie ultime difese e mi invade insieme alle sue dita, che qualche secondo dopo, guardandomi negli occhi, si lecca lentamente. Torna verso il mio sesso iniziando a mordere e a succhiare l'interno delle mie cosce, strappandomi sussulti che mi fanno inarcare la schiena. Con le gambe stringo il suo collo costringendo la sua bocca ad andare più in profondità nel mio piacere. Ma lui mi solleva ancora di più, le dita che affondano nelle mie cosce, mi graffia i glutei e spinge il mio sesso verso la sua bocca vorace.

«Nate...» mormoro e nel momento in cui il cuore mi impazza nel petto e sotto le palpebre esplode un cielo di milioni di stelle, Nate entra dentro di me e il piacere si moltiplica, si completa.

«Apri gli occhi» sussurra e le mie palpebre si sollevano e si scontrano con le sue iridi nere.

Gli accarezzo il viso, le sue spinte rallentano per un attimo mentre la bocca trova il mio palmo e lo bacia, poi chiude gli occhi e riprende e ciò che provo è talmente forte che è come se tutti i miei pezzi stessero cadendo sul pavimento.

«Nate...» gemo di nuovo, stringendolo, conficcandogli le unghie negli avambracci, e lui non si placa, vuole di più e lo vuole ora, e sento che sia io che il mio corpo siamo pronti a darglielo. La mia presa attorno ai suoi fianchi si fa più serrata, mentre una nuova ondata di piacere e di liberazione mi travolge. Ho un orgasmo mentre lui è ancora dentro di me e le sue spinte prolungano il piacere. Perdo il senso del tempo, dello spazio, di tutto e con l'unico barlume di razionalità che mi è rimasto, capisco di volere che il suo godimento sia ancora più grande, che sia almeno simile a quello che ha dato a me. Mi sfilo da sotto di lui, che mi guarda stupido, e mi volto, appoggiando i gomiti al materasso.

«Oddio, Ali» dice, guardandomi da dietro. I palmi che passano sulle natiche, mentre lui entra di nuovo. «Vorrei non finisse mai» sussurra al mio orecchio, poi le sue spinte si fanno più intense, mi prende per i fianchi e mi tiene stretta alla sua erezione. Infine, con un gemito feroce, crolla accanto a me.

Mi stendo, nuda e accaldata, e ci copro con la coperta sgualcita. La mano di Nate è sul mio ventre, sulla pelle che ha esplorato in ogni centimetro. È un'impronta che mi brucia addosso. Rimaniamo così non so per quanto, forse mi addormento per qualche minuto, vinta dalla fatica, dall'eccitazione e dalle emozioni della giornata.

Nate è disteso con la schiena rivolta verso di me. Con le dita lo accarezzo, seguendo il percorso tracciato dalle linee d'inchiostro che formano l'arco e la freccia. Arrivo fino alla punta e qui scrivo con le dita il mio nome, come a volerlo incidere sul suo corpo, come a volerlo rendere suo per sempre. Nate poi si gira.

«Ehi, ragazza nuova» sussurra nella stanza ancora avvolta dalla luce arancione di prima.

«Ciao, Superman».

«Che succede? A che cosa pensi?» chiede iniziando ad accarezzarmi il braccio col pollice.

«Credo che potrei innamorarmi» mi lascio sfuggire con il cuore che mi martella nel petto.

Lui mi stringe e ride. «Sei davvero incredibile, Ali».

«No, noi lo siamo».

Guido io, e quasi odio dover premere l'acceleratore di tanto in tanto perché non voglio che questo viaggio finisca. Nate canticchia, poi si appisola e quando si sveglia mi dice che ha fame e un leggero mal di testa. Ci fermiamo a mangiare qualcosa e io non riesco a non guardarlo, a non ridere, a non baciarlo ogni volta che la sua bocca è a distanza ravvicinata. Se ripenso a stanotte, e poi a stamattina, qualcosa di nuovo, vitale, incontenibile invade il mio corpo e mi impone di cercare Nate, di infilarmi tra le sue braccia. Vorrei sospendere il tempo, cristallizzarlo per sempre in questo momento di pura magia, mentre lui sposta le sue patatine fritte ricordandomi che mi aveva avvisata, mi aveva detto di ordinarle e io non gli ho dato retta. Vorrei bloccarlo *adesso*, mentre le spinge di nuovo verso di me e mi dice di non mettergli il broncio e si rimprovera, perché mi sta già viziando. Vorrei fermarlo *subito*, per fissare la felicità che gli increspa le labbra. E sapere che sono *io*, il motivo di quella felicità, mi fa risplendere.

# Capitolo 28

*Finish What We Started*
Jessie Ware

Salgo sullo scooter e stringo con forza la sua vita.

«Ehi, mi vuoi stritolare?» chiede, ridendo.

«Mi sei mancato» dico, perché Nate è stato una settimana dai suoi a Budapest e, per tutto il tempo, ho avuto addosso una strana malinconia che ho condiviso con i miei amici senza volto di Cornelia Street. Vi trascorro meno tempo, ultimamente, forse perché se ho un secondo libero voglio stare con Nate. Non è semplice per noi darci degli appuntamenti, tra le sue lezioni che capitano agli orari più disparati, le prove degli Hoax e i miei turni all'Holmes. Proprio l'Holmes, però, è il luogo in cui riusciamo a incontrarci, anche se Lea, ogni volta che ci vede insieme, si trasforma in uno sticker vivente e i suoi occhi sembrano assumere la forma di due cuori enormi. Ci ronza attorno, facendoci domande decisamente troppo intime che fanno imbarazzare persino Nate, figuriamoci me. Dal primo appuntamento, comunque, ne abbiamo avuti altri due ufficiali, più una serie di baci rubati mentre io spillo una birra e lui finge di dover pagare qualcosa in cassa, o mentre io passo vicino al pianoforte dove sta provando le canzoni per lo spettacolo, con sua sorella che continua a mostrarsi fredda, se non antipatica, nei miei confronti. Per il resto del tempo, ci scambiamo messaggi, soprattutto nel cuore della notte, quando entrambi riusciamo a riprenderci il nostro tempo e parliamo di ogni cosa ci venga in mente. Qualche giorno prima che partisse l'ho videochiamato solo per permettergli di sentire la canzone jazz che aveva scelto la mia vicina, quella che la sera apre la finestra e si fuma una sigaretta guardando la gente che passa lungo la nostra strada tranquilla. E lui mi manda tutte le foto dei gatti che incontra mentre girovaga per Londra (o per l'Ungheria) associando a ciascuna una canzone, cosa che di solito mi fa morire dal ridere.

Perciò, ora, sono felice di stringermi a lui, di sentire il suo calore che traspare dalla giacca troppo leggera che indossa, di sentire la sua mano sulla coscia quando si ferma a un semaforo. Quando intravedo l'Holmes, forse è la prima volta da quando Lea mi ha assunta che non ho affatto voglia di lavorare. Vorrei solo continuare ad attraversare la città avvinghiata a lui e poi fermarmi e baciarlo fino a non avere più fiato in corpo. Perché ogni bacio con Nate è così: ogni fottuta volta, ferma il tempo, e allo stesso tempo sposta tutto quanto.

Parcheggiamo, mi tolgo il casco – ormai ho imparato a farlo da sola – e lui mi attira a sé e posa la sua bocca sulla mia.

«Stasera ti accompagno a casa» dice. Nel mio stomaco le farfalle impazziscono. «Mi sei mancata da morire anche tu».

Mi sembra di camminare sulle nuvole mentre entriamo all'Holmes mano nella mano, ma dura poco perché il locale è pienissimo.

«Mi ero dimenticata che c'è anche una festa di compleanno stasera» sospiro guardando la coda al banco e incrociando lo sguardo innervosito di Sam.

«Arriveremo alla fine» mi sorride Nate. «Tranquilla, ragazza nuova».

«Posso sperare che Superman venga a salvarmi in caso di bisogno?»

«Quello sempre, Ali. Ma sono sicuro che non avrai bisogno di me, ormai sei espertissima».

Mi scompiglia i capelli e si avvia verso lo spogliatoio per prendere la sua attrezzatura per il karaoke. Io mi allaccio il grembiule e mi sforzo di sorridere al primo cliente fermo al bancone.

«Prego, mi dica».

La fila si riduce in poco tempo. Non ho più bisogno di consultare la dispensa scritta da Lea per ricordarmi come si prepara un Bloody Mary o un classico Tom Collins e conosco la cucina e i suoi comparti segreti come se fosse quella di casa mia a Wyemouth.

Quando le comande finiscono, Sam e io abbiamo un piccolo momento di pausa. Sorrido nel sentire Nate cantare *Wannabe* delle Spice Girls, modulando la voce in modo davvero ridicolo insieme un gruppo di ragazzi ubriachissimi che festeggiano un addio al celibato.

«Tieni» mi chiama Sam e io mi volto verso di lui, guardinga. I nostri scambi si limitano all'essenziale e, tendenzialmente, sono caratterizzati da un tono nervoso da parte mia e da uno sguardo insopportabile da parte sua. «Mi dispiace, Alison» dice, facendo scivolare sul bancone un bicchierino colmo di liquido dorato.

«Ti dispiace?» domando, alzando un sopracciglio.

«Mi sono comportato da vero stronzo, quella sera, a casa di Lea».

«Perché, tutto il resto del tempo cos'hai fatto?» ribatto, graffiante.

Si stringe nelle spalle, la sua mascella si contrae, sembra trattenere a stento il nervosismo. «Di solito non sono un bastardo, ma so di avere sbagliato e di averti spaventata. Avevo avuto alcuni problemi con il libro e volevo dimenticarmeli, pensavo di piacerti e ho superato il limite».

«Ampiamente».

«Ampiamente» concorda. «Mi vergogno molto».

Abbassa lo sguardo, i suoi occhi da romanzo non mi ingannano più, chi lo vuole un cattivo ragazzo quando ne ha uno bravo? Devo ammettere, però, che sembra davvero dispiaciuto.

Ci penso un attimo, poi, con un sospiro raccolgo il bicchiere e butto giù lo shot. Quando ho finito lo faccio sbattere sul legno.

«Non è una pace, Sam, ma abbassiamo le armi» dico.

«Mi basta» dice lui.

*Wannabe* finisce e Nate, così accaldato che credo che se potesse si toglierebbe anche la t-shirt e rimarrebbe a petto nudo, mi fa segno di avere sete. Spillo una birra e gliela porto, felice di avere una scusa per avvicinarmi a lui. Ora si è fatto un poco da parte, perché a cantare c'è una donna sulla cinquantina che ha tutta l'aria di avere un passato come soprano e che, tenendosi una mano sul petto, conquista il pubblico intonando un'aria di cui non capisco tutte le parole, con un trasporto e un'enfasi degni del palco di qualche teatro. Anche Nate, che si è seduto al pianoforte, la guarda ammirato e, sapendo di non poter competere, mi fa cenno di avvicinarmi così che possa dargli la birra.

«Aspetta» mi dice, mentre mi allontano.

«Ti serve qualcos'altro?»

«Mi servi tu».

Considerata la situazione e vedendolo raccogliere il microfono che la signora gli porge, l'ansia mi invade.

«Non ci penso neanche» gli dico, avvampando.

«Non devi fare niente, resta solo qui» mormora nel mio orecchio, mentre la soprano si inchina al pubblico adorante, prendendosi tutto l'applauso. Lui si scrocchia le dita e accende il microfono.

«Credo sia la prima volta che assisto a un'esibizione del genere all'Holmes, Bridget: grazie di vero cuore».

La donna china il capo e gli sorride, felice.

«E a proposito di prime volte, vorrei fare una cosa nuova stasera. Lea, tranquilla, niente che comporterà la chiusura del locale per atti osceni in luogo pubblico» i presenti ridono. «Ma qualche giorno fa pensavo a come vivrei questa occasione se fossi uno di voi. Mi sono concesso di immaginarmi come sarebbe esibirmi come un normale partecipante. Solo una volta».

'Solo un bacio', mi tornano in mente le prime parole che mi aveva rivolto e il mio cuore inizia a battere più forte ancora.

«Se venissi qui come uno di voi» indica il pubblico, «segnerei sul blocchetto una canzone e la dedicherei a una ragazza. Non una qualsiasi, però. Ma a una che ha il sorriso che mi ammazza l'anima, che ha gli occhi che mi scavano il cervello e che ha avuto il coraggio di accantonare le sue paure e di darmi una possibilità. A me, capite? Se venissi qui come uno di voi, quella canzone, farebbe più o meno così...»

*«Nel cuore della notte sento ancora la tua mano*
*Le risate nei bar, le lacrime, un ricordo lontano*
*Puoi restare qui ancora un po'? L'ansia confonde*
*Solo tu sei la cura per le mie frasi interrotte».*

Mi avvicino a lui e sento subito il suo braccio cingermi la vita e stringermi al suo petto. Lo guardo sentendo le mie ginocchia cedere, sorrido. Di colpo, sento come se l'imbarazzo provato qualche istante prima stesse scomparendo, come se potessi ballare in mezzo al palco solo sapendo che lui è lì, come se una platea intera potesse sparire attraverso un solo suo sguardo. Perché io voglio che mi guardi, voglio che rida per le cose sciocche che faccio, voglio che mi ami per quella che sono. «Bacio, bacio, bacio» chiedono tutti in coro.

Nate mi fissa e io mi affido ai suoi occhi. «Cosa ne dici?» chiede.

Mi morbo il labbro e poi, senza avvisarlo, mi avvicino alla sua bocca e chiudo gli occhi. Il pubblico esulta e io sono sicura di svenire per l'imbarazzo o forse perché, ora lo so, tra noi non avrebbe mai potuto essere solo un bacio.

«Tu sei completamente folle» rido, togliendomi i capelli dal viso e lasciando che l'aria fredda della strada smorzi l'incendio che sento divampare sulle mie guance.

Anche Nate ride.

«E la canzone è assolutamente... incredibile».

«Ti è piaciuta?»

«Se mi è piaciuta? Devi inciderla, la voglio ascoltare ventiquattro ore al giorno!»

«E Taylor?»

Mi porto le mani sul cuore. «Credo che se mi prendo una piccola pausa *per te*, mi capirà».

Mi stringe tra le braccia, ma io sono così emozionata che non riesco a stare ferma, quasi saltello.

«Andiamo via» dice.

«Lea mi licenzia se non riordino il locale».

«Non licenzierà entrambi, non può permetterselo» mi fa presente con un sorrido sghembo che non mi lascia margine di protesta. Camminando per la strada, Nate ricomincia a cantare la nostra canzone. Poi si avvicina a me e, continuando a cantare, inizia a farmi danzare in mezzo alla strada, mi fa girare su me stessa tenendomi la mano per poi riportarmi verso il suo petto e baciarmi, le nostre mani si stringono come catene e nei nostri baci ridiamo, con le luci dei lampioni che illuminano il nostro palco improvvisato. Siamo davvero folli insieme. E, in un attimo, ci ritroviamo davanti alla porta rosa. Ho le sue mani dappertutto, al punto che non riesco a mettere le chiavi nella toppa di casa.

«Nate, fermo» rido.

«No, ti ho sognata nuda ogni notte, Ali e...».

Gli rifilo un pugno sul braccio, un po' imbarazzata, ma soprattutto divertita. «Smettila e stai fermo. Non possiamo certo farlo sulla porta di casa mia».

«Mettimi alla prova» mi sfida e io so che non scherza, che se scommettessimo mi prenderebbe anche qui. Il pensiero mi provoca una fitta di piacere profondo e istantaneo.

«Dov'è finito il tuo lato romantico?» provo a stuzzicarlo, mentre finalmente infilo le chiavi e le ruoto nella serratura.

«Per stasera ha già dato. Non so se ti ricordi una certa canzone...»

«Mi sfugge. Forse dovresti cantarmela di nuovo».

«Forse dovresti smettere di parlare e baciarmi, signorina Moss».

E, così eseguo, ma sento che c'è qualcosa di diverso, anche se assolutamente non meno bello. Nate è impaziente, non mi dà neanche il tempo di abbassarmi la gonna, ma me la alza, arricciandola sulle mie cosce e mi fa sedere sul divano. Mi bacia con un trasporto e una frenesia che finora non mi aveva ancora mostrato, conduce il gioco con sicurezza e io mi lascio guidare, mi lascio fare qualsiasi cosa voglia e faccio qualsiasi cosa lui desideri. I nostri vestiti finiscono accartocciati a terra, uno alla volta, e la stanza di riempie dei gemiti di entrambi. Respiro il suo respiro, mi piego al suo tocco, mentre il piacere che mi provoca mi attira in una spirale in cui non desidero altro che rimanere, per sempre.

Non so quanto tempo passi, ma so che quando lui si accascia su di me, il mio petto è imperlato di sudore e lui sembra esausto. Gli accarezzo i capelli e lui prende la coperta appoggiata sulla sponda del divano.

Chiudo gli occhi e ascolto il lavoro dei nostri polmoni e dei nostri cuori tornare regolare.

La stanchezza mi assale e mi sto per addormentare, quando, invece, lui si alza.

«Dove vai?»

Sbuffa e, di colpo, il suo viso mi pare più ombroso. «Devo andare a casa» dice.

«No» protesto, e per rimarcare il concetto faccio anche segno con la testa. «Tu non vai da nessuna parte».

«E mi vuoi obbligare tu a rimanere?» sorride, ammiccante, infilandosi i boxer.

«Con ogni mezzo» dico.

«Con ogni mezzo?» chiede, sedendosi di nuovo sul divano e accarezzandomi le gambe.

Annuisco e sono sicura di averlo convinta, ma poi lui sospira. «Devo proprio andare a casa, invece».

«Perché?» chiedo, imbronciata.

«Meredith mi tormenta perché devo fare una cosa, niente di importante, e soprattutto io non ne ho affatto voglia, poi ho scordato di prendere le mie vitamine oggi...»

«Allora resta» insisto.

Lui mi guarda. «Quando c'è stata questa trasformazione?»

«Quale?»

«Questa. Tu, che non volevi neanche concedermi un'uscita e ora non vuoi che me ne vada».

«Non lo so» mi limito a dire, perché la risposta corretta e più sincera è troppo lunga e troppo complicata, e non so se può avere un senso anche fuori dalla mia testa. È accaduto gradualmente, e forse ha avuto inizio quando Lucas mi ha buttato addosso la verità. Poi ci sono stati Cornelia Street e Byron, con le sue risposte che facevano traballare le mie incertezze. Poi Lea, le storie di mia madre e mio padre... Ma Nate stesso è stato il motore del mio cambiamento. Lui, fin dall'inizio, la sua bontà d'animo, la sua naturalezza, la sua presenza. È stato lui a trasformarmi e anche se a tratti ho una paura terribile, riesco a tenerla sotto controllo a suon di baci o, quando non c'è, telefonandogli. Mi ha insegnato a concedermi una possibilità di essere felice e io ho capito come prenderla.

«Va bene, ma sarai responsabile del mio mal di schiena, domattina».

Esulto, stringendomi al suo collo. «Perché non ti piacciono i miei divani?»

«Hanno almeno quarant'anni e l'imbottitura si è autodistrutta da almeno da venti. Che ne dici del letto di là?»

Faccio una smorfia mentre mi accoccolo sul suo petto. «Mi sembra di invadere la privacy dei miei nonni».

«D'accordo, passami il telefono».

«Adesso?»

«Sì, devo comprarti un letto».

# Capitolo 29

*State Of Grace (Taylor's Version)*
Taylor Swift

«Quattro mesi e dieci giorni» dice. «Ci hai messo quattro mesi e dieci giorni».

«Le cose belle richiedono tempo, come sai» gli sorrido. «Guarda che risultato».

Nate, in effetti guarda la camera con attenzione, anzi, la scruta tenendo le mani dietro la schiena e il mento alto, sul viso un'espressione riflessiva, concentrata. «Una ve*r*a imp*r*esa a*r*chitettonica, degna della cope*r*tina delle p*r*incipali *r*iviste del setto*r*e» dice, arrotolando le 'R' con fare snob. Scoppio a ridere. «L'uso del colo*r*e, la scelta dei tessuti, tutto pa*r*tecipa a c*r*ea*r*e un ambiente mode*r*no e *r*affinato» va avanti, poi si china sul letto e raccoglie Pines, studiandolo. «Ma è questo pezzo di design, unico nel suo gene*r*e, il ve*r*o p*r*otagonista della suite».

Gli lancio un foglio di giornale appallottolato che ho appena tolto dal pavimento. L'avevo usato per non rovinare il parquet. «Smettila di prendermi in giro».

«Non sono un interior designer credibilissimo?» dice, rilanciandomelo contro.

«Ti preferisco in veste di mio personale tuttofare...» ribatto, facendogli gli occhi dolci.

«No, basta!» esclama esasperato. «Non attaccherò più nessun quadro, nessuna tenda, né pitturerò altre pareti. Mi hai sfruttato abbastanza, anzi quasi sospetto che la nostra relazione si fondi sull'univoco scambio di chiodi!»

Rido ancora un po', poi mi avvicino e allaccio le braccia attorno alla vita. «Ti prometto che è l'ultima, l'ultimissima cosa che ti chiedo, dai» lo prego.

I nostri occhi si sfiorano e mi alzo sulle punte per baciarlo sulle labbra.

«Non ti credo» sospira. «Ma forse puoi provare a convincermi...» ammicca. Le sue dita si infilano sotto alle bretelle della mia salopette, un felice ritrovamento uscito dall'armadio di mia madre quando, spinta da Nate, mi sono decisa a riordinare un po' la casa. Mi abbassa le bretelle e capisco dove il mio fidanzato voglia andare a parare. Non esito un secondo e mi spingo verso di lui. Le nostre bocche si incontrano e Nate mi trascina sul letto semi-nuovo, visto che da quando è arrivato, l'abbiamo usato davvero molto e non per dormire. Lo bacio, lo stringo a me, Nate mi toglie la maglietta di cotone e poi tutto il resto, e in un attimo siamo già pelle contro pelle, occhi immersi in occhi, il suo corpo dentro al mio, in un'onda di piacere, di respiri affannati, di gemiti liberi. Quando mi stacco da lui sto ridendo.

«È sempre un bel modo di fare una pausa...» sorrido, dandogli un bacio sulla schiena, sulla punta della freccia.

«Per colpa tua sono sempre in ritardo» borbotta con il fiato corto e tirandosi su. «Quindi questo quadro/poster/tela cucita dai gatti di Lea, dove lo mettiamo?»

«Proprio qui sopra, sulla parete» spiego, poi scivolo giù dal materasso e recupero un pacchetto che ho nascosto dentro l'armadio ridipinto. «Tieni».

Nate lo guarda con sospetto.

«Cosa c'è? Hai qualche trauma collegato alla carta regalo?» domando.

Lui mi osserva di sottecchi. «No, ho paura dei *tuoi* regali, Ali».

«Non capisco perché...» mormoro sorridendo, visto che, invece, lo so perfettamente. Mi basta chiudere gli occhi per immaginare di essere ancora a quel giorno, tanto le emozioni provate sono rimaste incastrate nel mio cuore. La felicità che trabocca dai ricordi di questi mesi insieme è così grande che comincio a pensare che nulla possa scalfirla. Neanche il pensiero onnipresente di mio padre che ha provato a contattarmi tramite Lea. Neanche il pensiero del mio romanzo, la cui stesura procede a singhiozzi: ci sono giorni in cui scrivo dieci pagine, ma molto più spesso ci sono giorni in cui l'unica cosa che voglio fare è rimanere tra le braccia di Nate finché lui non mi dice che deve andare a lezione o Sam mi scrive per ricordarmi di non fare tardi all'Holmes. Non so cosa sia successo alla mia vita, ma è come se aver finalmente deciso di togliere i sigilli al mio cuore mi abbia dato una carica, un'energia e una forza che non sapevo di avere, come se finalmente fossi davvero libera.

«Il *perché* sta giusto grattando la finestra per entrare» borbotta Nate indicando la parete e strappandomi dalla raffica di pensieri che hanno invaso la mia mente. Levo lo sguardo e vedo Emy, il manto bianco, la macchietta grigia attorno all'occhio, che ci spia con la testa inclinata e un'espressione buffa sul volto.

«È la *tua* gatta, tocca a te aprirgli» lo punzecchio. Nate mi rivolge un'occhiataccia.

«Me l'hai regalata solo per rifilare a me le incombenze che non ti va di fare mentre tu ti becchi tutte le coccole» protesta, poi però si alza e apre la finestra. Emy, con tutta calma, entra e con un salto agile atterra sul pavimento per poi raggiungermi e prendersi la sua dose di grattini.

«Non è vero» scuoto la testa, mentre Emy inizia a riempirmi di fusa. «Quando Lea me l'ha portato ho subito pensato che fosse il regalo perfetto per te» sorrido, furba, ricordando una delle prime volte in cui ci siamo scritti e mi ha raccontato della sua assurda preferenza per i cani.

«Volevi dimostrarmi che mi sbagliavo?» chiede Nate, ostentando scarsa convinzione. So che in fondo ha apprezzato, ma poi sono venuta a sapere che Meredith è allergica al pelo dei gatti e, così, Emy è rimasta a casa mia. Nate si avvicina alla micina e me la toglie dalle mani. «Vediamo cosa mi ha regalato Ali, cosa dici?»

La appoggia sul letto con delicatezza e poi inizia a scartare il pacchetto. Io lo guardo, emozionata e trepidante, ma Emy inizia a mordicchiare il nastro, rendendo più difficile l'operazione di apertura.

«Sai che se hai chiuso un altro animale qui dentro è morto da tempo, vero?» mi provoca Nate.

«Sei odioso Nathaniel Lawrence» ribatto, lanciandogli adesso uno dei cuscini che lui prontamente schiva e che finisce contro il muro color malva che ho finito di verniciare ieri. Poi, finalmente, la carta diventa solo un mucchietto spiegazzato e Nate si ritrova davanti al mio regalo.

«Ali...»

«Ti piace?» gli chiedo, un po' timorosa.

«È bellissima» risponde lui. «Ma quando...»

«Ce l'ha scattata il fotografo, a quella cena, con i tuoi genitori...» spiego. «Tua madre me l'ha mandata qualche giorno fa».

Nate solleva il quadro, studia la foto in bianco e nero che ho inserito in una cornice semplice e moderna «Sembriamo una di quelle coppie che si vedono solo nei film o si leggono nei libri».

Mi avvicino e gli do un bacio sulle labbra «Non 'solo'. Noi lo *siamo* nella realtà».

«Sopra al letto, quindi?» chiede, guardandomi negli occhi. E nei suoi occhi c'è tutto quello che ho sempre desiderato vedere. «Vado a prendere il martello» aggiunge poi. Passo i minuti successivi ad accarezzare Emy mentre bisticcio scherzosamente con Nate sulla posizione migliore per fissare il quadro. Indossa soltanto i boxer e osservo il guizzare dei suoi muscoli, il tatuaggio che accompagna i suoi movimenti e mi chiedo come sia possibile che io, Alison Moss, sia così fortunata.

Quando ha finito, osserviamo il risultato finale.

«Siamo una bella squadra» commento, alzando la mano per farmi dare il cinque. I nostri palmi schioccano, ma poi le sue dita invece di scivolare via, rimangono intrecciate alle mie. «Mi piace» concorda a voce bassa. Mi volto per guardare il suo profilo e, per un attimo, ho la sensazione che un'ombra l'attraversi. «E mi piace che finalmente questo posto somigli davvero a una casa» va avanti. «Sei stata brava Ali». Mi sorride e in quello spazio tra i denti riconosco il *mio* Nate. L'ombra si dissolve, scacciata dalla luce che lui emana e con cui mi investe.

Mi guardo attorno. C'è voluto parecchio, ma ora l'appartamento in cui vivo non è più solo quello dei miei nonni, quello in cui è cresciuta mia madre. È diventato anche un po' il mio. Ho ridipinto, buttato i mobili che mi facevano più tristezza e restaurato quelli rimasti per dare loro nuova vita. Accanto alla foto di mia madre all'ingresso c'è anche quella che ritrae me e i miei genitori a Londra, il Natale di tanti anni fa, c'è quella di mia madre e di Lea, in una cornice nuova e, ora, in camera da letto, c'è quella mia e di Nate. 'Il passato e il futuro, insieme' penso, perché non ho dubbi: questo ragazzo che ora sta portando fuori dalla camera gli ultimi cartoni – quelli che imballavano la scrivania che oggi abbiamo montato – è destinato a restare per sempre nel mio cuore.

«Vado a buttare questi, torno tra un paio d'ore» dice, infilandosi la felpa.

«E ci metti un paio d'ore?» gli chiedo.

Lui si sporge su di me e mi dà un bacio sulle labbra. «No, ma devo fare un paio di commissioni».

«Ti accompagno, se vuoi».

«No» dice, alzando improvvisamente la voce. Lo guardo stranita. «Scusa, Ali» aggiunge poi. «Ma sono già d'accordo con Merry, sai... si sente un po' trascurata visto che sto sempre con te».

«Come vuoi...» borbotto. «Ma torni, dopo?»

«Certo, io torno sempre».

Esce di casa in fretta e io mi ritrovo da sola con le ultime cose da sistemare, mentre la sera, fuori, cala. Faccio partire una playlist e a ritmo di musica prima riordino un po', poi preparo della pasta, scrivo a Nate che mi risponde che sta tornando e mentre aspetto che l'acqua prenda il bollore ripulisco anche la mia casella mail da tutti i messaggi di spam. In mezzo alla marea di pubblicità di crocchette per gatti e di poltrone reclinabili, mi ritrovo una mail da Natalie. Sbarro gli occhi, il fiato mi si bocca all'istante in mezzo alle costole. La apro e leggo il testo, in verità molto breve.

> Lea mi ha fatto avere la prima metà del libro. È valida, ma manca ancora qualcosa. Hai già pensato al finale?

'È valida' rileggo, poi rileggo, poi rileggo perché stento a credere ai miei occhi. Non mi aspettavo certo un 'Bravissima, ti inserisco subito nei corsi della AWS', so che la mia scrittura non è al livello di quella dei romanzieri che ogni giorno sistemo sugli scaffali dell'Holmes, nella sezione 'Novità'; quindi, quel 'È valida' detto da Natalie vale la fatica che è stata scrivere queste pagine.

Le rispondo in fretta, chiedendole che cosa manca, secondo lei, ma poi non trovo il modo giusto per replicare alla sua domanda perché no, non ho trovato il finale. E non l'ho trovato perché questa storia che amo, questi personaggi che adoro, con i loro difetti e le loro difficoltà e gli scoppi di gioia, ora sono felici e stracciare la loro felicità mi sembra crudele, mi sembra insano. Sospiro e le espongo i miei dubbi, inviando la mail. Butto la pasta e programmo un timer, nel momento stesso in cui Nate riapre la porta.

«Ehi» lo saluto.

I suoi passi strusciano sul pavimento, un po' stanchi. Appende la giacca e mi si avvicina, abbracciandomi forte.

«Tutto bene?» gli chiedo.

«Più o meno. Sono solo... esausto?»

«Uscire con Meredith ultimamente ti fa sempre quest'effetto» borbotto. «Cos'avete fatto?»

Nate si lascia cadere sulla sedia, si passa una mano sul viso e poi nei capelli, stropicciandoli. «Chiacchiere, commissioni per i miei...»

«Ah sì? Non mi avevi detto che non sarebbero arrivati prima di un mese?» chiedo, scolando la pasta.

«Hanno deciso di anticipare la partenza» mi spiega, con tono funereo.

«Non sei contento?»

Lui scuote la testa. «No, perché se ci saranno loro, avrò meno tempo per te, per noi».

Faccio spallucce, lasciando che la dolcezza delle sue parole mi scaldi l'anima. «Recupereremo dopo» gli dico, per consolarlo, perché sembra davvero afflitto. «Mangia, non mi piaci quando sei triste e, di solito, sei triste quando hai fame».

«Superman aveva la kryptonite e io ho lo stomaco vuoto, non molto eroico, ma un problema abbastanza facile da risolvere» commenta, prendendo il piatto che gli sto passando.

«Sei comunque eroico, secondo me, visto che riesci a passare intere *ore* con tua sorella» dico.

Lui mi fa una linguaccia. «Dovete risolverla».

«È lei che ce l'ha con me».

«Non è vero, Ali. Piuttosto, ce l'ha con me...»

«Ma se sei sempre fantastico!»

Nate abbassa lo sguardo. «Ci facciamo un bagno, dopo?» domanda piano, e sento la sua voce venata da un'inedita nota malinconica. Forse neanche Nathaniel Lawrence può essere felice ventiquattro ore al giorno per trecentosessantacinque giorni l'anno. E, per una volta, posso essere io ad accudirlo. Gli accarezzo la mano e annuisco.

Ci asciughiamo i capelli guardandoci nello specchio. Lui usa l'aria del phon per trasformarmi in una versione femminile di

Chewbecca, io mi avvento su di lui per strapparglielo di mano. Gli asciugamani cadono da soli e i nostri corpi tornano a unirsi, ci baciamo, ma poi Nate si china per prendere i suoi jeans e io lo guardo storto.

«Ali, non fare quella faccia, ti supplico» mi prega. «*Devo* andare a casa, non ci torno da tre giorni!»

«Dai resta, resta resta resta» lo imploro, ignorandolo.

«Ho anche dimenticato di comprare le vitamine...» prova a dire.

«Non succede niente se non le assumi per una volta, no?»

Emette un mugugno, io lo stringo a me.

«Però, domani niente storie, perché se tu mi guardi così io cedo, ma non posso, okay?» dice.

«Va bene» esulto, scoccandogli un bacio rumoroso e poi liberandolo dalla mia presa. Infilo la maglietta del pigiama, lasciata sul termosifone a scaldarsi e, quando la testa sbuca dall'altro lato, lo trovo intento a fissarmi.

«Il rosso è proprio il tuo colore, Ali» dice Nate, un po' più serio. Si avvicina, mi abbraccia da dietro. La sua mano si avvicina al mio cuore e mi dà un bacio leggero sul collo. Ci guardiamo nello specchio e qualcosa, dentro di me, inizia come a danzare, saltare, volare.

«Ti amo, ragazza nuova».

# Capitolo 30

*Bigger Than The Whole Sky*
Taylor Swift

**Nate**: Mi manchi già.

**Alison**: Allora vieni da me più tardi! Serata film e coccole.

**Nate**: No, signorina Moss. Sei come la maga Circe, mi attiri a te con l'inganno e poi non mi lasci più andare via.

**Alison**: Circe era tosta, mi piace il paragone.

**Nate**: Non era mia intenzione compiacerti. Oggi non meriti i miei complimenti. Ti ho detto di amarti e tu mi hai quasi rotto il naso, un'altra volta!

Arrossisco perché è vero. Nel sentirlo dire 'Ti amo' sono esplosa dentro e mi sono paralizzata fuori, travolta da un misto di terrore, sorpresa e gioia. Poi mi sono sbloccata, di colpo, sapendo di dover rispondere qualcosa, ma mi sono girata troppo in fretta e – non ho ben chiara la dinamica perché nella mia testa quei secondi trafelati corrispondono a un vuoto di memoria – gli ho dato accidentalmente una testata sul naso, poi sono corsa a prendere dei piselli surgelati, mentre Nate un po' imprecava e un po' rideva e mi bersagliava di battutine sulla mia incapacità di gestire le emozioni. «Non serve mandare qualcuno all'ospedale per dire 'No, grazie, non sono ancora pronta'» mi ha ripresa e io gliel'ho lasciato fare, grata che lui riempisse quello che sarebbe stato altrimenti un silenzio imbarazzante, dandomi il tempo di fare ordine mentale e capire qual era la mia situazione emotiva dopo la bomba che aveva appena sganciato. Nate mi conosce abbastanza bene da sapere che cosa mi stesse frullando per la testa, quindi, dopo qualche minuto di surgelati sul naso, è andato a letto e si è messo a leggere. Dopo un po' l'ho imitato anche io e siamo rimasti in silenzio, mentre gli tenevo la mano, fino a stamattina, quando è uscito presto per alcune lezioni, come suo solito evasivo nel darmi ulteriori dettagli. Io ho scritto qualche riga, ma niente che fosse al livello di quanto prodotto nei giorni scorsi. Sono troppo confusa e felice e preoccupata: Nate-mi-ama. Anche Lucas me l'aveva detto, più e più volte, ma in qualche modo sento che stavolta è diverso. Lo è per me, di sicuro. Perché a Lucas ero riuscita a rispondere, ero riuscita a dire 'Anche io', ero riuscita a scriverglielo per messaggio decine di volte, adesso, invece, fisso lo schermo del cellulare, il nome di Nate in alto, accompagnato da un cuore, e avrei solo voglia di scrivergli 'Ti amo, ti amo, ti amo da impazzire'. Ma... è vero? È questo l'amore? Questo aumento della frequenza cardiaca quando lui mi si avvicina, questo tremore quando mi tocca, questa follia di farfalle che sbattono le ali impazzite quando leggo il suo nome sul display, questo sorriso sciocco che mi increspa le labbra quando mi manda una sua foto? È questo l'amore che crea? E questa paura cieca che non mi molla neanche un secondo?

Faccio avanti e indietro per casa, chiudendo la conversazione, ponendomi le solite domande che mi assillano e cercando di controllare il terrore. Perché se è questo, l'amore, ciò che c'è in gioco è tanto, forse troppo. Se ciò che provo per Nate è una fiamma che brucia, il rischio è quello di rimanerne ustionata, come è successo a mio padre.

'Oppure, puoi anche solo esserne scaldata' suggerisce la voce più razionale che popola il mio cervello. Rifletto, mordendomi il labbro e non trovando niente di valido da obiettare. Prendo la borsa, una giacca leggera ed esco. Mentre infilo le chiavi nella toppa per chiudere, una voce mi chiama dalla strada.

«Alison» dice seria. Mi volto e mi ritrovo a osservare un cappottino chiaro, da cui fanno capolino una camicia bianca e dei pantaloni beige: la cifra stilistica di Meredith Lawrence. Dietro di lei, un'auto nera, dai finestrini oscurati.

«Ciao» la saluto, guardinga. «Posso aiutarti?»

«Nate è qui?» chiede.

«No» rispondo. Lei deglutisce, sul suo viso passa un lampo di preoccupazione. Prende il suo iPhone ultimo modello dalla tasca. «C'è qualche problema?» domando.

Si morde il labbro. «No, è che... Non mi risponde».

«L'ho sentito poco fa» spiego. «Credo sia a lezione...»

Meredith sgrana gli occhi. «A lezione?! Ma stamattina aveva una visita di controllo!»

«Una visita di...» ripeto, senza capire.

«Dannazione, Alison» sbotta con tono graffiante. «Lo sapevo che non potevo fidarmi di te, né di lui, siete così impegnati a fare i piccioncini che non vi preoccupate nemmeno delle cose importanti! È una questione di vita o di morte, possibile che non riesci a capirlo?! Ieri sera doveva dormire a casa, così poi l'avrei accompagno in ospedale... Le ha prese almeno le medicine? Ieri gliele ho comprate...»

La guardo fissa, sbattendo le palpebre. «Ma di cosa stai parlando, Meredith?» ribatto, la voce che mi trema.

«Di cosa sto parlando?» grida, esasperata. «Come 'di cosa sto parlando'?» Lascia perdere per un istante il telefono e i nostri occhi si allacciano, e lei capisce che non la sto prendendo in giro.

«Non te l'ha detto» esala. «Non lo sai».

«Cosa non so?» chiedo ed è strano, ma è come se la sentissi, è come se la *vedessi*, l'ombra oscura che si abbatte su di me che ho osato entrare in acqua, provare a nuotare. Do delle vigorose bracciate, cerco di tenermi a galla...

Meredith deglutisce, posa le armi. Quando mi guarda, i suoi occhi sono fermi, ma vedo la sua determinazione traballare.

«Nate ha un tumore al cervello».

Nate

Ha

Un

Tumore

Al

Cervello.

Un'onda mi travolge. Mi fa precipitare nei suoi abissi per decine di metri. Non so più qual è il sopra, qual è il sotto. Tutto attorno a me è acqua nera, oscura, densa. E io annego.

«Non avrei dovuto dirtelo io e quando saprà che l'ho fatto... Ma è un'emergenza, devo trovarlo, potrebbe non essersi sentito bene ed è meglio che...»

La voce di Meredith arriva ovattata, un ronzio disturbante, un rumore bianco.

Nate ha un tumore al cervello.

Nate ha un tumore al cervello.

«Meredith!» chiamano dall'auto e io riconosco la testa della signora Lawrence sbucare dalla portiera. «Alison sa dov'è?»

«No, Alison non sa niente!» le risponde lei, poi torna a guardare me.

«Vuole venire ad aiutarci?» grida ancora.

Meredith mi guarda, chiedendomi silenziosamente che cosa ho intenzione di fare.

Io arretro di un passo, lo faccio senza accorgermene, mentre nella mia testa continuano a rimbombare le parole di sua sorella. Sento la terra sgretolarsi, perdo l'equilibrio, mi sento confusa, ho le vertigini, la nausea.

Nate ha un tumore al cervello

Lei, osservandomi mentre la mia bocca non riesce ad aprirsi, intuisce l'esitazione.

«No» dice, rivolta alla signora Lawrence, continuando a fissarmi. Sul viso compare una smorfia nauseata. «Non viene». Si avvicina alla mia faccia, io sono come paralizzata. «Se non vuoi esserci, non ostacolarci, almeno». E si allontana in fretta, risalendo sull'auto nera che vola via, verso Nate.

I pezzi del mio cuore giacciono al suolo come vetri rotti, gli stessi su cui mi sembra di camminare, l'ansia è un cappio attorno alla gola. Rientro in casa e afferro le chiavi della Mini. La metto in moto senza esitare, con le mani rigide per la paura.

'Non può essere. Non può essere. Non può essere'.

È l'unico pensiero che riesco a partorire, un pensiero che non si scolla dalla mia mente, che resta piantato al centro, bloccato in mezzo e impedisce a tutti gli altri di farsi avanti.

Mi sono fidata dell'amore e lui mi ha mentito.

Mi sono fidata dell'amore e lui mi ha ucciso.

Perché io e lui eravamo così, persi nel vento, troppo pesanti per spostarci, troppo leggeri per non essere spazzati via.

Esco da Londra.

Volo via, lontana da Nate.

# Capitolo 31

*this is me trying*
Taylor Swift

Fisso la parete lilla.

Mi muovo sotto la coperta, il letto cigola.

Piove, sento le gocce abbattersi contro il vetro della finestra. Il loro ticchettio mi consola, bagna la mia vita al posto delle mie lacrime, perché io non ne ho altre da versare. Le ho lasciate uscire tutte, le ho singhiozzate fuori sperando che insieme a loro potesse uscire anche il dolore.

Ma il dolore non si è smosso. È come muffa che lentamente contamina ogni cosa e mi spegne.

Sento freddo. Anche se è ormai primavera, io sento sempre freddo. Allo stesso tempo è come se stessi prendendo fuoco, ma nessuno vede le fiamme, e nessuno mi salverà.

Di me resta solo un sacco vuoto, un corpo inerme, svuotato di ogni forza, privato di ogni slancio. Come se non abitassi più la mia stessa pelle.

Ho perso tutto e sono tornata nel posto in cui ogni cosa è iniziata, l'unico in cui potevo andare: a casa, una casa infestata di ricordi e di tristezza, ma che ora sento come l'unico luogo a cui devo davvero appartenere. Indosso gli abiti in cui sono cresciuta, neri come sono nera io, perché i colori erano tutti un'illusione. Tra poche ore inizierò il turno all'Hellroy Market, sistemerò gli scaffali, poi camminerò per tremiladuecentosessantasei passi per tornare qui e cucinerò la cena.

Niente sembra essere cambiato, eppure ogni cosa è diversa.

Persino la musica non ha più lo stesso suono.

La canzone sfuma, finisce e parte la successiva. Riconosco le prime note. La cassa bluetooth è appoggiata sul comodino, basterebbe che mi allungassi un po' per spegnerla, ma non posso. *Non voglio.*

Torno a quella sera, al momento in cui ogni cosa è cominciata per davvero.

Rivedo Nate, il pianoforte schizzato di vernice, l'Holmes gremito. Rivedo le sue labbra che si schiudono e la prima parola di *my tears ricochet* di Taylor Swift che viene soffiata fuori. Vedo i suoi occhi neri che incrociano i miei, che li agganciano, il suo sorriso vittorioso per aver indovinato la canzone che avevo aggiunto all'elenco sul taccuino. Vedo le palpebre abbassarsi mentre lui scivola dentro alla canzone, la fa sua, la canta a me. Avevo scelto questa canzone perché la sentivo in continuazione in quei primi giorni a Londra e nelle ultime settimane a casa, quando la situazione con mio padre era diventata intollerabile. Quando lui urlava, scagliava i piatti a terra e io mi chiudevo in camera, infilavo le cuffiette e lasciavo che la melodia coprisse tutto, che i versi mi accarezzassero con dolcezza, fino a farmi sperare che il disgusto e l'orrore potessero sparire. Eppure, nonostante il male che racchiudeva, Nate era riuscito a trasformare quelle parole in cura, creando un nuovo punto di partenza per la mia vita.

Il mio cuore si contrae. È una fitta acuta, un dolore che mi toglie il fiato, ma che continuo a voler provare e riprovare, ascoltandola e riascoltandola in un turbinio infinito, in un vortice che mi trascina sempre più verso l'abisso scuro.

Perché la verità è che io non voglio tornare a galla.

Non voglio tornare a un mondo che lui sta lasciando, perché so che, quando succederà, questo freddo siderale che mi assale mi invaderà tutta e non avrò più scampo, semplicemente sparirò. Ho provato a credere all'amore e lui mi ha distrutta, sono stata un'ingenua, una sciocca. Avrei dovuto imparare la lezione, ricordare che cosa ho provato quando mia madre mi ha lasciato e sapere che non avrei avuto il coraggio di affrontarlo di nuovo.

Amare significa perdere.

E io ho perso alla grande.

Mi chiedo cosa stia facendo Nate, ma non riesco a spingermi oltre. Non posso sopportare di immaginare il *mio* Nate, il ragazzo più gioioso, coraggioso e forte che abbia mai incontrato, fermo, tra le lenzuola bianche, mentre medici e infermieri cercano di salvarlo. Se provo a proiettare questa scena nella mia mente, tutto crolla, come se un terremoto avesse investito la mia razionalità. Perché è profondamente irrazionale che Nate, la mia vita, stia morendo.

Me l'ha detto Lea. Ha provato a chiamarmi molte volte, ma dopo la prima non ho più risposto. Mi ha detto che nemmeno lei lo sapeva, ha pianto con me, ma poi mi ha esortato a tornare. Perché non dovevo scappare da tutto questo, non dovevo lasciar finire così una cosa come quella che abbiamo creato io e Nate, che non potevo abbandonare *lui* così.

Ma la mia paura è più forte di tutto.

È sempre stata la mia paura.

Un tocco leggero si abbatte sulla porta che viene scostata un po'.

«Vado all'incontro» dice mio padre, e io noto la spilletta appuntata al bavero della giacca, quella che gli Alcolisti Anonimi gli hanno dato per celebrare i suoi cento giorni di sobrietà. «Ti serve qualcosa mentre sono fuori?» Il suo viso, sbarbato, si infila nella mia visuale. Registro la camicia pulita che indossa e i capelli che ieri si è andato a tagliare. Da quando sono arrivata, una settimana fa, sembra essere tornato quello di un tempo, ma non abbiamo scambiato mai più di qualche parola, sia perché trascorro l'intera giornata rinchiusa nella mia stanza, quando non sono al lavoro, sia perché non saprei cosa dirgli. È stato scioccante vedere che sta provando a rigare dritto? Sì, ma non quanto lo è stato sapere di Nate, sapere che il ragazzo che mi ama e che mi ha fatto conoscere la felicità, se la sta portando via con sé. Ne sono stata lieta? Sì, ma non mi ha dato sollievo, perché il dolore per Nate ha annullato tutto il resto.

«No, grazie» rispondo dopo troppi secondi, troppo densi. Mio padre sembra voler aggiungere qualcosa, ma poi chiude la porta e sento i suoi passi allontanarsi. Mi giro sulla schiena, a faccia in su verso il soffitto e chiudo gli occhi, sperando che le lancette dell'orologio si fermino, almeno per il tempo necessario per prendere un respiro.

# Capitolo 32

*Buy the Stars*
MARINA

Cammino adagio, a piccoli passi, la borsa di tela che mi sbatte sul fianco mentre evito le pozzanghere. Ha smesso di piovere e le nubi nel cielo si sono diradate, anche se ogni cosa è ancora avvolta da una luce grigia, mesta. Sento la lama della notte in agguato alle mie spalle, mentre raggiungo casa. Apro il cancellino cigolante, il giardinetto non è più ingombro di rifiuti e, forse, tra qualche giorno spunteranno dei fiori. Il pensiero mi fa sfuggire una risata amara. Ora che la mia vita è una distesa arida, ora che ogni cosa è inquinata dalla morte, qui vogliono nascere dei fiori. Sono così arrabbiata con il destino che mi ha permesso di scoprire la felicità e poi me l'ha strappata via che vorrei quasi gettarmi a terra e calciare via ogni seme, sfogare l'odio, l'ira che ho accumulato in una vita di dispiaceri, ma un rumore mi distrae. Alzo lo sguardo e mi accorgo che in mezzo alle nuvole qualcosa riluce. Esplosioni, rosse e dorate. Fuochi d'artificio, non molto lontani. Li osservo e qualcosa mi si agita dentro. Mi torna alla mente la notte di Capodanno, la ruota panoramica che gira e Nate che me li indica. Entro in casa e corro in camera mia, come se delle mani invisibili mi stessero trascinando. Apro la finestra e salgo sul tetto.

Li guardo meglio, i fuochi, li studio a lungo cercare di coesistere con gli ultimi scampoli di giorno. Sono fatti per la notte, loro. Sono fatti per risplendere quando ogni cosa è scura, eppure ci provano lo stesso. E mentre la notte cala, loro diventano più forti.

Mi accorgo a malapena del ritorno di mio padre. Soltanto quando sento il rumore di scarpe che scricchiolano sulle tegole mi volto. Cammina, instabile, come è sempre stato, come *io* sono sempre stata, e si siede accanto a me. Restiamo in silenzio, il suo respiro regolare, le mie spalle curve.

«Ti ho portato il gelato che hai lasciato di sotto» dice. «E questa».

Guardo la scatola rossa di latta che mi sta porgendo, mi piaceva un sacco da piccola, ha stampata sopra una ragazza che mi ricordava molto Elizabeth Bennet; mi ricordo che un tempo conteneva dei biscotti. So esattamente cos'è, ma mi chiedo come lo sappia lui e come abbia fatto a trovarla. Mi irrigidisco d'istinto e gli rivolgo un'occhiata guardinga.

«So che non vuoi parlarmi, Alison» mormora. «So che non vuoi raccontarmi che cos'è successo e, credimi, ti capisco. Dire che ho sbagliato tutto sarebbe riduttivo, quindi non dirò niente. Odio averti procurato tutto il dolore che hai dovuto sopportare e odio che ora tu ne custodisca un altro nel tuo cuore...» Prende fiato, la sua voce si spezza. Io sono immobile, non so se voglio sentire le sue parole. «A Natale ero solo, come mi meritavo di essere, e sono entrato nella tua camera per sentirti più vicina. Ho riordinato i vestiti che avevi lasciato sul letto e sul pavimento il giorno in cui sei partita, ma nel riordinarli ho urtato questa scatola, che si è rovesciata» dice, aprendola. «Non le ho lette, stai tranquilla, ma credo di aver capito che cosa sono».

Annuisco, gli occhi mi diventano lucidi mentre lui me la passa. Il metallo è freddo come le mie mani, come me.

«Io forse non posso aiutarti, ma conosco qualcuno che è sempre stato bravissimo a farlo».

«La mamma» esalo mentre una corona di spine mi fa sanguinare il cuore.

«Sì, lei. Ma anche te stessa, Alison. Devi solo accettare che la paura esiste e che l'avrai sempre, perché la vita è spaventosa. Credimi, lo so bene e sto imparando anche io ad andare avanti, anche quando il terrore ci vorrebbe bloccare».

Non aggiunge altro, io stringo le labbra. Lui si rialza e torna dentro, lasciandomi sola.

Quando lo sento allontanarsi, fisso la scatola, vedo le lettere che ho scritto a mia madre nel corso degli ultimi cinque anni, dal giorno in cui è morta. Quando ero piccola lo facevo spesso, le raccontavo gli inutili dettagli che componevano le mie giornate, le descrivevo l'appassire dei fiori in autunno e il loro sbocciare in primavera. Le parlavo delle mie gioie, delle mie tristezze. Le scrissi di quando Mike, il gatto che bazzicava intorno a casa nostra, non si presentò più, forse perché non c'era più lei a dargli da mangiare. A volte le parlavo della scuola, dei bei voti che prendevo, immaginandomi il sorriso con cui mi avrebbe premiata. Non le raccontavo mai di papà, però, perché non pensavo ne sarebbe stata felice, io non lo ero di sicuro. Con il tempo, le lettere si diradavano, sostituite dagli impegni di cui mi facevo carico per non pensare e da scoppi di pianto seduta in bagno, quando non ne potevo più. Le mani quasi mi tremano mentre mi avvicino la scatola e al suo interno ritrovo qualche penna e dei fogli ancora bianchi. Inspiro, la luce che proviene dalla finestra alle mie spalle è appena sufficiente, ma non mi importa. Negli ultimi mesi mi sono affidata alle parole di estranei, ho cercato la mia strada in quelle di Byron, in quelle delle persone che mi circondavano. Non so se l'ho trovata, quella strada, non so se sono tornata indietro poco dopo aver iniziato a percorrerla, so di essere ferma a un bivio. So di aver bisogno di me e di mia madre.

*Adorata mamma,*
*lo so, può sembrare stucchevole, persino formale, ma quel 'cara' l'ho sempre trovato un po' banale. Non te l'ho mai*

*confidato perché, da piccola, pensavo che le lettere dovessero tutte cominciare così – in fondo era così che iniziavano nei libri che mi davi o in quelli che sottraevo dalla tua libreria. Ma la verità è che tu per me non sei solo 'cara', eri la mia migliore amica, la mia confidente, la mia bussola e, da quando non ci sei, io mi sono persa. Nonostante il tempo passi e stravolga qualsiasi ordine io provi a creare, tu continui a mancarmi, lo spazio che dovresti occupare dentro di me continua a essere vuoto.*

*È da tanto che non ti aggiorno, che non mi prendo del tempo per noi. So che sai già tutto, ma sono sicura che non ti annoierai se te lo racconterò con le mie parole (saresti parecchio ingiusta a farlo, visto che tu mi ripetevi le tue idee cento volte). Partendo dal principio: mi sono trasferita a Londra. Ho lasciato Wyemouth con la tua auto scassata e ho trovato lavoro in città grazie alla tua migliore amica. Ho esplorato il quartiere in cui sei cresciuta e poi tutto il resto, all'inizio immaginandoti al mio fianco, sorridente come eri sempre quando vedevi qualcosa che ti emozionava, e poi stringendo la mano a un ragazzo.*

*No, non a 'un', ma a 'il'.*

*Nate. Sono certa che l'avresti amato se l'avessi incontrato. Profuma di lavanda, mi riempie la vita di musica e legge, esattamente come noi due, ma il problema è che lui è come te: destinato a sparire.*

*Qui tu avresti qualcosa da ridire, come 'Sparisce solo chi se ne va senza lasciare traccia, tesoro' e in effetti tu non sei sparita, anzi sei ovunque: nella brezza di quest'aria primaverile, nella voce di Lea che pronuncia il mio nome, nei romanzi che leggo e persino in quelli che scrivo. Ma a volte non basta.*

*Non basta sapere che ci sei stata, non basta sapere che non avresti voluto andartene perché l'unica cosa che vorrei, ora, è essere stretta dalle tue braccia, venire conso-*

*lata dal tuo tocco e sentire la tua voce che mi dice cosa dovrei fare.*

*Sono tornata a casa da papà perché non riesco a sopportare che un'altra persona che amo possa andarsene, mi lasci qui, come hai fatto tu. La verità è questa: non avrei mai dovuto credere nell'amore, avrei dovuto fermarmi quando ho sentito che stava arrivando, avrei dovuto proteggermi. Ma ho dimenticato tutto ciò che la tua morte mi aveva insegnato, l'hanno cancellato i suoi baci, i suoi occhi, le risate che mi strappava e il modo in cui mi faceva sentire. Non sarei dovuta cadere in questa trappola, non di nuovo.*

*Perché l'amore fa tanto male, mamma?*

*Ti saluto, ovunque tu sia.*

# Capitolo 33

*The Archer*
Taylor Swift

*Nate*

L'infermiera dice che posso alzarmi, ma so di non riuscirci.

Non sono le gambe il problema, ma è la mia testa.

È sempre stata la mia testa.

Forse è per questo che ho provato a vivere con il cuore, cercando il modo di accelerarne i battiti o di fermarli, di essere attraversato da quell'adrenalina che mi faceva sentire vivo, vivo per davvero. Ma proprio quando credevo di averlo trovato, il modo, me l'hanno portato via.

Alzo gli occhi al cielo o, meglio, al lucernario in parte coperto dalle foglie verdi di un albero, cercando di trattenere una lacrima di rabbia, tristezza o frustrazione, non sono in grado di dirlo. L'importante è che Meredith non la veda, non voglio che si preoccupi ancora di più, che pianga anche lei. La paura di perdermi, quand'eravamo poco più che bambini, le è rimasta incollata addosso. È come se quella volta avesse fatto voto di proteggermi, di salvarmi, la sorella minore che fa da scudo al fratello maggiore.

Merry ci spera ancora, io no.

Ci spera al punto da trascinarmi in questa clinica privata fuori Londra, in un complesso ricavato da una vecchia dimora storica. L'unica cosa che è stata preservata della struttura originaria è la vecchia libreria e ogni volta che vi passo davanti devo stringermi al suo braccio, perché mi si blocca la respirazione, le gambe, tutto; perché mi viene in mente *lei*.

Mi manca.

Mi manca come l'aria nei polmoni.

Mi manca come la terra sotto ai piedi.

Da quando non c'è più, è come se fossi imploso, è come se mi fossi accartocciato su me stesso, è come se fossi freddo. I medici provano a dirmi che devo lottare, che devo crederci, ma io non credo più a niente perché ho creduto a una sola cosa per tutta la mia vita: l'amore. E quando l'amore ti delude, quando l'amore ti distrugge, cosa resta? Solo le ceneri di quel che avrebbe potuto essere, di quel che saremmo potuti diventare.

Meredith, vedendo che non mi muovo, interviene. Mi aiuta ad alzarmi e mi accompagna nella mia camera.

«È andata bene» dice, cercando di farmi forza. Mette un po' di musica. Si diffonde bassa e dolce dalla cassa che ha voluto portarmi, ma ormai nemmeno la musica riesce più a riscuotermi.

«Come no» rispondo, sfiancato. La chemio è debilitante e mi chiedo perché insistano, lo sappiamo tutti che non ce la farò. Ero predisposto fin dall'inizio a questo epilogo. A dodici anni, hanno dovuto asportarmi un neurinoma, un tumore benigno. Da quel momento, mi sono sottoposto a controlli cadenzati che non avevano mai evidenziato nulla. Mi sono concesso di sperare, mi sentivo un graziato e volevo godermi ogni minima cosa bella che questa vita potesse offrirmi. Poi, i mal di testa che non passavano e i miei che, preoccupati, mi richiamano a Budapest e mi sottopongono a una settimana infernale di esami, visite e diagnosi fino alla risposta definitiva. La cosa più assurda è che, all'inizio, ho preso la notizia meglio del previsto, avevo deciso che avrei vissuto il tempo che mi rimaneva godendomi ogni secondo. Avrei continuato con la mia solita vita, perché la mia vita era perfetta per me, lezioni con bambini cannibali comprese. Ho imposto alla mia famiglia di lasciarmi in pace, di non guardarmi con compassione e, in cambio, io mi sarei sottoposto senza troppe proteste – ma qualcuna sì – a qualsiasi cosa pensassero potesse giovarmi. Sono stati i miei complici per mesi. Mamma e papà non hanno detto a *lei* neanche una parola, nemmeno durante quella sera di gala a cui glieli ho presentati. Dio, com'era bella *lei*. Ripenso all'abito blu, al nostro ballo. Chiudo gli occhi e sprofondo nella memoria. Quasi riesco a sentire sulle mani la sua pelle liscia, quasi riesco a rivivere la sensazione di *lei* che si posa sul mio petto e mi abbraccia, ma solo *quasi*. I ricordi li ho consumati a forza di riviverli e ora sbiadiscono in una nebulosa incolore. Incolore come pensava di essere *lei* che aveva solo bisogno di vedersi. Si è schiusa tra le mie mani, da bocciolo a fiore cangiante, rigoglioso, e io mi sono sentito onorato, l'unico fortunato eletto a poter assistere alla nascita di una tale meraviglia.

Ma poi è finito tutto. Temevo sarebbe successo e, per questo, ho mantenuto il segreto.

Certo, volevo anche risparmiarle la tragedia, volevo che mi ricordasse come Superman, il ragazzo che dice frasi folli sull'amore o che la porta a guardare le stelle, il ragazzo con cui parlare delle paure della sua anima. Volevo preservarla da un altro dolore, soprattutto dopo aver saputo di sua madre: come potevo chiederle di affrontarlo di nuovo? Come potevo sperare che lei volesse farlo? Sarei stato solo un egoista, come lo sono Catherine e Heathcliff, separati dall'incapacità di mettere la felicità dell'altro sopra alla propria.

Ma la verità più grande è che ho avuto paura, perché ho scoperto che *lei* aveva ragione su tante cose, in primis, sul terrore.

Ho avuto paura di perderla, di dover rinunciare a *lei*, proprio quando l'avevo appena trovata, quando non ero ancora pronto. E così ho aspettato, sperando di trovare una soluzione meno dolorosa all'inevitabile. Pensavo di sparire, di fuggire, di salutarla come si deve, di baciarla un'ultima volta, di toccarla un'ultima volta, di stringerla un'ultima volta, sapendo che sarebbe stata l'ultima, potendo imprimere nel mio cuore ancora scalpitante la sua forma, il suo essere.

Invece, è andato tutto storto. Sono uscito da casa sua per incontrare Merry e recarmi alla clinica, raccontando a *lei* una bugia: una lezione come un'altra, senza dirle che da settimane mi ero licenziato, ma appena sceso dalla metro mi sono sentito male. Sono svenuto, sono caduto, qualcuno ha chiamato un'ambulanza e quando ho aperto gli occhi c'erano mamma, papà, mia sorella, ma *lei* no. Non ci sarebbe più stata. Mi sono sforzato di accettarlo, mi sono obbligato a non cercarla più.

Di una cosa, però, non ho avuto veramente paura, ed è la più irrazionale: la mia morte. Ci ho riflettuto a lungo e forse ho capito che una persona ha paura di morire quando sente di non aver ancora avuto quello che voleva dalla vita.

Io, però, ho avuto tutto.

Mi basta ripensare agli occhi di Ali, la mia dolce piccola Ali, per capire che la vita mi ha già dato la cosa più bella che potessi mai desiderare. Una lacrima scende finendo sul mio labbro.

«Nate, ci sei?» La voce di Merry mi riporta alla realtà, sbatto gli occhi cercando di dissipare le ombre che mi hanno invaso, mi asciugo la lacrima con la manica.

«Scusa, non stavo ascoltando» mormoro.

«L'ho visto. Ti ho chiesto se vuoi un succo di frutta» insiste.

«Sì, grazie» mi impegno a risponderle.

Lei si rimette in piedi, si avvicina all'armadietto in cui ha lasciato la sua borsa.

«Posso andare a prenderlo o preferisci che mandi un'infermiera?» domanda.

Faccio spallucce. Non mi importa, non mi importa più niente. Merry fa per uscire, ma poi ci ripensa. Si avvicina, mi guarda negli occhi.

«Devi smettere di pensare a lei» dice. La guardo stupito, la voce quasi le trema. È arrabbiata, prova a nascondermelo da settimane, evitando con attenzione l'argomento. «Non voglio essere crudele, ma non sopporto che tu debba affrontare tutto questo distrutto da una ragazzina senza cuore. Se n'è andata, Nate. Ti ha lasciato, non ti ha dato neanche la possibilità di spiegarle la situazione, né ti ha cercato per sapere come stessi. Non si è nemmeno portata via il suo gatto».

«Il *mio* gatto» rispondo, in un soffio, perché parlare è difficile e ho capito che non si può spiegare a qualcuno che cosa si prova a scoprire le immensità dell'anima di un'altra persona. Le devi vedere, le devi sentire. E io le ho viste, le ho sentite. Non posso spiegarle che tra me e Alison c'è stato un filo, un collegamento, un aggancio potente, fin dal primo istante, fin dal momento in cui i nostri occhi sono entrati in collisione come stelle troppo vicine. Non posso raccontarle di come il sentimento enorme, incontenibile e trascinante che è nato tra noi raddoppiava giorno dopo giorno, come un fuoco che invece di estinguersi si autoalimenta.

«Il gatto di cui ora noi dobbiamo occuparci» ribatte Meredith, che si imbottisce di antistaminici da quando Lea ci ha portato Emy, l'unica cosa che mi resta di Alison, l'unica cosa che mi ha lasciato. Meredith non mi ha negato di tenerlo a casa, nonostante la sua allergia. Lea è andata a prenderlo il giorno stesso in cui Alison se ne è andata, è stata l'ultima volta in cui ho avuto sue notizie: ha mandato un messaggio breve, senza alcuna spiegazione a Lea per dirle che il mio gattino, il *nostro* gattino, era solo a casa e che qualcuno avrebbe dovuto prendersene cura, lei non poteva più. Ha provato a chiamarla, ma Alison non ha mai risposto.

Meredith fa schioccare la lingua, irritata e arresa, sa che non mi convincerà, sa che nonostante tutto il male che mi ha procurato con la sua fuga io non smetterò di amare Alison Moss fino all'ultimo battito del mio cuore, che so non tarderà ad arrivare. Anzi, quasi lo aspetto con ansia, per mettere fine a questa rincorsa, allo struggimento delle persone che mi stanno vicino e che soffrono a causa mia. Per smettere di sentire il dolore.

'Se solo potessi avere un ultimo bacio... Non chiedo altro'.

Deglutisco, afferrando questo pensiero tra le mani, cullandomi nell'impossibilità del mio ultimo sogno. Ho desiderato di trovare l'amore per tutta la vita e la vita mi ha accontentato, anche se è stato per poco.

Dovrei farmelo bastare.

Ma non ci riesco del tutto.

Mentre Merry, rassegnata, esce dalla camera, io prendo il mio zaino. Mi costa una certa fatica, ma stringo i denti e sotto le palpebre si scatena una tempesta di luci.

Rovisto nella confusione del contenuto. Trovo dei plettri e una fitta lancinante mi trapassa il petto. Per quanto ancora riuscirò a usarli? Per quanto ancora riuscirò a suonare il piano? Per quanto ancora riuscirò a scrivere? Non lo so, quindi non posso permettermi di aspettare. Nello zaino c'è ancora la sua copia di *Cime tempestose*. Mi sono dimenticato di restituirgliela e lei si è scordata di chiedermela. Ripenso a quel giorno, nella brughiera. Ripenso ai suoi occhi luccicanti di gioia, di vita. Ripenso al mio cuore che pompava come un pazzo, estasiato dal fatto che la sua felicità fosse dovuta a un mio gesto.

Provo a concentrarmi, ma ogni giorno faccio sempre più fatica del precedente. Oggi, però, non posso permettere a una stupida malattia di fermarmi. Ho scritto di noi per così tanto tempo, che non posso non farlo ancora un'ultima volta.

Nello zaino c'è un quaderno a fogli neri.

Nella tasca c'è un pennarello bianco.

E allora lascio che le parole si riversino sulla carta, non ho la forza di scegliere le migliori, l'importante è il contenuto, il concetto.

«Nate, non devi affaticarti» mi rimprovera Meredith, rientrando. Ha una bottiglietta di vetro in mano da cui spunta una cannuccia. Il liquido rosso mi fa venire la nausea, ma provo a non darlo a vedere.

«Non mi sono affaticato» rispondo. Piego il cartoncino. «Dovresti fare una cosa per me, sorellina».

Mi guarda con gli occhi sbarrati, probabilmente intuendo la mia richiesta. «Non me lo chiedere, non voglio. Non voglio fare niente che possa riportarla nella tua vita».

«Ti prego, Merry» insisto, le allungo il foglio nero. «È importante. Puoi appendere questo sul muro di Cornelia Street?»

# Capitolo 34

*epiphany*
Taylor Swift

È quasi mezzanotte quando il mio cellulare inizia a suonare.

Una notifica, poi un'altra e un'altra ancora. Arrivano a raffica e risvegliano sia me che la mia rabbia. Quando dormo non penso, non ricordo, non sento e l'essere strappata via dal mio vuoto privato dallo stupido trillo del cellulare mi fa quasi inveire. Lo prendo, l'avevo lasciato sulla scrivania e faccio per silenziarlo, ma in quel momento arriva un'altra notifica che non sfugge ai miei occhi.

**luiz18**: Forse ho trovato Catherine: sei tu @ali_moss?
#ByronCornelia

**kayla.higham**: Dobbiamo farle avere questa lettera. Ragazzi tagghiamo tutti @ali_moss
#ByronCornelia

**cerrix.off**: Ci stai spezzando il cuore @ali_moss #ByronCornelia
#TroviamoCatherine

Guardo il display senza capirci nulla, continuando a ricevere notifiche di tag. Premo su una, sbloccando il cellulare. L'app di Instagram si apre e mi passa direttamente a un post pubblicato dal profilo che colleziona le lettere di Cornelia Street. Guardo la foto e riconosco subito il cartoncino nero che è solito usare Byron. Quando sono fuggita da Londra, Catherine è fuggita con me. Ho pensato più volte al murales, l'ho persino sognato, con le sue parole scritte da chiunque avesse bisogno di confessarle. Non ho salutato Byron, troppo preoccupata di scappare via dal dolore che mi voleva agguantare e che mi ha trovata lo stesso. Mi lascio cadere seduta sul letto, mentre allargo il post per leggere la sua lettera.

Scorro le prime righe mentre le lacrime iniziano a riempirmi gli occhi. Byron parla di perdita, di dolore che lo spezza in due. Sembra parli di me, poi va avanti:

*Le fotografie che abbiamo insieme sono soltanto un inganno. Sfogliandole, mi illudo che tu sia ancora qui, in qualche modo cristallizzata per sempre insieme a me, eppure del tutto inafferrabile nel mio oggi.*
*Ho iniziato a perderti quando ancora non credevo di averti.*
*Ho iniziato ad averti quando ancora non credevo esistessi.*
*Lo scherzo di un destino che ci ha fatti incontrare e poi ci ha separati.*
*A nulla servono le mie parole, ormai: tu non tornerai.*
*Ma mi manchi.*
*E questo non cambierà.*
*Mai.*
*Addio, Catherine.*
*Addio, Alison.*

*Ti amo,*
*Byron.*
*Ti amo,*
*Nate.*

Sgrano gli occhi, rileggo il testo. 'Non può essere vero...' Con dito tremante premo il simbolo del tag e finisco sul profilo di

Nate. È un tuffo al cuore, per giorni mi sono obbligata a non scrivergli, a non cercarlo, a non guardare le nostre fotografie insieme e ora me lo ritrovo davanti, nei post, come sempre sorridente.

'No, no, no...'

Torno indietro, ci riprovo, deve esserci stato un errore, ma poi mi devo rassegnare.

Non c'è dubbio.

'Byron e Nate sono la stessa persona'.

Il mondo inizia a girare, mentre molti tasselli vanno al proprio posto. Nate ostinato a credere nell'amore come Byron, Nate che parla e mi ricorda le parole di Byron, Nate che guarda il murales meditabondo e mi chiede se sono io, se sono proprio io Catherine.

'In quanti modi il destino ha provato a farci incontrare?'

Le lacrime iniziano a rigarmi le guance mentre leggo ancora e ancora la sua lettera, mentre lo risento vicino, come non mi ero più concessa di sentirlo, mentre mi immergo nel suo dolore che è senza limiti, più del mio. I singhiozzi arrivano subito dopo e io finisco sul pavimento, con il cuore ancora più in pezzi.

'Addio'.

La porta si apre.

«Ali, che succede?»

Mio padre deve avermi sentito, mi raggiunge in fretta e mi raccoglie da terra.

«Ho sbagliato papà» confesso. «Ho commesso il tuo stesso errore. Ho provato l'amore».

«Ali...» la sua voce si spezza, le sue spalle si afflosciano. Prova a passarmi una mano sulla schiena, cauto, ha paura che mi scosti, ma il suo calore, il calore di una persona, è l'unica cosa che desidero in questo momento. «Raccontami tutto».

E lo faccio, butto fuori ogni dubbio, gli rivelo ogni risata, gli parlo del mio cuore che si sentiva finalmente a casa, ricordo persino la gita nello Yorkshire e poi mi fermo, incerta, sulla malattia.

«Non voglio restare per vederlo morire, ma...» dico.
«Ma?»
«Non voglio lasciarlo».
Mio padre è commosso, spezzato quanto me. La camera è in penombra e non riesco a vedere il suo viso, ma sento che le mie parole l'hanno travolto e hanno portato a galla dolori mai sopiti.
«Se c'è una persona che può capirti, quella persona sono io» sussurra. «Tua madre, Evangeline, era tutto e perderla è stato orribile. A volte, quando passo davanti a camera nostra, la vedo ancora seduta sul pavimento, circondata dai suoi colori e l'unica cosa che ho chiesto al cielo, ogni notte da quando lei se n'è andata, è di sentire ancora una volta una sua carezza sul viso».
«Ho paura» mormoro. «Ho paura che quello che è successo a te, il male che ti ha invaso al punto da farti dimenticare persino di me, mi contagi».
«E la tua paura è più forte dell'amore verso quel ragazzo?» domanda lui, con voce spezzata, alzando lo sguardo e posandolo sul mio. «Alison, non sono stato un buon padre, soprattutto perché ti ho impedito di capire una cosa: per l'amore vale sempre la pena. Credi che se, quando l'ho baciata per la prima volta, mi avessero detto che la mia Evangeline sarebbe morta prima di me, prima di poter vivere la nostra vita insieme, io mi sarei tirato indietro?»
«Se avessi saputo che avresti sofferto così tanto, non saresti fuggito?»
«No, Ali. L'amore vale *sempre* la pena. È incomprensibile, non me lo sono riuscito a spiegare in tutti questi anni e non credo che nessuno l'abbia mai fatto. Ma il pensiero che la paura mi avrebbe potuto impedire di portarla all'altare, di abbracciarla sul divano, di cenare con lei mi atterrisce più del pensiero di averla persa».
Deglutisco, colpita dalle sue parole.
«Non mi pento di nulla, se non, alla fine, gli ultimi giorni, di non esserle stato abbastanza accanto».

«Ma tu andavi sempre a trovarla in ospedale...»

Lui scuote la testa e anche la sua schiena viene scossa da un singhiozzo che prova a trattenere, ma non si ferma. «No, non è così. Arrivavo fino all'ospedale, con i suoi fiori preferiti sul sedile del passeggero, parcheggiavo, ma poi di colpo mi bloccavo. Tenevo le mani ferme sul volante e guardavo la costruzione grigia, enorme, davanti a me. Evangeline era dentro, al di là di una delle finestre che continuavo a fissare. Andavo avanti così per un'ora. A volte riaccendevo il motore, ma poi spegnevo. Sapevo che lei mi aspettava. Rimanevo lì sotto, incapace di raggiungerla per la prima volta nella nostra vita. Era una posizione che ora a ripensarci sembra metaforica... Io in basso, lei nell'alto, io nel buio delle ombre delle altre auto, lei già nella luce del cielo. Alla fine, trovavo il coraggio, le portavo i fiori. Ma quando quella forza non la trovavo, quanto tempo ho perso a starle lontano? Quanto tempo con lei avrei potuto avere in più?»

Mio padre piange, come non l'ho mai visto fare. Sembra più vecchio o forse più giovane, un bambino che ha sofferto troppo. Inspira, mi mette una mano sul ginocchio. «Ali, la paura di vederla sparire l'ha porta via da me prima della sua morte. Tu puoi evitarlo. Tu sei forte. Puoi decidere di aprire quella portiera e correre da lui per recuperare tutti i secondi persi, oppure restare in quell'auto e perderlo, subito e per sempre».

# Capitolo 35

*Up&Up*
Coldplay

Il cellulare squilla a vuoto.

Vago cercando di capire dove sono. Il navigatore non mi aiuta, mi fa girare in circolo.

*«La destinazione è sulla destra»*.

Ma sulla destra non c'è niente. Solo colline e alberi verdi. Impreco e mi obbligo a chiamare Lea. Il cuore è un tamburo che mi bersaglia l'udito.

«Alison? Cosa c'è?» risponde, stupita. La sua voce è fredda, cosa che non mi stupisce. Non ci sentiamo da settimane.

«Lea...» inizio a dire, ma mi blocco. Dovrei scusarmi, dovrei chiederle di perdonarmi per essere fuggita anche dal lavoro e da lei, oltre che da Nate. Ma non ho tempo, non ho più tempo. «Sto cercando la clinica in cui è ricoverato Nate».

«Meredith non ti vuole lì» ribatte, secca.

'Ecco perché non mi risponde'.

«Neanche io credo sia una buona idea, a questo punto» va avanti. «Nate è...»

«Lo so» la interrompo, trattenendo le lacrime di disperazione che vogliono uscire. «Dimmi dov'è, ti prego».

«Alison, tu sei andata via. L'hai fatto soffrire. E ora forse è meglio che lui stia tranquillo con la sua famiglia».

'Forse Lea ha ragione' suggerisce la voce della razionalità, ma non mi importa più niente della razionalità.

L'amore è irrazionale. L'amore distrugge la logica. L'amore *è* e basta.

«Lea, ho bisogno di Nate. E lui ha bisogno di me. Lo sai anche tu» insisto.

Lei sembra pensarci, tira su con il naso e intanto io prego dentro di me di farla cedere. «Ti passo Will. Lui è più bravo di me a dare indicazioni».

È mattina presto. Sono partita subito dopo la conversazione con mio padre, perché ha ragione lui: per ogni secondo che passerò senza Nate, avrò un secondo in più di rimorsi e di infelicità nella mia vita. Entro nella clinica che da fuori ricorda una villa nobile come tante altre, ma basta solcare la porta perché la mia memoria riconosca l'odore dei disinfettanti ospedalieri. Una ragazza all'ingresso mi indica dov'è la sua camera. Corro nei corridoi, ignorando gli sguardi degli altri ospiti, ignorando le voci dei medici che mi richiamano, poi la vedo.

Stanza quattordici.

Mi avvicino e con la paura come unica compagna scosto la porta.

Per prima cosa vedo la grande finestra affacciata sul giardino.

Poi vedo lui, addormentato.

In un attimo percorro la distanza che ci separa, cancello la lontananza, abbatto la mancanza.

Afferro la sua mano, me la porto alle labbra mentre le mie lacrime bagnano la sua pelle.

Nate apre gli occhi, sbatte le palpebre qualche volta.

«Sei... davvero tu?» chiede con voce roca.

«Sì, amore mio. Sono qui» rispondo. E mi tuffo sul suo petto.

Le sue braccia mi stringono e tutto il resto scompare, il dolore, il tempo, la paura.

«Non pensavo che ti avrei rivisto» pronuncia piano, sorridendomi. Gli accarezzo il viso, studio i suoi tratti trasformati dal cancro, la magrezza, l'inedito pallore.

«Hai mobilitato tutto Internet» rispondo, cercando di fare una battuta. «Una mossa da Superman, devo dire».

«Sai che mi piace fare le cose in grande» commenta, si sposta un po' di lato, facendomi spazio sul letto.

«Sei tremendo» scherzo, mentre lo raggiungo, mentre mi sembra di tornare a respirare, di uscire dall'apnea.

«E tu sei bellissima».

«Non mi odi neanche un po'?»

«Non voglio perdere tempo fingendo di odiare la ragazza che amo» sussurra.

Il mio cuore sussulta e si crepa, o forse si aggiusta. Mi viene in mente il nostro primo appuntamento, quando guardando Top Whitens, guardando Nate, credevo che avremmo avuto tutto il tempo del mondo. Deglutisco, mi obbligo a non pensarci.

«Speravo che saresti arrivata, ma sapevo che avevi bisogno di una spintarella. Tipico di te, ragazza nuova».

Gli occhi mi si inumidiscono ancora di più nel sentirlo pronunciare il soprannome che mi ha dato.

«Lo sapevi come sai che ti amo?» sussurro nel suo orecchio.

«Mi ami?»

«Ti amo».

«Quanto?» domanda, e a me viene quasi da ridere.

«Abbastanza da rimanere, Nate» gli confesso. Guardo il suo viso, il sorriso che gli allarga le labbra secche, lo spazietto in mezzo ai denti.

«Ottimo, perché ho bisogno di un passaggio».

«Dove vuoi andare?»

«A casa, con te».

# Capitolo 36

*Maroon*
Taylor Swift

Apro le tende e lascio che la luce del giorno entri e si posi sul letto. Nate dorme, ha sempre sonno negli ultimi giorni. I macchinari che vigilano sui suoi parametri vitali emettono suoni a cui ormai non faccio più caso. L'infermiera che gli somministra le medicine arriverà nel primo pomeriggio per un'iniezione di morfina. Ho dovuto insistere molto con la sua famiglia per fare in modo che lo lasciassero a casa mia, dove voleva rimanere, e non lo trasferissero di nuovo in ospedale. Meredith, allora, si è trasferita nella stanza di mia madre e i loro genitori fanno avanti e indietro per assistere questo figlio meraviglioso che stanno per perdere. Se ne prendono cura con grazia, sua madre lo coccola, suo padre gli legge dei libri. Provano sempre a raccontare qualcosa di bello, il ricordo di una vacanza, di un concerto nel tentativo di distrarlo e forse di distrarre tutti noi dall'inevitabile che sta per raggiungerci. Merry ogni tanto suona la chitarra, seduta sulla poltrona accanto al letto, ma non canta più.

Inspiro e approfitto di questo momento di quiete per riordinare la mia camera da letto. Nate ha smesso di camminare da tempo e la sua mente è sempre più confusa. Gli antidolorifici o forse il cancro lo mantengono in uno stato di semicoscienza. Raccolgo dal cesto del bucato una gonna. Apro l'armadio per metterla via ma, cercando una gruccia, mi imbatto nel vestito azzurro. *Quel* vestito.

*«Sei a Londra da mesi e non sei mai stata a Portobello» dice Nate, scuotendo il capo.*

*«Ora sono qui» sbuffo, prendendo un sorso del mio caffè nero e bollente.*

*«Sì, perché ti ho convinta. Altrimenti tu saresti stata tutto il tempo a letto...»*

*«Non soffro di iperattività come te» ribatto.*

*«No, in effetti... Anche se, sotto le coperte...» ammicca, e io gli rifilo un pugnetto per farlo smettere di fare allusioni e colorandomi tutta di rosso per l'imbarazzo.*

*«Okay, okay: tregua» invoca.*

*Lo guardo storto, mentre lui si slaccia la giacca. È una bella giornata come non se ne vedono spesso a Londra a fine febbraio. Il sole spicca nel cielo e, all'aperto, finalmente si sta bene. Camminiamo sulla strada lunga e affollata, stretta tra due fila di casette variopinte. Bancarelle dell'usato e rivenditori d'antiquariato espongono la loro merce mentre noi la osserviamo incuriositi.*

*«Laggiù c'è il negozio che vende i migliori vinili della città. Ho trovato dei pezzi incredibili» mi spiega, indicando una vetrina gialla.*

*«Andiamo a dare un'occhiata» suggerisco, intrecciando le mie dita alle sue mentre fendiamo la folla. Mi pento della mia proposta mezz'ora dopo, quando Nate sta contrattando su un prezzo. Ha una borsa di carta in cui sono già finiti due vinili e ora vuole prendere anche il terzo, ma la copertina è rovinata.*

*«Nate...» lo supplico.*

*«Ho quasi fatto, scusami Ali, ma è davvero un disco introvabile!» esclama con gli occhi spalancati, entusiasta. Mi viene da ridere e gli dico che lo aspetto fuori.*

*Di nuovo all'aperto, studio la gente che mi passa davanti, attenta a carpire i dettagli che rendono ogni individuo unico. Faccio qualche passo finché mi fermo davanti a un banco che vende abiti vintage. I capi sono divisi per colore e, mentre aspetto Nate, mi fiondo sui neri.*

«Trovato qualcosa di interessante?» domanda dopo qualche minuto nel mio orecchio, dandomi un bacio sulla guancia.

«No» borbotto, abbandonando lo stender.

«Come no?» si inserisce una voce profonda. È la proprietaria a parlare, una donna corpulenta, con i capelli viola acceso sparati in tutte le direzioni. Si alza dalla sedia e con un lungo bastone prende un abito che era appeso sopra la mia testa e che non avevo notato.

«Questo è perfetto per te» dice. «Si intona ai tuoi occhi ed è della tua taglia. Ricorda gli anni Trenta» spiega, facendomi un sorriso da cui sbucano dei piercing. «L'ho cucito io».

«Veramente...» provo a ribattere, cercando di non essere sgarbata.

«In effetti, ti serve qualcosa per conoscere i miei» mi interrompe Nate.

«Cosa?!»

Nate sorride, furbo. «Non te l'ho detto? Saranno in città la settimana prossima».

«E vuoi presentarmeli?» domando allibita.

Lui annuisce. «Se non provoca troppi scompensi alla tua psiche...»

Sbatto le palpebre incredula. Torno a guardare il vestito che la signora continua a porgermi. «E perché mi serve un abito così per conoscere i tuoi?»

Si stringe nelle spalle. «Potrebbe essere un evento un po' elegante...»

«Quanto elegante?»

«Quell'abito, come dice la signora, sarebbe perfetto».

Lo fisso. Le perline, le maniche svolazzanti, la gonna lunga, la cintura in vita.

«No, no, no» dico, allontanandolo da me.

«Ma perché?» domanda Nate.

«È azzurro!» protesto.

«Non hai sentito la signora? Ti dona».

*«Sì, ma...»*

*«Non vorrai farmi credere che sei cromofobica. Ti ho vista indossare il rosso e mi hai uccisa. Hai messo l'abito rosa che ti avevo portato. I colori sono belli, Ali, e credo che sotto sotto tu lo sappia che non c'è solo il nero nella vita».*

Deglutisco e torno al presente. Portobello sparisce, resta la mia stanza, la gonna ancora nella mia mano. La piego, poi sposto una gruccia di lato e ne prendo una libera per apprendere un maglione di Nate. Le medicine hanno modificato il suo profumo di lavanda, ma io riesco a riconoscerlo comunque. Affondo il naso nella lana morbida e inspiro, poi sistemo e chiudo l'armadio.

La mia mente, però, ormai si è distratta e sta vagando in mezzo ai ricordi, alle emozioni che ho vissuto nei mesi trascorsi al suo fianco.

Mi giro istintivamente verso la fotografia in bianco e nero, quella appesa sopra al mio letto.

*«Non sono ridicola?» domando, preoccupata. Nate mi allunga una mano per aiutarmi a scendere dall'auto.*

*«Sei tutto tranne che ridicola, Ali».*

*Bacia la pelle del mio dorso e poi, quando sono davanti a lui, bacia le mie labbra.*

*«Entriamo».*

*È la prima volta che vedo la casa di Nate e l'agitazione cresce mentre saliamo le scale. La villa della sua famiglia è una costruzione storica, situata appena fuori Londra, avvolta dal verde di un parco magnifico. Le finestre sono tutte illuminate e l'effetto è caldo e accogliente. Da film.*

*«Tu sei cresciuto qui?» bisbiglio, mentre entriamo e passiamo sotto a un gigantesco lampadario di cristallo.*

*«Più o meno, quando non eravamo in giro per il mondo. Ma appena abbiamo potuto, Merry e io abbiamo comprato un appartamento in centro».*

*«Questa casa potrebbe contenere il mio appartamento almeno dieci volte» commento, studiando i dettagli preziosi, i mobili antichi uniti a pezzi più moderni.*

*«Ma io preferisco comunque casa tua» mi rassicura. Mi tiene per mano e mi guida fino una sala da ballo affacciata sull'esterno, dove alcuni specchi dalla cornice dorata allargano ancora di più lo spazio. Trattengo a stento uno 'Wow' mentre guardo gli ospiti, elegantissimi che si intrattengono con la musica, approfittano del ricco buffet o bevono champagne e, intanto, chiacchierano. Di tanto in tanto, improvvisi scoppi di risa che contagiano le persone più vicine spezzano con la loro allegria il brusio di sottofondo. Capisco che è un evento elegante, di sicuro formale, ma non troppo ingessato.*

*«Eccoli là!» esclama Nate di colpo, dopo avermi passato un calice di vino. Mi strattona un pochino e io torno a concentrarmi su di lui e mi accorgo che stiamo andando verso una coppia che ha appena finito di ballare un valzer. Lei è alta, ha i capelli castani e il sorriso indulgente. Indossa un abito importante, dal richiamo barocco. Lui, invece, è un po' tarchiato, ma il suo viso è plasmato in un'espressione gioviale che fa subito simpatia.*

*«Ali, loro sono mia mamma e mio papà» spiega Nate, soddisfatto.*

*Avvampo e mi affretto a lasciare la sua mano per stringere le loro, sperando di non avere i palmi sudati.*

*'Non mi potevi preparare?' gli chiedo con gli occhi, ma lui si limita a sorridere e fa spallucce.*

*«Lei è la signorina Moss quindi» mi saluta il papà di Nate. «Sono Jacob, molto lieto di conoscerla!»*

*La madre mi stringe le spalle con le mani, mi fa i complimenti per l'abito senza nemmeno guardarmi negli occhi e mi dice di doversi allontanare.*

*«Siete tornati da Budapest, quindi» provo a intavolare una conversazione.*

*Il padre si schiarisce la voce, cerco Nate, ma i suoi occhi mi sfuggono.*

*«Sì» risponde Jacob Lawrence con voce più bassa. «Credo che torneremo a vivere qui».*

*«Davvero? Vi hanno trasferiti?»*

*«No, ma alcune* situazioni *richiedono la nostra presenza qui» borbotta.*

*«Scusa, papà. Noi andiamo a mangiare qualcosa» si intromette Nate, prendendomi di nuovo per mano e allontanandomi da suo padre.*

*«Ehi!» protesto. «Stavamo parlando!»*

*«Lo so, ma...» fa Nate, però non aggiunge altro.*

*«Dovevo conquistarlo. Già non piaccio a tua madre» mugugno abbassando la voce.*

*«No!» si affretta a dire. «È solo che... è un po' agitata in questi giorni» mi spiega.*

*«Ma è successo qualcosa?» domando.*

*«No, no» fa lui, evasivo. Poi si guarda attorno. Seguo la traiettoria dei suoi occhi fino all'orchestra e riconosco Meredith in un abito lungo, color crema, completo di un piccolo strascico. Sembra appena uscita da una sfilata.*

*«Vieni» dice poi Nate, prendendomi la mano. «Voglio ballare con te».*

*«Io non so ballare» confesso.*

*«Lascia fare a me».*

*Merry inizia a cantare. La sua voce è più forte, più precisa di quella di Nate, che mi sorride e inizia a farmi volteggiare sulla pista con movimenti esperti. «Quante cose non so ancora di te, Nathaniel Lawrence?» sorrido, appena torno tra le sue braccia. I nostri visi si avvicinano, i nostri nasi si sfiorano. Il rumore dello scatto di una macchina fotografica si perde in qualche meandro della mia testa mentre chiudo gli occhi e lascio che Nate mi baci.*

*Rimaniamo così, persi, assorti l'una nell'altro finché Meredith non si prende una pausa.*

*«Tu non suoni stasera?» gli chiedo.*

*Lui scuote la testa. «No, stasera voglio solo stare con te». Mi stringe ancora per qualche attimo, anche se la musica è finita, anche se nessuno sta più ballando. Poi incontriamo di nuovo i genitori di Nate che ci dicono che eravamo splendidi sulla pista e io li ringrazio con troppo slancio. Sono su di giri, mi sento una vera principessa. Chiacchieriamo con qualche invitato, mi intrattengo qualche minuto con Lady Longe, ancora furiosa con Nate per la sua fuga dopo aver cantato alla sua festa, e stringo forte la mano al professor Wesley che mi chiede qualche consiglio di lettura a cui io rispondo imbarazzata. Assaggio ogni pietanza che propongono i camerieri e mi diverto un mondo. Rido persino a una battuta di Meredith, poi mentre lei riferisce a Nate qualche pettegolezzo, guardando fuori, verso il parco, ho un'idea. Lo prendo per una mano e lo trascino all'esterno con me, afferrando al volo una bottiglia di champagne dal secchiello d'argento di un cameriere. Corro via, voglio che Nate mi segua.*

*«Sono felice» dico, fermandomi al centro di uno spiazzo d'erba bagnata, circondato da alberi imponenti. «Mi sembra di essere finita in un sogno».*

*«Lo vedo» sorride lui. Si toglie la giacca e me la posa sulle spalle. Prende la bottiglia dalle mie mani e beve un lungo sorso, poi me la passa e io lo imito. Iniziamo a camminare sotto le stelle, stretti l'uno all'altro, diretti verso nessun posto, perché il mio posto è accanto a lui.*

«Miao».

Emy interrompe il flusso dei miei pensieri. Mi guarda, alzando una zampetta.

«Hai fame?» sussurro, per non disturbare Nate. Lei si struscia sulla mia gamba e agita un po' la coda. Sembra assurdo, ma a volte pare che questa gatta, sotto l'influenza di Nate, abbia assunto dei tratti canini. Vado in cucina e rovescio delle crocchette nella sua ciotola, Emy però dev'essere particolarmente affamata perché non resiste e con un balzo sale sul ripiano.

Il salto è agile, ma nell'atterraggio urta una bottiglia d'acqua aperta sul tavolo che si rovescia a terra. Mi chino per asciugarla e un altro flash si prende gioco della mia mente.

*La tavola è apparecchiata per ricevere Lea. È la prima volta che mi viene a trovare ed è anche la prima volta che questi spazi accolgono qualcuno diverso da me e da Nate. La ristrutturazione è quasi finita e spero che lei non resti delusa. Ho mantenuto la maggior parte degli elementi che componevano la casa dei miei nonni, ma in molti casi ne ho cambiato la disposizione e il colore.*

*Nate stappa una bottiglia di vino rosso e mi fa voltare. Ci sono tre calici appoggiati sul bancone e ne riempie due.*

*«Calmati, è solo Lea» dice, allungandomene uno.*

*«Lo so, ma non vorrei che fosse uno shock per lei...»*

*«Ali, questo posto è molto più bello ora di qualche mese fa, non ti preoccupare».*

*Deglutisco, mi lascio calmare dalle parole di Nate. I nostri bicchieri tintinnano e io prendo un sorso.*

*«Forse...» inizio a dire, piano. «Non è solo che ho paura che non ritrovi i suoi ricordi di quando veniva qui con mia madre... è che per me Lea è un po' una mamma, soprattutto adesso che so quant'erano amiche».*

*«Vorresti la sua approvazione?» domanda.*

*Abbasso gli occhi. «È molto sciocco?»*

*«È molto dolce» sorride lui. Posa il calice e avanza verso di me. «Ma non ti serve, l'importante è che piaccia a te».*

*Nate mi raggiunge e io appoggio la testa sul suo petto. Poi lo guardo, da sotto in su, cerco le sue labbra perché voglio che sappia che quando si prende cura delle mie paure mi fa sentire amata e protetta. Ci baciamo, i nostri corpi si avvicinano, le labbra si cercano sempre di più, ma poi un rumore di vetro che si infrange mi fa voltare.*

*«Emy!» grido nel vedere la gattina in piedi sul ripiano ricoperto di liquido rosso. Uno dei calici è finito a terra e si è rotto.*

*La guardo storto e faccio per allontanarla, ma Nate mi blocca prima che possa intervenire.*

*«È proprio il gatto di Lea» ride, vedendola chinare la testa e iniziare a leccare il vino.*

*«Non ci credo» mi unisco anche io.*

*Nate, ridendo, si abbassa per raccogliere i cocci dal pavimento e io vedo Emy che con un gesto fulmineo e dispettoso che non riesco a evitare butta a terra un altro bicchiere.*

*«EMY!» grida Nate che riemerge con la maglietta bianca intrisa di vino.*

*Non riesco a trattenere una nuova risata.*

*«Lo trovi divertente?» domanda con espressione di finta rabbia.*

*«Molto».*

*«Be', vediamo se ridi anche così» mormora e poi si avventa su di me mentre io fuggo, per stringermi in un abbraccio bagnato di vino. Scappo, lui mi raggiunge, mi solleva mentre scalcio e rido insieme e la sua bocca si posa avida sul mio collo e poi sulla clavicola.*

Sento un lamento che mi riporta alla realtà. Lascio Emy e corro in camera, ma quando lo osservo, Nate mi pare tranquillo. Gli accarezzo la guancia. Seguo la linea della sua mandibola su, fino all'orecchio e poi sul cranio. Lo tiene sempre nascosto sotto a un cappuccio, dice che ha freddo, ma io so che l'aver perso i capelli, i suoi capelli un po' ribelli, sempre troppo lunghi, non è stato facile.

*Nate è sulla sedia a rotelle, il rasoio elettrico in mano. Sta cercando il coraggio e, forse per la prima volta, non lo trova con la solita facilità. Non è mai crollato finora. Non ha mai avuto un momento di esitazione. Si è sottoposto alla chemio con una tranquillità che avrei ritenuto impossibile, ma ora si è bloccato.*

*Lo osservo con il cuore che mi si spezza. Le spalle curve, ancora più magre, le gambe che non funzionano più. Sono seduta sul bordo della vasca, sono qui se ha bisogno di me.*

*«Amore...» provo a chiamarlo dopo un po'.*

*Nessuna risposta.*

*Sospiro, mi alzo e mi avvicino. Gli tolgo il rasoio dalle mani.*

*«Vuoi che lo faccia io?» domando, cercando di infondere fiducia nella mia voce.*

*Lui chiude gli occhi e annuisce, come se non volesse guardare e nemmeno sentire.*

*Aziono il rasoio e al rumore Nate sobbalza.*

*La prima ciocca di capelli cade a terra. Lui apre gli occhi e si rende conto che non sono i suoi quelli a essere stati tagliati. Sulle mattonelle del bagno spiccano le mie ciocche bionde.*

*«Alison, ma cosa...?» chiede sbarrando gli occhi e seguendo il movimento della macchinetta che scivola sulla mia cute. Io, però, non mi fermo. Ciocca dopo ciocca, mi libero del mio caschetto. È una sensazione strana, è come prendere fiato per un attimo. So che sarò bruttissima, quando avrò finito, ma non mi importa se questo gesto lo aiuterà a sentirsi più forte e meno solo.*

*Quando spengo il rasoio, Nate ha gli occhi lucidi. Gli rimetto la macchinetta in mano e mi inginocchio davanti a lui.*

*«Dietro, ci pensi tu?» glielo chiedo provando a sorridere, ma non mi riesce del tutto.*

*Nate accarezza la mia cute, la pelle bianca.*

*Preme di nuovo il pulsante di accensione. Quando ci guardiamo allo specchio, i nostri occhi sembrano fare ruggine a causa di tutte le lacrime.*

È successo poche settimane fa. Il tumore al cervello è così: si porta via tutto in pochissimo tempo. Secondo i medici, Nate è già stato molto fortunato. Anche lui me l'ha ripetuto tante volte: 'Sono stato fortunato. Ho avuto una bella vita'. E per quanto ormai io sappia che non c'è più speranza, non riesco a credere che quei suoi occhi non brilleranno più per me, che quel sorriso non comparirà più sul suo volto. Mi sembra impossibile che non lo sentirò più suonare la canzone che mi ha scritto, che non mi stringerò alla sua vita mentre attraversiamo Londra in scooter, che non ci stuzzicheremo più con i nostri scambi di battute.

Prendo fiato, tocco il suo palmo, è tiepido, e poi mi sistemo vicino a lui, sulla poltrona accanto al letto con il computer sulle ginocchia.

Provo a sfogare i miei pensieri e il mio dolore nell'unico modo che conosco: scrivendo. Mi immergo nelle parole, le penso, le cerco. Descrivo il momento in cui i miei due protagonisti si ritrovano dopo essersi lasciati, poi, però, mi blocco. Non so come andare avanti. Mordicchio una matita, immaginando i miei due protagonisti, *vedendoli* arrivare all'ultimo atto.

Un gemito mi riscuote. Ora sono sicura di averlo sentito. Mi volto verso Nate e lo trovo con gli occhi socchiusi, intento a guardarmi.

«Ali...» dice. La voce è arrochita, le corde vocali sono fuori allentamento. Sono giorni che parla il minimo possibile, perché ogni frase gli costa uno sforzo enorme.

«Aspetta, ti do un po' d'acqua» faccio per alzarmi, ma lui scuote la testa.

«Non mi serve. Volevo dirti una cosa».

«Cosa?»

«Prima apri il cassetto del comodino».

Eseguo senza sindacare, perché non voglio che si affatichi troppo.

Trovo una scatolina di cartone, con un piccolo fiocco rosso sopra.

«È per me?»

Annuisce. «Mi ha aiutato Merry» spiega. «Qualche tempo fa».

Deglutisco, sentendo che il cuore potrebbe uscirmi dal petto.

«Aprila».

Lo faccio, alzo il coperchietto e dentro trovo due frammenti di carta. Li studio meglio, ne raccolgo uno dalla scatolina.

Sono degli origami ad anello.

«Nate...»

«Leggi» dice, in un soffio di voce.

I miei occhi studiano le lettere disposte lungo la circonferenza dell'anello.

«Quando si ama, si vive» leggo, e mi ricordo subito delle parole di Byron – di Nate, anzi. Le parole che, scritte su un foglio appeso in una strada nascosta, hanno cambiato la mia vita.

«L'altro» sospira.

«Anche quando il cuore non batte più». La voce mi si spezza. Il mio mondo crolla ancora un po'.

«Me lo puoi mettere, amore?» chiede.

Annuisco. Prendo la sua mano e faccio scivolare un anello sull'anulare irrigidito. Poi faccio lo stesso con l'altro.

Nate sembra sorridere, io mi tuffo sul suo petto e vorrei solo sparire, vorrei solo bloccare il tempo, vorrei tenerlo con me per sempre.

«Quando non riesci a scrivere» dice con tono così basso che faccio fatica a sentirlo, «guarda il mio anello. Scrivi di questo, scrivi di noi».

«Perché proprio di carta?» domando, con le lacrime che mi colano sulle guance.

«Perché per quelli come te e me, una pagina bianca – o nera – ha più valore di un diamante» sussurra, e io non potrei che essere più d'accordo. Gli stringo la mano, mentre nascondo il mio viso, mentre respiro il profumo che si annida nel suo collo.

Cuore vicino a cuore.

Anello vicino ad anello.

«Ti amo, Nate» sussurro.

«Ti amo, Ali» esala.

'Ti prego, non andartene'.

Poi lui volta lo sguardo verso l'alto. Le sue palpebre si abbassano per l'ultima volta.

«Ci sarò sempre, ragazza nuova».

*Mia ~~Catherine~~ Alison,*

*se stai leggendo questa lettera significa che Merry ha fatto quello che le ho chiesto, per una volta. Spero che non ci siano nuvole nel cielo e che tu stia indossando la tua sciarpa rossa, la mia preferita, quella che si intona alle tue labbra che mi hanno stregato. Perché, informazione di massima importanza: la tua bocca è bellissima. Anzi, no, tu sei bellissima, tutta, interamente. Lo so cosa penserai, 'Questo fa lo sbruffone anche da lassù', ma non è così. È che io ho la certezza matematica che sei bellissima anche in questo momento. Lo sei quando dormi con la bocca aperta, sbavando un po' sul cuscino. Lo sei quando sei sporca di vernice dalla testa ai piedi. Lo sei quando hai finito un turno all'Holmes. Voglio che tu te lo imprima in quella testolina non sempre ben funzionante che ti ritrovi, così ti convincerai a sorridere ogni volta in cui ti guarderai allo specchio.*

*Ho riflettuto molto su cosa dirti per salutarti, ma non riuscivo a trovare le parole. Mi sfuggivano e non era la paura della morte a farle scappare, ma la paura di non averti più accanto, di non sentire più la tua voce, di non vederti più ridere, o leggere su un divano, o scrivere seduta su un tavolino davanti al banco. Era la paura di non essere più con il mio cuore e, cioè, con te. Ma se stai leggendo questa lettera, significa che qualche parola devo averla trovata, in mezzo alle migliaia che non ho fatto in tempo ad affidarti. Per esempio, ti ho mai detto che il momento in cui ti vidi la prima volta capii che sa-*

*resti stata mia? Tu, il tuo caschetto biondo, i tuoi occhi che mi mostravano l'immenso. Sentivo che il posto giusto per me era vicino a te, alle tue frasi troppo profonde, alle tue passioni troppo grandi, al tuo cuore troppo ferito. Perché è stato accanto a te che ho scoperto cosa significa amare una persona. Grazie quindi, Alison, per le testate, i pugni e i pugnetti, e per le carezze, le coccole e i baci. Grazie per avermi amato nonostante la vita ti avesse insegnato a non farlo.*

*Non piangere, non provarci proprio, non voglio che il tuo volto venga bagnato da lacrime che io non posso più raccogliere. Sorridi, invece, spicca il volo e librati verso l'orizzonte che abbiamo sognato. Scrivi parole che ti riempiano il cuore di amore esattamente come tu hai riempito il mio. E soprattutto, non avere mai più paura di amare, ama con tutta te stessa nonostante i tuoi ventimila se e trentamila ma, perché solo così potrai conoscere di nuovo la felicità.*

*Sarò per sempre con te, in ogni stormo che vedrai nel cielo, nei sorrisi che farai, nella stella che ti illuminerà la notte.*

*Ti amo, non dimenticarlo mai.*

*Nate*

# Epilogo

*Daylight*
Taylor Swift

Le sedie sono tutte occupate e, anche se Lea ha fatto spostare i tavoli e ne ha aggiunte di nuove, non sono sufficienti. L'unica libera è quella al centro, in prima fila, riservata a una persona che non arriverà mai. Molte persone si sono appostate ai lati, nei due corridoi che aveva provato a tenere liberi per facilitare il passaggio, tante altre si sono assiepate sul fondo, mentre i ritardatari si sono dovuti accontentare di rimanere sulla porta. Ringrazio tra me e me le temperature di questo ottobre clemente, che non li obbliga ad andarsene. La luce del tramonto è calda e si posa come una dolce carezza sulle pareti colorate e sugli scaffali stipati di libri dell'Holmes' Coffee & Books.

Il locale non è cambiato per niente, in questi tre anni.

Ma tutto il resto sì. Me compresa.

Il vociare è basso, tenue, e si armonizza con la playlist che ha scelto Lea: sinfonie per pianoforte delicate e moderne. Mi torna in mente la volta in cui lui si era lamentato dell'*Inverno* di Vivaldi e le labbra mi si stirano in un sorriso.

«Ali» mi volto, riconoscendo la voce.

«Ciao Merry».

Mi si avvicina e ci abbracciamo. Qualche passo dietro di lei c'è Sam, ci salutiamo con un cenno.

«Come stai?» le chiedo.

«I gemelli mi stanno facendo impazzire. Hanno un carattere irruento e dannatamente tenace» si lamenta. «D'altro canto, con due genitori come noi non potevo aspettarmi niente di diverso».

Provo a ridere, ma non mi riesce del tutto, anche se il rapporto tra me e Meredith si è appianato, la tensione che mi stringe il cuore è ancora troppo forte.

«Ho visto che l'ultimo libro di Sam è andato bene» mi complimento, cercando di essere gentile.

«Già, anche se il vero bestsellerista qui è un altro» sorride ed è strano, perché per un attimo, un solo attimo, le fisionomie si confondono e non sono più certa di parlare con lei. Il cuore accelera e poi frena bruscamente, non capisco se riesco a impedirgli di precipitare giù dal burrone o se lo fermo appena in tempo. Sbatto le palpebre più volte, cerco di ritornare al presente, di concentrarmi su ciò che mi sta dicendo.

«Comunque...» Meredith sembra incerta, la sua insicurezza è una novità. «Ho capito molte cose di te, sai? Non volevo essere così stronza...».

«Acqua passata, Merry. Non ti preoccupare».

Lei annuisce, i suoi occhi diventano lucidi. «Avrei voluto che ci vedesse così» sorride.

«L'avrebbe trovato di sicuro divertente» commento io, con una fitta al centro del petto.

«Non hai mai risposto al mio invito a cena. Quando te la sentirai mi farebbe piacere parlare un po'...»

«Certo, anche a me, grazie».

Meredith si allontana, socchiudo gli occhi, stringo i denti. Mi concentro sulla musica e provo a calmarmi.

«Ali, quando sei pronta puoi iniziare» mi dice Lea, stringendomi il braccio con una presa salda, materna. Mi vuole infondere fiducia, sa che per me questo momento è difficile, ma finalmente sono sicura che non sarò sola. Accarezzo la sua mano piena di anelli per farle capire che le sono grata. Lei mima con le labbra un 'Coraggio' e si allontana.

Mi avvicino al leggio, non è pensato per i libri, ma per gli spartiti e mi sembra una coincidenza troppo grande, troppo grande per non ammettere che oggi lui è qui, proprio qui. Sistemo la postazione con cura, cercando di impedire alle mie emozioni di prendere il sopravvento. Quando alzo gli occhi, vedo mio padre e riconosco la sua espressione tesa. Accanto a lui c'è Lea con Natalie e Will. Poi Meredith, Sam e tanti vecchi clienti dell'Holmes, visi che non vedo da tanto tempo, ma che ora, ritrovandomeli davanti, mi riportano di colpo a quel periodo folle, incasinato e magico che sono stati i miei primi mesi a Londra. I mesi che hanno cambiato la mia vita per sempre. Inspiro. Guardo in alto, trattenendo una lacrima. E poi fisso la platea, le mani di molti sono alzate e mostrano il loro anello di carta. Abbasso lo sguardo e osservo il mio, ripensando al momento in cui lui l'ha fatto scivolare sul mio dito. Le labbra si schiudono e la voce esce.

«L'amore che proviamo ci fa questa cosa terribile: finisce. È quasi contro natura se ci pensate, perché l'amore non è nato per distruggere, ma per creare. L'amore, quello vero, non è una freccia avvelenata, che ti trafigge e ti fa male, e tu non sai se è meglio toglierla o tenerla conficcata nel petto per impedire all'emorragia di allagare tutto il resto. È il suo esatto opposto. L'amore mette in moto tutto, è spinta, non freno, è incastro, non sforzo. È qualcosa di caldo, palpitante, vivo. Poi, per noi tutti, l'amore è anche qualcosa di diverso. Per Lea è una persona con cui condividere piccole pazzie quotidiane. Per me, è un sorriso imperfetto con lo spazio tra i denti e un soprannome da vero supereroe.

Oggi siamo tutti qui per ricordare Nathaniel Lawrence, che tranne Lady Longe, laggiù, preferiamo chiamare Nate. Nate oggi avrebbe compiuto ventiquattro anni, avrebbe offerto da bere a tutto il locale, o forse l'avrebbe fatto Meredith, come la sera in cui l'ho conosciuto. Di sicuro, avrebbe cantato a squarciagola, probabilmente steccando un po', come il suo solito. Sua sorella l'avrebbe guardato storto, Lea si sarebbe unita a lui e io l'avrei osservato, rimanendo al mio posto, un po' defilato, perché lui era splendente come un miracolo e non serviva essergli vicini per venire travolti dalla sua luce. Il cancro...» mi blocco, la mia voce non regge più. Stringo i denti per contenere il dolore sentendomi tremare, sospiro, Nate non avrebbe voluto vedermi così. «Il cancro se l'è portato via e, nel farlo, si è portato via anche une parte di me e di tutti voi che siete qui. Quella parte, però, Nate non avrebbe mai voluto che fosse nera e vuota. Io lo so con certezza perché, quando ero io, nera e vuota, lui mi ha riempita di colori. Mi ha dato la forza di scrivere quello che ora vi leggerò e mi ha dato la forza di scegliere la vita, anziché la paura.

Questo libro parla di luce perché questo libro parla di Nate».

L'applauso è dirompente e mi fa tremare un po' il cuore, ma io quasi non lo sento mentre apro il manoscritto.

Chiudo gli occhi, e quando li apro tutti sono spariti. Davanti a me solo sedie vuote, tranne una, quella centrale in prima fila.

Lì seduto c'è Nate, con una lacrima sulla guancia e il suo sorriso travolgente, quello che ha sempre dedicato solo a me. È una visione tanto nitida, tanto intensa, che so che il suo ricordo non svanirà mai, che sarà sempre con me. Non lo lascio andare.

'Tanti auguri amore mio' gli dico, sorridendogli a mia volta.

Prima di lui vivevo la mia vita con i piedi saldamente ancorati a terra. Lui mi ha preso per mano e mi ha dato un paio di ali. Abbiamo spiccato il volo insieme, e anche se alla fine i nostri percorsi si sono divisi, il tempo che abbiamo condiviso è stato un dono incredibilmente prezioso. Continuerò a guardare il cielo, certa che là i nostri cuori si libreranno e batteranno all'unisono per sempre. E forse un giorno tornerò al suo fianco.

«*Daylight*. Prologo. Controllo l'orario sul vecchio orologio appeso alla parete, proprio sopra allo scaffale dei cibi in scatola. Le lancette rosse segnano le sedici e cinquantasei minuti e la signora Hellroy, seduta su un basso sgabello di legno scricchiolante, com'è sua abitudine, sonnecchia davanti alla cassa.

'Ci siamo quasi'».

Non lo sapevo ancora, ma lui e io c'eravamo quasi per davvero.

# Playlist

*Consigliata per la lettura*

▶ 1. *London Boy* – Taylor Swift
▶ 2. *There She Goes* – The La's
▶ 3. *Suddenly I See* – KT Tunstall
▶ 4. *Dear Reader* – Taylor Swift
▶ 5. *Rollercoaster* – Bleachers
▶ 6. *my tears ricochet* – Taylor Swift
▶ 7. *Unsteady* – Gracie Abrams
▶ 8. *Feels Like* – Gracie Abrams
▶ 9. *Begin Again* (Taylor's Version) – Taylor Swift
▶ 10. *Beating Heart* – Ellie Goulding
▶ 11. *Electric Touch* (Taylor's Version) – Taylor Swift, Fall Out Boy
▶ 12. *Lust For Life* – Lana Del Rey, The Weeknd
▶ 13. *Daddy* – Coldplay
▶ 14. *Good Life* – OneRepublic
▶ 15. *Astronomy* – Conan Gray
▶ 16. *Hold Tight* – Jake Bugg
▶ 17. *Delicate* – Taylor Swift
▶ 18. *Underneath the Tree* – Kelly Clarkson
▶ 19. *New Year's Day* – Taylor Swift
▶ 20. *Liability* – Lorde

- ▶ 21. *Nobody Gets Me* – SZA
- ▶ 22. *dorothea* – Taylor Swift
- ▶ 23. *Block me out* – Gracie Abrams
- ▶ 24. *"Slut!"* (Taylor's Version) – Taylor Swift
- ▶ 25. *Hits Different* – Taylor Swift
- ▶ 26. *Wonderland* (Taylor's Version) – Taylor Swift
- ▶ 27. *Vertigo* – Khalid
- ▶ 28. *Finish What We Started* – Jessie Ware
- ▶ 29. *State Of Grace* (Taylor's Version) – Taylor Swift
- ▶ 30. *Bigger Than The Whole Sky* – Taylor Swift
- ▶ 31. *this is me trying* – Taylor Swift
- ▶ 32. *Buy the Stars* – MARINA
- ▶ 33. *The Archer* – Taylor Swift
- ▶ 34. *epiphany* – Taylor Swift
- ▶ 35. *Up&Up* – Coldplay
- ▶ 36. *Maroon* – Taylor Swift
- ▶ 37. *Daylight* – Taylor Swift

# Ringraziamenti

Ringrazio prima di tutto la squadra di Magazzini Salani per essere stata come una casa e aver permesso a questa storia di uscire dalla mia testa ed essere donata ai lettori. Le strette di mano, i sorrisi, la fiducia, le risate, per tutto questo sarò loro sempre grato.

Grazie a Nathascia, la mia editor. Avere una persona al proprio fianco quando ci si sente smarriti è una cosa bellissima, ma avere un'amica lo è ancora di più. Sin dal primo momento in cui ci siamo conosciuti, io ansioso e paranoico (lo sono ancora, a volte), tu determinata e capace di trasmettermi speranza (lo sarai per sempre), abbiamo capito che entrambi avremo regalato qualcosa all'altro. Grazie di avermi supportato, sostenuto e incitato mentre cambiavo la mia vita un passo alla volta.

Grazie a Vanessa, Greta e Federico. Sapervi nella mia vita è come vedere sempre un punto di luce in fondo al tunnel, come avere una direzione quando si perde la strada di casa, come vivere ogni giorno con la consapevolezza di essere unici.

Grazie a mamma e papà, la mia famiglia, le mie guide, i miei amici, il mio tutto. Sin da quando ero piccolo avete preso la mia mano e l'avete stretta, facendomi capire ogni giorno che siamo noi contro il mondo e che, comunque andrà, sarà un successo.

Spero di avervi resi orgogliosi di me.

Grazie a Emma, la mia luna, un pezzo di me: sei una di quelle persone che capitano nella tua vita mentre piangi per poi restare per farti sorridere. Ne abbiamo passate tante insieme, ndividiamo tanti ricordi da riempire romanzi e sono scolpiti l mio cuore, esattamente come lo sei tu.

Grazie a Valentina, il mio sole: con le tue risate e le tue paole in riva a un fiume hai cambiato ogni cosa, aiutandomi ad alzarmi ogni volta che cadevo, facendomi capire che alla fine conta solo crederci sempre e lottare con tutto me stesso.

Grazie a Marta, la mia stella: sei da sempre nella mia vita, mi hai insegnato che le persone possono stare separate per anni, costruire le loro vite e realizzare i loro sogni, ma che basta solo un sorriso per non sentire il peso di quel tempo, o anche solo un venerdì sera.

Grazie dal profondo del mio cuore a tutte le persone che ci sono state dal giorno zero, in cui io, folle diciassettenne, ho aperto il mio profilo BookTok e ho iniziato a parlare della mia più grande passione. Con voi la mia vita è cambiata ogni giorno sempre di più. Grazie a voi ho pianto di gioia in momenti inaspettati, ho riso fino a sentirmi male e ho scoperto, nei vostri occhi e in ogni vostro gesto, cosa vuol dire davvero essere felice.

Infine, grazie alla Creatura che mi ha permesso di conoscere e scrivere tutte le emozioni dentro questo romanzo. Ho dovuto trasportarle in queste pagine, anche perché nel mio cuore non c'era più spazio.

Victor

**NELLA STESSA COLLANA:**

- Erin Doom, *Fabbricante di lacrime*
- Erin Doom, *Nel modo in cui cade la neve*
- A.J. Foster, *Dangerously Mine. Pericolosamente mio*
- Carrie Leighton, *Better. Collisione*
- Rokia, *The Truth Untold. La verità nascosta*
- Malorie Blackman, *Pari e Dispari. Noughts & Crosses*
- A.J. Foster, *Strangely Mine. Stranamente mio*
- Carrie Leighton, *Better. Dannazione*
- Valentina Ferraro, *Wings*
- Carola Lovering, *Tell Me Lies. Dimmi bugie*
- Erin Doom, *Stigma*
- Rokia, *Sindrome*
- Lynn Painter, *Better Than The Movies. Meglio che nei film*
- Marilena Barbagallo, *Stuck*
- Edith Joyce, *Riot. Amore e lotta*
- Carrie Leighton, *Better. Ossessione*
- Bianca Ferrari, *Issue*
- Doom, Foster, Rokia, Leighton, Arcadipane, *A Sweet Christmas*
- A.J. Foster, *Naively Mine. Ingenuamente mio*
- Hellen Ligios, *Ci volevamo noi. Chained*
- Mary Lin, *Misty*
- F. Vanessa Arcadipane, *Inferorum Gemmae Saga* (5 voll.)
- Camy Blue, *The Love Map*
- Rokia, *Guilty. Drunk in Love*
- Valentina Ferraro, *After Midnight*
- Lynn Painter,, *Provaci ancora. The Do-Over*
- Valentina C. Brin, *Wrong*

Certificato PEFC
Questo prodotto è realizzato con materia prima da foreste gestite in maniera sostenibile e da fonti controllate
PEFC
PEFC/18-31-226
www.pefc.it

Questo libro è stampato col sole

GRAFICA VENETA

Azienda carbon-free

Fotocomposizione: Alessio Scordamaglia

Finito di stampare
nel mese di settembre 2024
per conto della Adriano Salani Editore s.u.r.l.
da Grafica Veneta S.p.A. di Trebaseleghe (PD)
Printed in Italy